허담 新무협 판타지 소설
FANTASTIC ORIENTAL HEROES

독경 8

허담 新무협 판타지 소설

초판 1쇄 찍은 날 § 2012년 2월 7일
초판 1쇄 펴낸 날 § 2012년 2월 14일

지은이 § 허담
펴낸이 § 서경석

편집부장 § 권태완
편집책임 § 어정원

펴낸곳 § 도서출판 청어람
등록번호 § 제1081-1-89호
등록일자 § 1999. 5. 31
어람번호 § 제2-2203호

주소 § 경기도 부천시 원미구 심곡2동 163-2 서경B/D 3F (우) 420-822
전화 § 032-656-4452팩스 § 032-656-4453
http://www.chungeoram.com
E-mail § chungeoram@chungeoram.com

ISBN 978-89-251-2767-5 04810
ISBN 978-89-251-2582-4 (세트)

독경
毒經

8

군웅할거(群雄割據)

만 가지의 독 중 가장 무서운 독은 심독(心毒)이라…

심목을 다루는 자 천하를 얻게 되리라.

FANTASTIC ORIENTAL HEROES

허담 新무협 판타지 소설

청어람
도서출판

目次

第一章
새로운 시작

독경
讀經

　창룡곡 만재방은 빠른 속도로 항주 상계에 몇 개의 중요한 상로를 형성했다. 만재방은 육로는 구주표국, 해로는 자체의 상선을 이용해 상행을 시작했다. 덕분에 항주에서 창룡곡까지의 관도는 하루에도 수차례 물건들을 실은 마차들이 오고 갔다.

　항주에서 창룡곡까지는 반나절 거리였으므로 사실 해로보다는 육로로 이동하는 것이 더 빨랐다. 하물며 마차와 말을 이용하면 바쁜 거래의 경우 한 시진 내에도 이동이 가능했다.

　전욱은 창룡곡에 만재방의 세력을 구축하면서 무척 용의주도하게 만재방의 상가들을 배치했다. 먼저 항주 성내에 커다란 여섯 개의 상점을 운영하고 있었고, 관도를 따라 창룡곡에 이르는 중간 중간에 작은 상점과 객잔, 주루를 여러 개 열었다.

본래 만재방은 주루와 객잔을 운영하는 상가가 아니었기에 창룡곡에 이르는 관도 주변에 주루와 객잔을 개설한 것은 특이한 일이 아닐 수 없었다. 그러나 사실 이곳들은 장사를 하기 위해 만든 것이 아니었다.

애초에 전욱이 창룡곡에 터를 잡은 것은 독자적으로 배를 띄울 수 있는 포구가 존재하는 곳이기 때문이기도 하지만 그것보다는 외부의 침입을 방비하기에 적합한 곳이기 때문이었다.

만재방의 장원이 항주에 있다면 적들을 경계하는 데 많은 힘을 소모해야 했다. 반면 창룡곡은 항주 성내에서 한참 떨어져 있는 곳이라 외부로부터의 공격을 방비하는 데는 훨씬 유리했다.

항주와 창룡곡을 잇는 관도 주변에 개설한 객잔과 주루는 그런 외부의 침입에 대비해 만든 것이었다. 주루와 객잔에서 일하는 만재방 식솔들은 장사를 하는 것보다 외부의 적이 창룡곡으로 접근하는지 감시하는 것을 더 중요한 임무로 부여받고 있었다.

"술이나 한잔하고 갑시다."

문득 원보가 입을 열었다. 허소산 일행은 한동안 항주의 성내에서 지내다 오랜만에 창룡곡 만재방의 장원을 방문하는 길이었다.

"그럽시다."

허산왕도 마침 출출했던지 고개를 끄덕였다.

"그럼 그러세요."

허소산까지 동의하자 마차는 자연스럽게 관도변 작은 객점으로 향했다.

"어서 옵쇼!"

마차를 너른 객잔 마당에 세우고 내리자 날랜 소년 점소이가 다가와 말의 고삐를 받아 들며 소리쳤다.

"음, 간단히 요기를 하고 술이나 한잔하고 가려네."

원보의 말에 소년 점소이가 얼른 고개를 끄덕였다.

"알겠습니다. 모시겠습니다. 삼칠! 삼칠! 여기 손님! 요기를 하신대!"

소년의 말에 객잔 안에서 다른 소년이 달려나왔다.

"어서 오세요. 이리로……"

삼칠이라는 점소이가 얼른 일행을 객잔 안으로 안내했다.

"역시 만재방이 운영하는 곳이라 그런지 다르네. 손님을 맞는 태도들이 여간 싹싹한 것이 아닌데?"

원보가 객잔으로 들어서며 나직하게 말했다.

"방주께서 하시는 일은 빈틈이 없지 않소이까?"

허산왕이 고개를 끄덕이며 대답했다.

"이리로!"

삼칠이라는 점소이가 일행을 창가 자리로 안내했다. 객점 안에는 벌써 여러 명의 객이 자리를 잡고 이른 점심을 하고 있었다.

"손님이 제법 많구만?"

원보가 객점을 쓸어보며 넌지시 물었다. 그러자 점소이가 얼른 대답했다.

"저희 객잔은 만재방에서 직접 운영하는 곳이지요. 그래서 음식과 술, 그리고 객방이 다른 객잔과는 비교할 수 없이 좋습니다. 당연히 손님이 많이 들지요."

삼칠이라는 점소이가 자랑스럽게 대답했다.

"그래? 그럼 어디 그 맛나다는 요리 솜씨를 볼까? 뭐가 좋지?"

"당연히 구운 오리죠."

삼칠이 자신있게 대답했다. 그러자 원보가 고개를 끄덕였다.

"좋아, 그럼 구운 오리랑 술을 좀 내오게."

"알겠습니다, 어르신! 잠시만 기다려 주십시오. 먼저 차를 내오겠습니다."

삼칠이 얼른 고개를 숙여 보이고는 주방 쪽으로 달려갔다.

"잘 지었구나."

점소이가 물러가자 원보가 객점을 둘러보며 말했다.

"요새 같아요."

허소산이 대답했다.

"애초에 그 목적으로 지어진 거니까. 아무튼 전 방주의 판단이 옳았던 것 같구나. 창룡곡에 본거지를 두니 항주에 나와 있는 만재방 사람들이 장사를 하는 데 방해하는 자가 없더라. 모든 이목을 창룡곡으로 끌어들이려 한 방주의 생각은 탁월했던 것 같다."

"하지만 덕분에 창룡곡은 더 위험해지지 않았소?"

허산왕이 원보를 보며 물었다.

"그렇긴 하지만 이미 그에 대한 대비는 잘되어 있으니 크게 걱정할 일은 아니지요."

원보가 대답했다.

"음, 하지만 그래도 걱정이 되는 것도 사실이오. 금천장 하나라면 모를까."

"야율거공이 항주로 들어온 것이 언제지?"

원보가 허소산에게 물었다.

"벌써 보름이 되어가지요."

"무슨 꿍꿍이인지. 보름 동안 광조산에 처박혀 나올 생각을 하지 않으니……."

"함부로 움직이기는 쉽지 않을 거예요. 그는 이미 암묵적으로 천하 공적이잖아요. 덕분에 팔황의 고수들도 항주로 속속 들어오고 있지요. 그야말로 항주가 복마전이 되어가는 느낌이에요. 만재방이 항주를 빠져나온 것은 그런 의미에서도 잘된 일이지요."

"하긴 그렇군."

원보가 고개를 끄덕였다. 그러는 사이 삼칠이 다시 세 사람 곁으로 다가와 차를 내려놓았다.

"음식은 일각이면 나올 것입니다."

"알겠네. 급할 것 없으니 천천히 하게."

"네, 어르신!"

삼칠이 얼른 고개를 조아리고는 다시 주방으로 향했다.

세 사람이 객점을 나선 것은 한 시진 후였다. 급히 서둘 길이 아니었으므로 여유있게 식사를 마친 세 사람이었다. 그런데 세 사람이 막 객점을 벗어나는 순간 문득 일단의 인물들이 동시에 객점을 벗어났다.

"안녕히 가십시오! 또 오십시오!"

뒤쪽에서 들려오는 점소이의 인사를 들으며 세 사람은 마차에 올랐다.

"이상한 사람들이군요."

마차에 오른 허소산이 문득 입을 열었다.

"누가 말이냐?"

허산왕이 물었다.

"함께 나온 사람들이요."

허소산이 눈으로 그들과 함께 객점에서 나온 사람들을 가리켰다. 그들은 모두 다섯이었는데, 하나같이 범상치 않은 모습을 하고 있었다. 나이는 모두 오십 세를 넘어 보였고, 그중 가장 나이가 많은 사람은 칠십이 넘은 듯 보였다.

그런데 나이 지긋함에 비해 그들의 모습은 무척 거칠어 보였다. 그렇다고 비루해 보이지는 않았는데 그건 그들의 신분이 아니라 그들의 성정이 거칠다는 의미일 터였다.

허소산의 눈길을 끈 다섯 사람은 객잔을 나서자 곧 말에 올라 북쪽으로 이어진 관도를 따라 길을 떠났다.

"저 길로 가면 결국 만재방이 아니냐?"

허산왕이 말했다.

"맞아요. 아마… 만재방으로 가는 것 같아요."

"음, 만재방에선 보지 못했던 자들인데……."

"기도가 대단했어요."

"나도 느끼겠더구나. 결국 무림 고수들이란 건데……."

그러자 원보가 말했다.

"따라가 봅시다. 어차피 길이 같으니! 이랴!"

원보가 서둘러 말을 몰았다.

절벽이 사방을 성벽처럼 둘러싸고 있고, 동쪽으로 트인 바다에는 갈매기들이 한가롭게 떠 있었다. 북서쪽으로 이어진 높다란 능선은 초록으로 물들어 있는 이곳은 얼마 전까지만 해도 경치 좋은 작은 해안 마을이던 곳이다.

그러나 지금은 수많은 상인들이 장사를 위해 드나들고, 하루에도 십여 척의 상선이 드나드는 만재방의 포구였다. 그 만재방으로 이어지는 관도가 남쪽 언덕을 넘어 포구의 서쪽을 끼고 돌아 위태로운 북쪽 비탈에 웅장하게 자리 잡고 있는 만재방의 장원으로 이어져 있었다.

두두두!

다섯 필의 말이 창룡곡이 내려다보이는 언덕에서 잠시 서는
가 싶더니 이내 광풍처럼 만재방의 장원을 향해 길을 달려 내
려갔다. 그 뒤를 따라 허소산 일행의 마차도 질풍처럼 바람을
갈랐다.

창룡곡 만재방의 장원은 언제나처럼 분주했다. 천하에서 몰
려온 물산이 장원 앞에 산더미처럼 쌓여 있었고, 그 물건을 거
래하기 위한 창룡곡을 찾은 상인들도 포구와 장원 앞에 가득
했다.

그런데 왁자지껄했던 장원 주변이 일순간 조용해졌다. 관도
위에 갑자기 등장해 사람들을 아랑곳하지 않고 말을 달리는
다섯 명의 불청객 때문이었다.

히히힝!

다섯 명을 태운 말들이 장원 앞 너른 공터에서 급히 당긴 고
삐에 놀라 크게 울음을 울며 걸음을 멈췄다. 그러자 말에 탄
다섯 사내가 도도한 눈빛으로 주변을 둘러보며 입을 열었다.

"만재방의 식솔은 없는가?"

사내 중 육십대로 보이는 초로의 노인 입에서 서늘한 음성
이 흘러나오자 장사를 위해 몰려들었던 장사치들이 자신들도
모르게 뒤로 물러나며 몸을 사렸다.

그러는 사이 장원에서 대여섯 명의 사내가 달려나와 말에
탄 불청객의 앞을 막아섰다.

"뉘시오?"

삼십대의 젊은 경비무사 입에서 차가운 목소리가 흘러나

왔다.

"만재방주를 만나러 왔다."

말 위에 탄 자 중 호릿해 보이는 노인이 도도한 목소리로 말했다.

"뉘신지 정체를 밝히시오."

"내 이름은 주원사라 한다. 들어보았느냐?"

노인의 말에 사내가 나직하게 주원사라는 말을 중얼거리다가 이내 눈을 크게 뜨며 물었다.

"이왕(二王) 주원사!"

"제법 견문이 있구나."

노인이 고개를 끄덕이자 사내의 눈에 노기가 서렸다.

"어찌 모르겠느냐? 수년 전 상계의 싸움에서 그대가 저지른 살겁으로 본 장의 형제들이 여럿 상했거늘."

"하하하, 지나간 일을 논하자고 온 것이 아니다! 어서 들어가 만재방주에게 전하라! 육왕탑에서 육왕이 왕림했노라고!"

스스로를 주원사라 밝힌 자가 크게 소리치자 장원 주변에 있던 상인들이 주춤주춤 뒤로 물러났다. 개중에 발 빠른 자는 서둘러 만재방을 떠나는 자도 있었다.

젊은 경비무사의 얼굴에 긴장이 흘렀다. 그가 잠시 주원사를 노려보다 홀쩍 신형을 날려 장원 안으로 들어갔다.

"주원사……. 육왕탑의 이왕이군."

원보가 중얼거렸다.

"그런데 왜 만재방에서 저자를 저렇게 꺼리는 거죠?"

허소산이 고개를 갸웃했다. 그들이 타고 온 마차는 이미 오래전에 장내에 도착해 있었다.

"그럴 수밖에 없단다. 칠 년 전에 항주 상계 싸움에서 육왕탑은 금천장의 칼 노릇을 했지. 그때 육왕탑의 육왕 중 가장 서슬 퍼렇게 나댄 자가 바로 저 주원사다. 그의 손에 죽은 만재방의 식솔이 열 명이 넘지. 음, 당시 싸움은 상계의 싸움이었음에도 불구하고 그는 마치 무림의 분란처럼 살검을 휘두르는 것에 망설임이 없었다. 듣기로 육왕 중 그 성정이 가장 잔인한 자라고 하더구나."

"육왕이 본래 괴팍하긴 하지요."

원보가 고개를 끄덕였다.

"그래도 다른 자들은 괴팍한 정도에서 끝이 나지만 저 주원사란 자는 검을 뽑으면 반드시 피를 보는 자로 소문이 자자하오."

허산왕은 무림에 대해선 잘 모르지만 항주에서 만재방과 함께 상계의 싸움을 겪었기에 육왕탑에 대해선 제법 잘 알고 있는 모양이었다. 그러는 사이 장원으로 들어갔던 사내가 일단의 인물들과 함께 다시 모습을 드러냈다.

장원에서 나온 사람들의 가장 앞에는 만재사신 하모극이 있었다. 무림에서 팔황으로 불리는 육왕탑이다. 보통 사람이 맞이할 수 없는 불청객인 것이다.

"정말 육왕이 납시셨군."

육왕 앞에 나타난 하모극이 놀란 표정으로 중얼거렸다.

"그대는… 만재방주가 아니지 않은가?"

주원사가 고개를 갸웃하며 물었다. 한편으로는 언짢은 기색이 역력했다. 그러자 하모극이 대답했다.

"방주께서 어찌 거친 강호의 불청객들을 직접 만나시겠소?"

"홍, 과거 만재방은 우리 육왕에게 제법 혼쭐이 났었지. 그래서 항주의 터전을 버리고 서역으로 도주를 하지 않았었나? 사람이란 과거의 일에서 교훈을 얻어야 하는 법이거늘… 우리 육왕을 이리 박대해서 과연 만재방이 온전하겠는가?"

주원사가 마치 하모극의 윗사람이라도 되는 듯 말했다. 그러자 하모극이 한줄기 미소를 지으며 대답했다.

"과거 그대들이 우리 만재방에 큰 잘못을 저지른 것을 알고 있다면 감히 이렇게 본 장을 찾아올 수 없었을 텐데? 무례한 인사들이군."

하모극의 말투도 차가워졌다.

"하하하, 어찌 팔황의 육왕탑이 일개 상가를 방문하는데 꺼리겠는가? 흠, 그러나 오늘 우리가 온 것은 싸움을 하기 위한 것이 아니라 만재방의 방주를 만나 정중하게 충고하려 하는 것이니 그대는 얼른 들어가 방주를 나오라고 하라."

아마도 육왕탑의 육왕에게는 만재방의 사람들은 모두 일 검에 베어버릴 수 있는 장사치로만 여겨지는 모양이었다. 주원사의 말에 하모극이 잠시 노기를 비쳤다가 이내 표정을 바꿔 미소를 지으며 입을 열었다.

"과거 우리 만재방이 서역으로 떠난 것은 오직 상행을 위해 서였다. 결코 금천장이나 그대들 육왕이 두려워서가 아니었다."

"하하하, 이제 보니 서역에서 귀한 재물만 얻어온 것이 아니구나. 어디서 쓸데없는 호기도 동냥을 해온 모양이야. 이런 경우… 처음부터 버릇을 고쳐주지 않으면 말이 통하기 어렵지. 형님, 이 아우가 아무래도 검을 뽑아야 할 듯합니다."

주원사가 육왕 중 육십 중반으로 넘어 보이는 마른 노인을 보며 말했다. 그러자 노인이 천천히 고개를 끄덕였다.

"저들이 관을 봐야 눈물을 흘리겠다면 어쩔 수 없는 일이지. 그리하게. 하지만 오늘은 대화를 하자고 온 것이니 손속에 사정을 두게."

"그리하지요. 장사치를 상대로 한 칼부림은 재미도 없으니……."

스르릉!

주원사가 말과는 다르게 서슬 퍼런 눈빛으로 검을 뽑아 들었다. 그러자 하모극 역시 재빨리 검을 뽑았다.

"뒤로 물러나 있거라!"

하모극의 말에 만재방의 식솔들이 십여 장 뒤로 물러났다. 주원사는 여전히 말 위에 앉아 있었다. 주원사가 말 위에서 검을 들어 하모극을 가리키며 말했다.

"내 검은 일개 상인이 받아낼 것이 아니다."

"그대의 검이 매섭다는 것은 익히 알고 있다. 그런데 그것

아나?"

"내가 그대에 대해 알아야 할 것이 있나?"

"칠 년 전 그때, 그대들이 항주를 떠나는 우리를 추격해 왔었지. 아마도 그것이 항주에서 만재방과 금천장이 마지막으로 벌인 싸움일 거야. 당시에 아마 육왕탑에서 서넛의 육왕이 나왔었지?"

"그것이 뭐가 어쨌다는 것이냐?"

"그때… 왜 그대들은 우리 만재방을 멸절시키지 못했는가?"

"흥, 그야 여우같은 만재방주가 아무도 모르는 퇴로를 준비해 뒀기 때문이지."

"반드시 그것 때문은 아니지. 당시 금천장의 본거지를 습격했던 칠 인의 고수를 기억하느냐?"

순간 주원사의 표정이 일변했다. 칠 년 전 그날, 금천장이 육왕탑까지 동원하여 만재방주 전욱을 추격할 때 갑작스레 금천장의 장원을 습격한 칠 인의 절대고수들이 출현했다. 그 때문에 본거지를 공격당한 금천장은 만재방에 대한 추격을 중지해야 했다. 그러나 당시 금천장에 침입했던 칠 인의 고수들은 금천장 고수들이 장원으로 회군하는 순간 바람처럼 자취를 감춰 아직까지 그 정체를 모르고 있는 실정이었다.

"그대가… 그들 중 하나라는 건가?"

"그렇다. 내가 그중 한 명이다. 이제 그대를 상대할 자격이 없다고는 말하지 못하겠지?"

"그렇군. 당시 그대들 칠 인은 근 일백에 육박하는 고수들을 뚫고 탈출했었지. 그 무공이란 것이… 음! 오늘 제대로 된 상대를 만난 건가!"

한순간 주원사가 말 등에서 도약을 하더니 허공을 밟듯 이삼 장 앞으로 전진해 하모극 앞에 내려섰다.

"만재방이 당시 서역으로 향한 것이 결코 힘이 없어서가 아니라는 것을 오늘 깨닫게 될 것이다."

자신 앞에 내려선 주원사를 보며 하모극이 말했다.

"뭐, 무력이 아주 없다고는 할 수 없겠지. 하지만 그 칠 인의 고수가 모두 만재방 사람이라 해도 결국 도주한 것은 도주한 것이지."

주원사가 퉁명하게 대답했다.

"오늘 그대는 지금껏 그대가 보지 못했던 검을 보게 될 것이다."

하모극이 검을 들어 주원사를 겨누었다. 순간 하모극의 기수식을 본 주원사가 자신도 모르게 한 걸음 뒤로 물러났다. 그리고는 신중하게 검을 들어 하모극에 대항했다.

스슥!

하모극이 검을 든 채로 주원사를 향해 서너 걸음 접근했다. 그러자 주원사가 하모극이 다가온 거리만큼 뒤로 물러났다.

삭!

뒤로 물러나는 주원사가 마지막 걸음을 옮기는 순간 하모극의 검이 허공을 갈랐다. 미세한 파공음이 하모극의 검끝에서 일어났다. 극히 조용하고 은밀한 검식, 그러나 그 검식을 상대하는 주원사의 행동이 모두를 놀라게 했다.

"핫!"

갑자기 주원사의 입에서 강력한 기합성이 흘러나왔다. 동시에 그의 검이 벼락처럼 아래에서 위로 그어졌다.

콰릉!

주원사의 검 한 자 앞에서 강력한 충돌음이 일어났다. 하모극의 검은 여전히 삼사 장 뒤에 있었다.

"귀검이구나!"

주원사가 다시 뒤로 물러나며 소리쳤다. 사실 하모극이 시전한 검초는 조용해 보였지만 투명한 검기를 만들어내 주원사를 정면에서 찔러갔던 것이다. 사람들의 눈에 쉽게 띄지 않았던 그 검기를 주원사가 가까스로 막아낸 것이다.

"귀검이 아니라 밀검이라 부른다."

하모극이 한 발을 허공으로 내디뎠다. 그 순간 그의 신형이 눈 깜짝할 사이에 허공으로 떠올라 주원사의 머리 위에 당도했다.

쐐액!

주원사의 머리 위에서 다시 하모극이 일 초의 검식을 펼쳤다. 그러자 그의 검에서 이번에는 부챗살 같은 검영이 일어나더니 순식간에 주원사의 전신을 휘어 감았다.

주원사가 놀란 눈을 치켜뜨며 재빨리 검을 휘둘렀다. 그러자 우박 떨어지는 소리가 터져 나오며 그의 검이 하모극의 검을 모든 방향에서 막아내기 시작했다. 그렇게 두 사람의 대결이 사람들의 탄성 속에 이어졌다.

하모극의 검은 일체의 화려함을 배제한 실전의 검으로 빠르고 강력했으며 어찌 보면 은밀하기까지 했다. 반면 주원사의 검은 거친 듯하면서도 화려해 사람들의 눈길을 사로잡는 멋이 있었다.

대결은 팽팽하게 진행되었다. 누구도 승기를 잡았다고는 할 수 없지만 그래도 공세를 취하고 있는 것은 하모극이었다. 그건 아마도 하모극의 검이 좀 더 실전 위주로 만들어진 초식들이기 때문일 터였다.

두 사람의 대결은 순식간에 일백 초를 넘어섰다. 그러자 서서히 싸움의 우열이 눈에 띄게 드러나기 시작했다. 어느 순간부터 하모극의 공세는 더욱 치열해졌고, 주원사는 간간이 시도하던 반격조차도 하지 못하고 완전히 수세에 몰리기 시작했던 것이다.

"부족함을 알았으면 물러가라!"

한순간 하모극의 입에서 노성이 터져 나왔다. 동시에 그의 검이 믿어지지 않은 방향에서 주원사를 공격하기 시작했다. 검이 정면을 향한다 싶은 순간 어느새 방향을 틀어 옆구리를 찔렀고, 다시 주원사를 스쳐 지나며 그의 등에 살초를 꽂아대는 형국이었다.

주원사가 귀검이라고 부른 하모극의 검, 밀검은 어쩌면 주원사의 표현이 더 적당할지도 몰랐다. 하모극의 공세가 더욱 치열하고 신묘해지자 주원사의 옷자락들이 하나둘 베어져 나가기 시작했다. 다행인 것은 그래도 주원사의 무공이 뛰어나 몸에 상처를 입지는 않는다는 정도였다.

그러나 주원사가 아직 부상을 입지는 않았지만 싸움의 승패가 정해진 것은 분명했다. 주원사가 이 싸움을 반전시킬 가능성은 일 할도 존재하지 않았다.

그럼에도 주원사는 자존심을 내세워 싸움을 이어가고 있었다. 육왕탑이 강호의 팔황으로 등장한 이후 육왕 중 그 누구도 강호의 싸움에서 패배를 인정하고 물러난 경우는 없었다. 더군다나 주원사는 육왕 중 둘째, 주원사는 자신이 육왕의 첫 패배자로 기억되고 싶지는 않은 모양이었다. 그러나 하모극 역시 언제까지 이 싸움을 끌고 갈 생각은 없었다.

"정녕 피를 봐야겠는가?"

삭!

노성과 함께 하모극의 검이 날카로운 곡선을 그렸다. 순간 주원사가 급히 몸을 틀며 검을 들어 자신의 목을 가렸다. 그러나 그의 목을 노리는 듯하던 하모극의 검은 한순간 수직을 떨어져 내리며 그의 허벅지를 베어냈다.

팟!

찰나의 순간 주원사의 허벅지에서 피가 솟구쳤다.

"음!"

주원사가 묵직한 신음성을 발하며 뒤로 물러났다. 하모극은 그런 주원사를 쫓는 대신 검을 거두고 대여섯 걸음 뒤로 물러났다. 주원사는 잠시 비틀거리다가 이내 중심을 잡고는 고개를 숙여 피가 흐르는 자신의 허벅지를 응시했다.

믿을 수 없다는, 아니, 믿고 싶지 않다는 마음이 그의 얼굴에
온전히 드러났다. 그러나 현실은 현실. 그의 다리에선 피가 흐
르고 있었고, 상처는 아마도 빨리 치료를 하지 않으면 영원히
한쪽 다리를 잃을 만큼 깊었다.

"만재방에 도발하는 자, 더 이상은 천하의 그 누구도 용납하
지 않을 것이다! 오늘은 그만 물러가라! 싸울 날은 새털처럼 많
으니!"

하모극이 주원사 뒤에서 조금 당황한 듯한 표정을 짓고 있
는 육왕을 바라보며 차갑게 말했다. 하모극의 말에 육왕들이
잠시 침묵을 지키더니 이내 작고 마른 노고수, 주원사가 형님
이라고 부르던 자가 말을 몰아 앞으로 나섰다.

"놀라운 무공, 잘 보았소. 강호에 그대와 같이 신묘하게 검
을 쓰는 사람은 처음 보오. 난 소사공이라고 하오."

노인이 하모극을 깊은 눈으로 응시하며 말했다. 노인이 나
서자 하모극이 짐작하고 있었다는 듯 고개를 끄덕였다.

"육왕탑에 한 기인이 있어 다섯 아우를 이끌어 천하팔황의
위치에 올랐다는 소문은 익히 들었소. 당신이 바로 육왕탑의
탑주시구려. 칠 년 전 상계의 싸움에선 모습조차 보이지 않으
셨는데 오늘은 이렇게 직접 왕림을 하셨구려."

"만재방이 칠 년 전과 다른데 어찌 우리의 대응이 칠 년 전
과 같을 수 있겠소."

"그대도 검을 뽑으실 생각이오?"

하모극이 차가운 눈으로 육왕탑의 탑주 소사공을 보며 물었다. 그러자 소사공이 고개를 저었다.

"아니오. 사실 오늘 내가 이곳에 온 것은 만재방주를 만나 과거의 '은원을 풀고 향후의 일을 논의하기 위함이었소."

"과거의 은원을 푼다? 그 말은 그대가 아니라 계림공이 해야 할 말인 것 같은데……."

순간 소사공의 눈에서 청광이 번뜩였다. 한줄기 살기가 검처럼 하모극을 향해 날아왔다.

"그대… 위험한 말을 내뱉는군."

소사공이 차가운 음성으로 말했다.

"그렇소? 이게 그렇게 위험한 말이었던가?"

"대야의 존호를 함부로 입에 올리는 자, 살아남지 못하오."

"그렇소? 하지만 이미 그 별호가 강호에 널리 퍼진 상태라는 점을 모르는 것이오?"

순간 소사공이 당황스런 빛을 보였다. 그는 호천대야의 또 다른 별호인 계림공을 강호인들이 알고 있다는 사실을 믿을 수 없는 모양이었다.

"정말… 그 별호가 강호에 퍼져 있는가?"

소사공의 말투가 변했다.

"허! 육왕탑의 소식은 생각보다 느리구려. 이 별호는 이미 상계엔 널리 퍼져 있소. 알 만한 사람은 모두 알고 있소이다."

"소문의 출처가 어딘가?"

소사공이 강제로라도 입을 열겠다는 듯 물었다.

"그것까지는 나도 모르겠소. 하지만 십여 일 전부터 알음알음 금천장의 실질적인 주인이 계림공과 호천대야라는 별호를 쓰는 인물이라는 소문이 상인들 사이에 퍼지고 있소. 그런데 사실이오? 그대는 금천장주와 무척 가까운 사이이니 이 소문의 진위 여부를 명확히 알 수 있을 것 같은데?"

하모극이 짐짓 호기심 어린 표정으로 물었다. 그러자 소사공이 잠시 생각에 잠겼다가 입을 열었다.

"우린 이만 물러가겠소."

"잘 생각하셨소이다."

"그러나 분명 다시 올 거요."

"내 생각에는 그런 일은 하지 않은 것이 좋을 것이오. 작금의 상황은 금천장과 육왕탑이 우리 만재방에 전력을 기울이기 어려운 상황이라는 것을 명심하시오."

"물론 우리 또한 그 사정을 알고 있기에 이렇게 만재방주와 대화를 하기 위해 찾아왔던 것인데… 대화를 거부하니 다른 수단을 강구할 수밖에!"

소사공이 협박을 늘어놨다. 그러자 하모극이 싸늘한 표정으로 대답했다.

"만약 그대들이 칠 년 전과 같이 우리 만재방을 핍박한다면 이번에 항주를 떠나야 할 사람은 우리가 아니라 금천장과 육왕탑이 될 것이오. 만재방은 이미 그대들이 도발을 받아낼 만반의 준비가 되어 있소. 관과 무림 그 어느 한쪽에라도 소홀함이 없이 준비했으니 그대들은 조심하는 것이 좋을 것이오."

하모극 역시 협박으로 소사공의 말을 받았다. 그러자 소사공이 깊은 눈으로 하모극 뒤에 우뚝 서 있는 장원을 둘러보다 말했다.

"과연… 준비가 만만치 않음은 알겠소. 그러나… 역사는 되풀이되는 것, 우리의 요구를 받아들이지 않는다면 결국 만재방은 이 좋은 장원을 버리고 다시 천하를 떠돌아야 할 것이오."

"그렇소? 그렇다면 결국 서로의 실력을 가늠해 볼 수밖에 다른 방법은 없겠군."

하모극이 차갑게 대답했다. 그러거나 말거나 소사공이 다시 입을 열었다.

"내일 우리의 요구를 전하겠소. 그 답에 따라 만재방의 운명이 결정될 것이오. 부디… 그릇된 결정을 내리지 말기 바라오. 모두들 가세!"

소사공이 자신이 할 말을 내뱉고는 서둘러 말머리를 돌렸다. 그러자 다른 육왕들이 서둘러 소사공을 따라 바람처럼 창룡곡을 떠나기 시작했다.

"그 말이 그렇게 충격적인 것이었을까?"

문득 원보가 고개를 갸웃했다. 계림공이라는 별호를 하모극이 알고 있다는 사실에 육왕탑의 탑주 소사공이 서둘러 장원을 떠난 것이 이해가 되지 않은 모양이었다.

"그러게 말이오. 그 스스로 소산에게 그 사실을 말했는데……."

"정말 그의 말대로 계림공 김류라는 것이 그들 사이에선 커다란 비밀인 것 같아요."

허소산이 말했다.

"음… 어쨌든 그렇다면 금천장은 좀 더 혼란에 빠지겠군."

"그런데 우리가 아닌데 누가 그의 별호를 알고 소문을 퍼뜨린 걸가?"

원보가 고개를 갸웃하며 중얼거렸다. 그러자 마침 허소산 일행이 있는 곳으로 다가온 하모극이 입을 열었다.

"그 소문을 퍼뜨린 사람은 야율거공이오."

"야율거공. 음, 역시 그자는 김류의 정체를 알고 있었군."

원보가 고개를 끄덕였다.

"일이 생각보다 재미있게 되었군요."

허소산이 미소를 지었다. 그러자 하모극이 대답했다.

"그렇구나. 야율거공이 김류의 별호를 세상에 흘린 것은 곧 그가 이 항주에서 김류와 건곤일척의 승부를 보겠다는 것이지. 그럼 금천장이 우리 만재방을 상대하는 데에 전력을 기울일 수 없을 거야. 더군다나 야율거공이 항주로 들어오는 시점에 천하팔황의 고수들도 은밀히 항주로 들어왔다고 하더구나."

"그 말은 설 신노께 들었어요. 그중 일부는 야율거공이, 다른 일부는 김류가 불러들인 것이겠지요."

"음… 이번 싸움은 칠 년 전과는 확연히 다른 양상이다. 그때는 야율거공과 같은 변수가 없었으니까."

하모극의 말에 원보가 입을 열었다.

"어쨌든 만재방은 좋은 기회를 잡았구려."

"그렇소이다. 금천장의 발이 묶인 사이 우린 항주에 더 단단한 뿌리를 내릴 수 있을 것이오. 지금도 이미 금천장의 기존 상권 중 삼 할 가까이 잠식한 상태이니."

"하하! 드디어 천운이 만재방에 오는 모양이오."

원보가 기분 좋게 웃음을 터뜨렸다. 그런데 그때 문득 남쪽의 관도로 떠나는 육왕을 지나쳐 일단의 사람들이 말을 몰아 만재방의 장원 쪽으로 달려왔다.

"또 다른 자들이 오고 있습니다."

어느새 다가온 중년의 사내가 하모극에게 말했다. 그러자 하모극이 눈을 들어 관도를 달려오는 자들을 살피며 물었다.

"전서가 있었던가?"

"객점이나 주루에 들르지 않은 자들인 듯합니다."

"음… 또 어떤 자들일까?"

하모극이 장원으로 들어가지 않고 공터에 서서 다른 손님들이 오기를 기다렸다. 허소산 일행은 하모극 등과 떨어져 장사치들 사이로 스며들었다.

그러는 사이 어느새 관도를 달려온 자들이 만재방의 입구에 도달했다.

히히힝!

만재방 앞에 도달한 자들이 급히 말을 세웠다.

"워워!"

말에 탄 자들이 서둘러 말을 진정시키고는 말에서 내려 하모극 앞으로 다가섰다.

"어디서 오시는 분들이오?"

하모극이 경계심을 드러내며 묻자 일행 중 가장 나이가 많아 보이는 자가 입을 열었다.

"인사드리오. 우린 영웅맹에서 나온 사람들이오."

굴강해 보이는 자가 정중하게 포권을 해 보이며 말했다.

"영웅맹이라…… 강호에 그런 세력이 있다는 말은 듣지 못했는데?"

하모극이 고개를 갸웃했다. 그러자 사내가 고개를 끄덕이며 대답했다.

"아마 들어보지 못하셨을 거요. 영웅맹은 탄생한 지 열흘밖에 되지 않았소. 아직 개파대전을 치르지도 않아 강호에 본 맹의 존재가 알려지지 않은 상태요."

아마도 강호에 신흥 세력이 탄생한 모양이다. 온 자들의 기백을 보건대 그리 녹록치 않은 세력임이 분명했다.

"음… 그래, 영웅맹의 영웅들께서 본 방에는 무슨 일이오?"

하모극이 묻자 사내가 품속에서 한 장의 서찰을 꺼내 들었다.

"영웅맹은 이번 달 보름에 개파대전을 열 생각이오. 해서 맹주께서 항주의 대상이신 만재방주님을 개파대전에 초대하셨소이다. 부디 맹주님의 초대에 응해주시기 바라오."

사내가 한편으론 협박처럼 느껴지는 말투로 말했다. 그러자 하모극이 무심한 표정으로 서찰을 받으며 물었다.

"영웅맹의 맹주는 어느 분이시오?"

"그건 지금 말씀드릴 수 없소."

"저런, 주인의 이름도 모르는 잔치에 초대를 받고 갈 사람이 몇이나 되겠소?"

하모극의 말에 사내가 고개를 저으며 말했다.

"비록 맹주님에 대해선 말씀드릴 수 없지만 본 맹에 참여한 사람들을 알게 되면 만재방주께서도 반드시 참석하고 싶으실 거요."

"그래, 영웅맹에 어떤 영웅들이 계시오?"

"본 맹에는 절대삼문과 사천맹의 형제들이 함께하오. 그 외에도 천하의 기인협사들이 구름처럼 모여 있소."

사내의 말에 하모극은 물론 주변에 모여 있던 장사치들도 놀란 표정을 지었다.

"지금… 절대삼문과 사천맹이라고 하셨소?"

하모극이 되물었다. 그러자 사내가 하모극이 놀라는 것이 당연하다는 듯 고개를 끄덕이며 대답했다.

"그렇소. 이제 천하는 곧 우리 영웅맹의 깃발 아래 모이게 될 것이오. 그러니… 부디 본 맹과 친교를 맺을 기회를 저버리지 말기 바라오. 그럼 우린 이만 돌아가겠소."

사내가 자신이 할 말은 다 했다는 듯 훌쩍 다시 말에 올랐다. 그리고는 하모극에게 작별의 인사도 남기지 않고 다시 관도를 달려 장원에서 멀어지기 시작했다.

*   *   *

"일이 심상치 않게 돌아가고 있다는 사실은 이미 알고 있었지만 영웅맹이라……. 뜬금없군. 야율거공… 역시 보통 인물이 아니야. 어찌 사천맹과 절대삼문을……?"

전욱이 고개를 갸웃했다. 오랜만에 만재방의 수뇌들이 한자리에 모여 있었다. 물론 허소산은 지난날과 다르게 가장 중요한 위치에서 이 모임을 지켜보고 있었다. 과거 고려에서 금가와 쟁투를 할 때 허소산은 그전 재능있는 소년이었지만 이젠 만재방과의 싸움에서 승리를 가져올 수 있는 중요한 인물이었다.

"본격적으로 싸움을 벌이는 것이라면 우리에게 유리한 것 아닌지요?"

전무산이 신중한 표정으로 물었다. 전무산 역시 과거의 그가 아니어서 이젠 전욱을 대신할 만큼 노련한 상인이었다.

"오직 금천장만을 상대하는 것이라면 그러하지."

전욱이 고개를 끄덕였다.

"그러나 야율거공 그자는 결코 우리가 손을 잡을 만한 인물은 아니에요."

전조명이 고개를 저었다. 그러자 이제 초로에 접어든 장익이 입을 열었다.

"일차적인 적은 금천장이니 잠시 그와 손을 잡는 것이 나쁜 것은 아니지요."

"그러나 그자의 간계는… 소산, 소산은 어찌 생각해?"

전조명이 허소산을 보며 물었다. 그러자 허소산이 잠시 생각에 잠겼다가 입을 열었다.

"그와 손을 잡고 말고를 떠나서 만재방의 가치를 좀 더 높일 필요가 있겠어."

"만재방의 가치를 높인다고? 어떻게?"

전조명의 질문에 사람들의 시선이 일제히 허소산에게 향했다. 그러자 허소산이 미소를 지으며 대답했다.

"이즈음에서 만재방에 강력한 조력자가 생기는 것도 나쁜 것은 아니겠지."

그러자 전욱이 눈빛을 반짝이며 물었다.

"파금검이 만재방과 손을 잡는 것이냐?"

"바로 그렇습니다. 그리되면 어느 쪽도 쉽사리 만재방에 도전하기 힘들 것이고, 또한 자신들의 세력으로 끌어들이기도 어렵겠지요. 만재방과 파금검이라면… 적어도 그들이 상대하기 껄끄러운 상대가 될 테니까요."

"그렇구나. 그럼 우린 양쪽의 싸움에서 두어 걸음 물러나 어부지리를 노릴 수도 있겠군."

"그렇겠지요."

"하면 어찌 우리의 관계를 세상에 알린다?"

"그야 어렵지 않지요. 마침 야율거공이 자리를 마련해 주시 않았습니까? 영웅맹의 개파대전에 제가 조명과 함께 가겠습니다."

"조명이와 같이?"

"파금검은 미녀를 좋아하지요."

"하하하, 알겠다. 이제 너희들도 제대로 짝을 이룰 때가 되었지. 하하하!"

전욱의 웃음이 시원하게 퍼져갔다.

第二章
암중모색

독경
讀經

한동안 만재방의 소식으로 시끄러웠던 항주 상계와 무계에 또 다른 소문이 퍼져가기 시작했다. 천하의 강자들이 하나의 맹을 만든다는 소문이었다.

이름 하여 영웅맹. 이름에서부터 그 기백이 느껴지는 이 세력이 사람들의 관심을 특별히 끄는 것은 영웅맹을 대표하는 문파들의 면면 때문이었다.

영웅맹의 중추를 이룬다고 알려진 사천맹과 절대삼문의 존재는 일순간에 강호의 모든 시선을 영웅맹으로 향하게 했다. 장강의 중, 상류를 지배하고 있는 팔황의 문파들, 수백 년 이어온 전통의 강자들인 절대삼문과 사천맹이 하나의 세력을 이루게 되었다는 것은 그야말로 강호의 기사 중 기사였다.

더군다나 예로부터 사천맹과 절대삼문은 장강의 이권을 놓고 항상 대립하는 사이였기에 그 관계가 썩 좋은 것이 아니었다. 가끔은 장강 상류에서 양측의 고수들이 생사결을 벌이는 경우도 있었다. 그런 두 세력이 힘을 합쳤다는 것은 강호의 일에 관심이 없는 사람들조차도 호기심을 동하게 만드는 소식이었다.

그들의 동맹을 나름대로 해석하던 강호인들은 한 가지 사실에 주목했다. 그건 영웅맹이 절대삼문과 사천맹의 세력권이 아닌 장강 하류의 항주에 그 터전을 마련했다는 것이다.

항주는 근자에 들어서는 상계와 무계의 분란의 중심이 되는 곳이었다. 이런 시끄러운 곳에 본거지를 만든다는 것은 하나의 추측을 가능하게 했다. 그건 영웅맹이 강호천하를 눈에 두고 있을 거란 추측이었다.

영웅맹이 강호 전체에 시선을 두고 있다면 무림은 드디어 수십 년 이어온 팔황의 시대를 끝낼 수도 있었다. 그리하여 사람들의 시선은 이제 그달 보름 항주 서쪽 광조산에서 있을 영웅맹의 개파대전으로 향하고 있었다.

"후후, 결국 왔군."

원보가 빙그레 미소를 지었다. 그러자 허소산도 가벼운 웃음을 흘렸다.

"어찌할 게냐?"

허산왕은 조금 걱정이 되는 모양이었다.

"일단 만나봐야지요."

"그들도… 네가 만재방에 자주 드나든다는 사실을 알고 있을 것이다."

"물론 그렇겠지요. 하지만 그래도 지금 급한 것은 제가 아니라 그들이지요."

"그들이 널 완전히 적으로 돌리지 않도록 잘 상대해야 할 게다."

"걱정 마세요. 적어도 영웅맹과의 승부를 보기 전에는 절대절 함부로 대할 수 없을 테니까요."

허소산이 대답을 하는 사이 대청 밖에서 장원에서 일하는 사람의 목소리가 들려왔다.

"주인님, 손님을 모시고 왔습니다."

"들여라."

허소산이 도도한 파금검의 목소리로 말했다. 그러자 작은 기침 소리와 함께 사십대 중반의 사내가 금선옹과 비사도를 데리고 대청으로 들어왔다.

"음… 장주께서 친히 이곳까지 오실 줄은 몰랐구려. 어서 오시오."

허소산이 앉은 채로 금선옹을 맞이했다. 그러자 금선옹의 표정이 살짝 변했다. 물론 지금까지 파금검으로서의 허소산이 예의를 지키는 인물은 아니었지만 이렇게 앉아서 자신을 맞이할 만큼 무례했던 경우도 거의 없었다.

금선옹이 잠시 서서 노기를 가라앉히는 듯하더니 허소산 맞은편에 비사도와 함께 자리를 잡고 앉았다.

"손가지도에선 무사히 돌아오셨구려. 걱정을 좀 했소."

허소산이 한줄기 비웃음이 깃든 말을 건넸다. 그러자 금선옹의 표정이 딱딱하게 굳어지는 듯싶다가 이내 부드러움을 회복하며 말했다.

"좀 곤란한 지경에 처하기는 했으나 돌아오는 것이야 무슨 어려움이 있었겠소. 덕분에 잘 돌아왔소이다. 돌아오자마자 파 대협을 만나고 싶었는데 파 대협께서 워낙 바쁘셔서 미처 기회를 얻지 못했소이다."

"하하, 내가 요즘 좀 바쁘기는 하오. 이 항주란 곳 말이오. 살면 살수록 좋은 곳인 듯하오. 천하의 모든 사람과 천하의 모든 물건이 이 항주에 존재하는 것 같소. 그래서… 나도 아예 항주에 터를 좀 잡아볼까 분주하게 움직이고 있소이다."

"그래서 선택한 곳이 만재방이오이까?"

금선옹이 따지듯 물었다.

"음, 만재방이라……. 괜찮은 곳이긴 하오. 그 창룡곡의 장원은 내가 평생 꿈꿔온 장원의 모습이더이다. 혹 그곳에 가보셨소?"

허소산이 아무렇지도 않은 듯 물었다. 그러자 금선옹이 불쾌한 기색을 보이며 대답했다.

"아직 가보지는 못했소이다. 하지만 소문은 들었소."

"기회가 된다면 가보시구려. 아마 금천장도 그런 장원 하나 마련하고 싶으실 거요. 아주 괜찮은 곳이오. 더군다나……."

허소산이 뭔가를 말하려다 말고 입을 닫았다. 그러자 금선옹이 탐색하는 눈으로 허소산을 보며 물었다.

"달리 만재방에서 파 대협의 관심을 끄는 이유가 있소?"

"음, 물론 있소이다. 매우 관심을 끄는 것이 하나 있지."

허소산이 정색을 하며 고개를 끄덕이자 금선옹의 표정이 변했다.

"도대체 만재방의 무엇이 그렇게 파 대협의 관심을 끄는 것이오?"

"그건… 지금 말해줄 수 없소. 일이란 것이 잘될 수도 있고 안 될 수도 있으니 나중에 일이 잘되면 그때 말해주리다."

허소산이 은근히 금선옹의 호기심을 들쑤셨다.

"천하의 파 대협께서 이렇게 신중하신 것은 처음이구려."

"하하하, 이 일은 인륜지대사라 신중할 수밖에 없소. 그런데… 갑자기 무슨 일이오?"

금선옹에게 파금검은 그 행동을 종잡을 수가 없는 성정이었다. 허소산이 불쑥 금선옹이 찾아온 이유를 물었다. 그러자 금선옹이 겸연쩍은 표정을 지으며 대답했다.

"우리가 보지 못할 사이는 아니지 않소이까?"

"음, 물론 그렇긴 하지만 손가지도에서의 일로 조금 껄끄러운 사이가 된 것도 맞지 않소?"

"손가지도에서야 그저 파 대협이 먼저 섬을 떠났을 뿐 아니오?"

"하하하, 그전의 일은 생각지 않으시는군. 계림공이 은밀히 뒤를 따라온 사실 말이오. 아, 뭐, 좋소, 좋아. 과거의 일일랑 다시 들춰 무슨 소용 있겠소. 그런데… 그 보물은 누구 차지가 되었소?'

허소산이 은근한 목소리로 물었다. 그러자 금선옹이 얼굴을 붉히며 말했다.

"우린 아니오."

"그럼 야율거공이 가져간 모양이군."

"그도 쉽지는 않았을 것이오."

"그럼 구룡문이 가져갔나?"

허소산이 고개를 갸웃했다. 그러자 금선옹이 퉁명스레 대답했다.

"나도 자세히는 모르겠소. 해천방의 침몰한 배에 실려 있었던 것 같기도 한데…….'

"오라. 그럼 아무도 보물을 차지하지 못했단 말이구려. 하하하, 이거 그럼 나만 이득을 본 건가?'

허소산이 너털웃음을 터뜨렸다. 그러자 곁에서 원보가 은근한 목소리로 말했다.

"주인님의 복이야 하늘이 내리신 것 아닙니까? 그리하여 천하에서 가장 뛰어난 무공도 얻었고, 천하에서 가장 풍성한 재물도 손에 넣었고, 이제 천하에서 가장 아름다운…….'

"아, 그만하시지요, 원 노사. 아직 일이 성사된 것도 아닌데.'

허소산이 짐짓 손을 들어 원보의 말을 막았다. 그럴수록 금선옹은 어떤 비밀이라도 알아내려는 사람처럼 눈동자를 빠르게 움직여 허소산과 원보를 살폈다. 그러나 허소산의 제지를 받은 원보는 더 이상 입을 열지 않았다. 그러자 금선옹이 아쉬운 표정을 지으며 입을 열었다.

"파 대협께서는 무사히 그 재물들을 항주로 가지고 오신 모양이오?"

"물론 그렇소. 누가 감히 내 재물에 손을 대겠소?"

허소산이 호방하게 말했다.

"하지만 권력이나 재물은 본시 얻기보다는 지키기가 더 어렵지요."

"음… 그건 금장주의 말이 맞소. 그래서 요즘 조금 골치가 아프다오."

"예전의 약속처럼 금천장에서 그 재물을 관리해 줄 용의가 있소이다만……."

금선옹이 은근한 목소리로 말했다. 그러자 허소산이 갑자기 웃음을 터뜨렸다.

"하하하! 이보시오, 장주! 이거 나를 너무 어리석은 사람으로 취급하시는구려. 이미 손가지도에서 금천장의 속셈을 들여다보았는데 어찌 내가 다시 금천장에 나의 소중한 재물을 맡기겠소."

"그건 파 대협의 오해외다. 대야께서 뒤를 따르신 것은 만약을 위해서였소. 그리고 우려대로 야율거공이 나타나지 않았소? 구룡문도 그러하고."

"날 어린애 취급하시는 거요? 앞뒤의 사정이 이미 명확하게 드러난 일을 가지고 더 이상 왈가불가하지 맙시다. 그나마 금천장은 다행으로 알아야 할 게요."

허소산이 자못 엄한 표정으로 말했다.

"무엇이 말이오?"

"내가 항주에 돌아와 금천장을 적대시하지 않는 것을 말이오. 우리의 과거 맹약은 이제 흩어진 구름과 같이 되었으니 그 일에 미련을 두지 마시오. 금천장은 금천장의 길을, 나는 내 길을 가면 그뿐이오."

허소산의 말에 금선옹이 눈을 가늘게 뜨며 물었다.

"파 대협의 길이란 결국 강호일패의 길이오?"

"음… 사실 그게 조금 변했소."

순간 금선옹의 눈빛이 번뜩였다. 파금검이라는 이 절대고수가 강호일패의 뜻을 거뒀다면 금천장으로서는 나쁜 일이 아니었다.

"어떻게 말이오? 다른 흥미있는 일이라도……?"

"생각해 보시오 강호를 일통한들 나에게 그 어떤 즐거움이 있겠소? 아마도 천하의 일을 신경 쓰느라 하루라도 편할 날이 없을 거요. 그러니 그렇게 사는 것보다 어여쁜 여인과 함께 한 평생 가보지 못한 곳을 여행하며 사는 것이 더 즐겁지 않겠소?"

"정녕 그리 사실 생각이오?"

"뭐, 말이 그렇다는 거요. 본시 인간사라는 것이 내 뜻대로 되는 것은 아니니까."

"음… 여하튼 천하 대사에는 이제 관심이 없다는 말처럼 들리는구려."

"하하하, 글쎄 최근 들어 천하 대사보다 더 관심 있는 일이 생겼다지 않소."

"자세한 이야기를 해주실 수는 없겠소?"

"일이란 게 성사되기 전에 누설을 하면 항상 마가 끼는 법이니… 나중에 두고 보면 알게 될 거요."

"도대체 무슨 일인지 모르겠구려."

"하하하, 이달 보름 영웅맹의 개파대전에 오실 생각이오?"

허소산이 다시 엉뚱한 말을 물었다.

"물론 갈 것이오. 비록 적이지만 상대의 잔치에 초대받고도 거절을 할 만큼 옹졸한 금천장은 아니오."

"적이라……. 이미 영웅맹을 적으로 생각하고 있었구려. 허허, 양쪽의 싸움이 볼 만하겠군. 아무튼 잘됐소. 그곳에 오면 내가 최근 무슨 일에 관심을 가지고 있었는지 자연히 알게 될 거요."

순간 금선옹의 얼굴에 경계의 빛이 보였다.

"설마 영웅맹과 관련된 일이오?"

"걱정 마시오. 내 비록 금천장의 대업에 동참하지 않는다 해도 야율거공과 손을 잡을 사람은 아니오. 나와 그의 관계를 잘 아시지 않소?"

"하긴, 파 대협과 야율거공 그자는 불가근의 관계지요."

"후후후, 어쨌든 영웅맹의 개파대전에 꼭 오시기 바라오. 나로서야 사람이 많을수록 좋으니······."

"그렇구려. 내 반드시 가도록 하겠소."

금선옹이 고개를 끄덕였다.

"그런데 오늘 이렇게 특별히 나를 보고자 한 이유가 내 재물의 행방과 손가지도에서 일을 해명하기 위함이 전부요?"

허소산이 눈을 가늘게 뜨며 물었다.

"음, 사실 그보다 더 중요한 일이 있소이다."

금선옹이 고개를 저으며 말했다.

"그보다 더 중요한 일이라······. 그 일이란 게 도대체 뭐요?"

허소산이 호기심을 드러내며 물었다. 그러자 금선옹이 품속에서 한 장의 붉은 첩지를 꺼내 들더니 허소산 앞으로 밀어냈다.

"이게 뭐요?"

갑작스런 금선옹의 행동에 허소산이 첩지를 집어 들며 물었다.

"열어보시구려."

금선옹이 눈으로 첩지를 가리키며 말했다. 그러자 허소산이 고개를 한 번 갸웃하고는 첩지를 펼쳤다. 그리고 잠시 후 허소산의 뜨악한 눈으로 금선옹을 바라봤다.

"풍월령(風月嶺)?"

"그렇소."

"이게 대체 뭐요?"

"대야께서 강호의 영웅들을 불러 모아 해문산에 거처를 마련하셨소. 그곳의 이름이 풍월령이고, 그 이름으로 강호에 나설 것이오."

"오! 드디어 호천대야께서 무림에 일보를 내디디시는구만. 하긴 영웅맹이 탄생했으니 어찌 호천대야께서 가만히 있을 수 있으시겠는가. 그래, 풍월령에는 어떤 사람들이 모였소?"

허소산이 넌지시 물었다. 그러나 금선옹이 씁쓸한 미소를 지으며 대답했다.

"파 대협께서 모르시지는 않을 거라 생각되오만……."

"흐흐, 뭐, 대충은 알고 있소. 하지만 그래도 내가 모르는 누군가가 포함되어 있을 수도 있지 않겠소?"

"아마도 파 대협께서 짐작하는 사람들이 대부분일 거요. 영웅문이 개파대전을 끝내면 우리 풍월령도 그 즉시 세상에 나설 것이오. 오늘 드리는 이 첩지는 사실 파 대협도 우리 풍월령에 합류했으면 하는 대야의 미련에서 나오신 초청장이오."

"초청장이라……. 여전히 내게 관심이 있으신가?"

"어찌 파 대협과 같은 분께 관심이 없을 수 있겠소. 무공은 천하제일을 다투고 재물은 한 나라를 세우고도 남음이 있는 분 아니오."

"하하하, 칭찬이 과하시구려. 그런데 초청장을 보낸다는 것은 풍월령도 개파대전을 연다는 말이오?"

"그건 아니오. 우린 야율거공과 같은 허례를 떨 생각은 없소. 이 초청장은 오로지 풍월령에 속했으면 하는 사람들에게

만 전해질 것이오."

"음, 그렇다면……."

허소산이 붉은 첩지를 접어 넌지시 금선옹 쪽으로 밀었다.

"거절하는 것이오?"

"이미 답을 듣지 않았소?"

허소산의 대답에 금선옹이 씁쓸한 표정으로 고개를 끄덕이고는 첩지를 회수했다. 그리고는 천천히 자리에서 일어났다.

"오늘의 용건은 모두 끝났으니 난 이만 돌아가 보겠소."

"저런, 술이라도 한잔하시지……."

"아니오. 술은 나중에 내가 대접하겠소."

"하하하, 그렇소? 나도 풍월령 구경을 한번 해보고 싶으니 손님으로서 다시 한 번 초대해 주시기 바라오."

허소산의 말에 금선옹의 눈빛이 반짝였다.

"손님으로서 초대하면 와주시겠소?"

"물론, 비록 깨어지긴 했지만 그래도 한때는 서로 한길을 가려던 사람들 아니오."

"좋소이다. 대야께 그리 전하겠소. 그럼."

금선옹이 조금 밝아진 표정으로 포권을 해 보이고는 장내를 벗어났다.

"그가 조금 서두르는군."

금선옹이 물러가자 허산왕이 말했다.

"그리 보셨소이까?"

원보가 허산왕을 보며 물었다.

"그자의 눈빛에서 쫓기는 사냥감의 기운을 읽을 수 있었소. 아마… 영웅맹의 출현이 그들을 조급하게 만든 모양이오."

"서두르는 자는 필히 실족을 하게 마련이지요."

원보가 고개를 끄덕였다. 그러자 허소산이 조용히 입을 열었다.

"그런데 풍월령이라는 이름을 들으니 그들이 계림천년왕국을 재건할 꿈을 꾸고 있다는 확신이 드네요."

"응? 어째서?"

허산왕이 물었다. 그러자 허소산이 나직하게 입을 열었다.

"예전에 서책에서 읽은 기억이 있는데 풍월이란 말은 과거 신라의 낭도 사이에서 자주 쓰이던 말이거든요."

*　　　*　　　*

"그자가 있는 한 우린 자유로울 수 없다."

목인몽이 말했다. 그러자 과거 오산금림의 장로였던 백부련이 입을 열었다.

"그러나 지금으로선 그를 상대할 수 없지 않습니까? 그는… 지존의 말씀대로라면 독경의 무공을 완성한 자입니다. 더군다나 오산금림이 그를 따르고 있습니다."

"그래, 그러니 그를 상대하자면 나도 비상한 수단을 준비해야 해. 그래서 고민이야. 누가 좋을까."

목인몽이 고개를 갸웃했다. 그러자 백부련이 말했다.

"그나마 조금이라도 더 알고 있는 자가 낫지 않겠습니까?"

"야율거공에게 가자는 말이군."

"그렇습니다."

"음… 그러나 야율거공 그자는 마음에 들지 않아. 나와… 너무 닮은 자이거든. 후후."

목인몽이 나직한 웃음을 흘렸다.

"하지만 금천장주의 뒤에 있는 계림공이란 자에 대해선 전혀 모르시지 않습니까? 어느 정도의 무공을 지니고 있는지, 또 어떤 마음을 품고 있는지……."

"그렇지. 하지만 문제가 될 것이 뭐가 있겠나? 만나보면 될 것을."

목인몽이 간단하게 대답했다. 그러자 백부련이 잠시 말문이 닫혔다. 그러자 목인몽이 다시 입을 열었다.

"야율거공의 뒤에는 야문이 있고, 야문 뒤에는 대요가 있다. 그를 제압한다고 해서 야문이 내 손에 들어올 것도 아니고 내가 요의 황제가 될 수 있는 것도 아니다. 그러나 계림공이란 자를 제압하면 난 금천장을 부릴 수 있지. 아니… 금천장이 천하에서 끌어모은 무림고수들을 부릴 수 있다. 이러나저러나 계림공 쪽이 나에게 맞아. 그를 만날 준비를 해."

"알겠습니다. 제가 은밀히 금천장에 다녀오지요."

"좋아, 만나는 장소를 한적한 곳으로 해. 단번에 계림공의 목줄을 잡아 내 수하로 만들 수 있게."

"그리하겠습니다."

백부련이 조용하게 대답했다.

*　　　*　　　*

설도우가 오랜만에 장원에 모습을 드러냈다. 손가지도에서 돌아온 이후 설도우는 한동안 장원에 나타나지 않았었다. 그런데 장원으로 돌아온 그가 전한 소식은 놀라운 것이었다.

"그를 찾았다고요?"

허소산이 놀란 얼굴로 설도우에게 확인하듯 물었다.

"그렇습니다, 경주. 분명 그는 항주에 있습니다."

"음, 어디에 있던가요?"

"몇 해 전 항주 남쪽에 신천궁이라는 기묘한 문파가 생겼다고 합니다. 목인몽은 그곳에 있는 것이 분명합니다. 백부련이 그곳에 있으니 당연히……."

"신천궁이라……. 어떤 문파죠?"

"명패만 걸어놓고 강호행을 하지는 않았던 문파입니다. 아마도 과거 목우와 요아원, 그 두 사람이 만들어놓은 비밀 세력인 듯합니다."

"그렇군요. 그런데 백부련이 금천장을 찾았다고요?"

"그렇습니다. 아마도 목인몽이 금천장에 관심이 있는 모양입니다."

설도우의 말에 허소산이 고개를 끄덕였다.

"당금 무림에서 천하를 도모하자면 둘 중 하나를 선택해야 하지요. 야율거공의 영웅맹이든지 금천장의 풍월령이든지. 목인몽이라면 당연히 풍월령을 선택할 겁니다."

"어째서 그렇게 생각하느냐?"

두 사람의 대화를 듣고 있던 원보가 고개를 갸웃하며 물었다.

"옛말에 유유상종이라는 말이 있지만 목인몽이 야율거공을 선택하기는 쉽지 않을 거예요. 그 두 사람은 너무 닮았어요. 언제든 한쪽이 한쪽의 등에 비수를 꽂을 수 있는 성정의 사람들이지요. 목인몽 스스로 그 사실을 잘 알고 있을 테니 결국 금천장으로 갈 겁니다."

"김류와 목인몽이라……. 누가 나을까?"

원보가 고개를 갸웃했다. 그러자 허소산이 고개를 저으며 말했다.

"두 사람 중 누가 주도권을 잡을지는 예상하기 어려워요. 물론 무공으로 보자면 목인몽이 나을 겁니다. 이러니저러니 해도 그의 무공은 독경에서 시작된 무공이니까요. 하지만 김류에게는 한 세월 천하를 상대로 치열하게 쌓아온 경험과 그를 따르는 충성스런 수하들이 있지요. 아마 재미있는 다툼이 될 거예요. 직접 곁에서 두 사람의 기 싸움을 보지 못하는 것이 아쉬울 뿐이죠."

"흐흠… 어쨌든 항주가 한순간에 용담호혈이 되어가는구나. 풍월령과 영웅맹이라……. 허허!"

원보가 가벼운 웃음을 흘렸다. 그러자 설도우가 허소산에게 물었다.

"그를 그대로 놓아두실 겁니까?"

"목인몽 말인가요?"

"그렇습니다. 사실… 그가 무공으로는 경주님을 대적할 수 없겠으나 위험한 자입니다. 그에게 힘이 생긴다면 필시 경주님을 노릴 겁니다."

"알고 있어요. 어쩌면 이미 저에 대해 알고 있을지도 모르지요. 신천궁이라는 문파가 오랫동안 항주에서 있어왔던 문파라면 항주에 거하는 무림인들을 면밀히 살피고 있었을 테니까요."

"그럼 더더욱 그를 제거해야 하는 것이 아닐지……."

그러자 허소산이 고개를 저었다.

"그는 절대 함부로 제 앞에 나타나지 않을 거예요. 신황림에서 이미 한 번 패한 적이 있으니. 아마 금천장의 모든 힘을 자신의 것으로 만드는 일이 더 시급하다고 생각하겠지요. 그러나 김류 역시 만만한 사람이 아니니 그들은 미처 승부를 보기 전에 영웅맹을 상대해야 할 거예요."

"금천장이 조금 유리해지는 건가?"

허산왕이 물었다.

"아무리 금천장이 많은 고수들을 끌어들였다 해도 절대삼문과 사천맹을 손에 넣고 있는 영웅맹을 상대하기엔 역부족이지요. 물론 금력이 그 전력의 차이를 극복해 주겠지만. 하지만 목인몽이 금천장에 가세한다면 싸움은 승패를 가늠하기 어려울 거예요."

"결국 목인몽으로 인해 양패구상이 일어날 수도 있다는 말이구나."

"그렇지요. 그래서 목인몽은 아직 잡아들일 때가 아닌 것 같아요."

허소산이 설도우를 보며 말했다. 그러자 설도우가 고개를 끄덕였다.

"경주님의 생각이 그렇다면 일단 그를 감시만 하겠습니다."

"그래요. 하지만 조심하셔야 해요. 그가 얼마나 위험한 자인지는 잘 알고 계시죠?"

"물론입니다. 그의 무공을 어찌 모르겠습니까? 해서… 화 형님이 오시기로 했습니다."

"화 신노께서요?"

허소산이 되묻자 설도우가 고개를 끄덕였다.

"목인몽도 발견되었고 항주의 사황도 변화가 무쌍하니 우리도 준비를 해야겠다고 생각했습니다. 화 신노 외에 대승 장로도 금림의 고수들을 이끌고 항주로 들어올 겁니다."

"음… 알겠습니다. 일단 그리 준비가 된다면 우리도 여유를 좀 가질 수 있겠네요."

허소산이 고개를 끄덕였다.

"금천장을 좀 둘러볼까?"

문득 원보가 입을 열었다.

"무엇 때문에 말이오?"

허산왕이 물었다.

"흐흐, 오랜만에 그 목인몽이라는 녀석 얼굴을 볼 수 있을지 누가 알겠소? 허 엽사도 함께 갑시다. 놈의 얼굴을 모르지 않소?"

"그도 그렇구려. 그런 자의 얼굴은 알아두어 나쁠 것은 없지. 마침 보름까지는 딱히 할 일도 없고."

허산왕이 고개를 끄덕였다.

*　　　*　　　*

오산금림의 고수들이 항주에 들어온 것은 목인몽의 거취가 발견된 지 오 일 후였다. 보름까지는 이제 며칠 남지 않아 항주는 온통 영웅맹 이야기에 휩싸여 있었다.

뚜각뚜각!

한 대의 마차가 숲으로 난 관도를 걷고 있었다. 그러다 문득 마차 안에서 한마디 목소리가 흘러나왔다.

"잠시 마차를 세우세요."

아리따운 여인의 목소리에 마차가 그 자리에 섰다. 그러자 마차 안에서 경국지색의 여인이 모습을 드러냈다. 그야말로 하늘의 선녀가 하강한 듯한 모습. 그러나 자세히 보면 여인의 얼굴에는 가는 주름이 숨길 수 없이 드러나 있어 그녀의 나이가 적지 않음을 말해주고 있었다.

마차가 선 곳은 항주의 포구와 성내가 한눈에 내려다보이는 능선이다. 여인은 앞쪽으로 몇 걸음 걸어나와 항주의 성내로 시선을 주었다. 천하의 모든 산물이 모여든다는 항주, 하늘 아래 제일의 성읍이라는 항주가 그녀 앞에 펼쳐졌다.

　"이곳이 항주인가?"

　여인이 나직하게 중얼거렸다. 어떤 감정도 느껴지지 않는 목소리였다. 만약 누군가가 그녀의 말을 들었다면 그 무색무취의 음성에 소름이 돋았을 것이다. 그녀의 목소리는 사람으로 하여금 본능적인 두려움을 느끼게 만드는 기운이 있었다.

　그녀는 거의 이각이 넘는 시간 동안 홀로 그렇게 항주를 내려다보고 있었다. 그 자리에 굳은 석상처럼 그녀는 미동도 하지 않았다. 그녀의 이 끈기가 또한 사람을 질리게 만들었을까. 문득 마차에서 초로의 여인이 모습을 드러냈다. 그리고는 조심스럽게 여인의 곁으로 다가와 말을 건넸다.

　"성주, 가셔야 합니다."

　그러자 여인이 잠시 침묵을 지켰다가 대답했다.

　"과연 저곳으로 가야 하나?"

　"성주, 대야께서 기다리고 계십니다."

　"그래, 오라버니의 명이 있었지. 그럼 가야겠지. 하미 그대는 날 죽여서라도 오라버니에게 데려갈 사람이니까."

　순간 초로의 여인이 고개를 조아리며 말했다.

　"어찌 그런 참담한 말씀을 하십니까? 천하에 성주를 당할 사람은 없습니다."

"그런데 왜 난 오라버니의 명을 따라 그 많은 일을 해온 거지? 오라버니조차 날 당해낼 수 없다는 걸 알면서?"

"그건… 그것은 당연히……."

"타고난 운명 때문이라고?"

"……?"

초로의 여인이 대답을 하지 못했다.

"만약 말이야. 내가… 오라버니를 베면 어떨까?"

"성주!"

초로의 여인 입에서 경악스런 음성이 터져 나왔다.

"하미, 그대는 천하에서 날 벨 사람이 없다고 했지? 그건 곧 내가 천하에서 베지 못할 사람이 없다는 말도 되겠지. 그럼 난 오라버니를 베고 내가 원하는 삶을 살 수 있지 않을까?"

"성주, 어찌 그런……."

"불경하단 말인가?"

"성주, 사람은 각자 타고난 운명이 있습니다. 성주의 운명은……."

하미라는 여인이 말꼬리를 흐렸다.

"내 운명이 뭘 어쨌다는 거지?"

여인이 무심하게 하미라는 여인을 돌아봤다. 그러자 하미라는 여인이 흠칫했다. 그리곤 감히 여인의 질문에 대답하지 못했다.

"알고 있지? 내가 그를 세 번 배신한 것을."

"물론 알고 있습니다. 하지만 그건……!"

"대의를 위한 희생이었다?"

"그렇습니다."

"하미 그댄 대의란 의미를 잘못 알고 있구나. 대의란 타인을 위해 행동하는 사람에게 쓰는 말이야. 그런데 모든 권력자들은 자신의 욕망을 위해 저지른 일들을 감히 그 대의란 이름으로 정당화하지. 적어도 나 여화는 그런 식으로 날 정당화하고 싶지 않아. 난 그렇게 염치없는 사람이 아니야. 우리가 하는 일… 과연 대의(大義)인가?"

여화라는 여인의 질문에 하미라는 노인은 대답하지 못했다.

"아니, 우리가 하는 일은 대의가 아니다. 그저… 물려받지 못한 권력에 대한 집착일 뿐!"

"성주, 혹시라도 대야 앞에선 그런 말씀 마십시오."

순간 여화라는 여인의 눈에서 싸늘한 살광이 일어났다.

"하미, 지금도 그댄 내가 오라버니를 두려워한다고 생각하나?"

"성주……!"

"아니. 내가 오라버니를 두려워하던 시절은 이미 오래전에 지나갔다. 그를 세 번째 배신하며 난 인의를 버렸지만, 대신 다른 하나를 얻었다. 그런 오라버니를 극복할 수 있는 힘이지. 물론 그 힘을 얻게 강요한 것은 오라버니지만, 그래서 오라버니는 대답을 해야 할 거야. 오라버니가 말했던 그 새로운 세상으로. 그렇지 않다면 난 오라버니를 베겠다. 내 삶을 오라버니의 의지대로 살게 한 대가로!"

여인의 기운에 하미라는 노인이 부르르 몸을 떨었다.

언제나처럼 금천장 장원 앞은 분주하기 이를 데 없었다. 만재방의 재건으로 금천장과 거래하는 상인의 수가 줄었다고는 해도 금천장은 금천장이었다. 여전히 금천장은 항주에서 만재방보다 크고 강했다.

특히 최근 들어서는 만재방과 경쟁을 하느라 상인들과의 거래 조건이 무척 유해졌으므로 줄어들던 거래도 어느덧 안정을 찾아가고 있었다.

"금천장이 저력이 있긴 있는 모양이오."

변복을 하고 금천장 주변을 어슬렁거리고 있던 원보가 허산왕에게 말했다. 허산왕 역시 장사치로 변복을 하고 있었다. 물론 그렇다고 금천장주가 두 사람을 알아보지 못할 리는 없겠지만 장원에 가까이 가지 않는 이상 두 사람이 정체를 들킬 염려는 없어 보였다.

"그런 것 같구려. 거래가 제법 활발하구려."

"음… 역시 만재방이 거래 선을 끊는 방법으로 금천장에 줄 수 있는 타격에는 한계가 있는 것 같소이다. 결국 영웅맹과 제대로 한판 붙어야 금천장이 흔들리겠군."

"큰 싸움이 되겠지요?"

"무림의 향방이 결정될 싸움이 될 거요."

원보가 고개를 끄덕였다. 그때 문득 원보가 슬쩍 걸음을 옮겨 몸을 숨겼다.

"제길……."

원보의 갑작스런 행동에 허산왕이 놀란 표정으로 원보 곁으로 다가서며 물었다.

"무슨 일이오?"

"만나지 말아야 할 자가 있구려."

원보의 말에 허산왕이 금천장의 정문 쪽으로 시선을 돌렸다. 그러자 일단의 사람들이 막 정문을 벗어나 문 앞 공터에 도열하고 있었다. 마치 누군가를 기다리는 사람들 같은 모습이었다.

"저들은… 금천장에서 보지 못한 자들이구려."

허산왕도 손가지도에 가기 전에는 허소산을 따라 제법 금천장 출입을 했기에 웬만히 알려진 금천장의 식솔들 얼굴은 알고 있었다. 그런데 지금 금천장 앞에 나와 선 자들은 허산왕으로서도 처음 보는 자들이었다.

"음… 저들은 그동안 모습을 드러내지 않았는데… 저렇게 모습을 드러내다니 도대체 누가 오기에……."

원보가 말꼬리를 흐렸다.

"도대체 저들이 누구요?"

허산왕이 호기심을 감추지 못하고 물었다. 그러자 원보가 그늘진 목소리로 대답했다.

"저들은 봉황문의 고수들이오."

"아! 봉황문!"

봉황문은 허산왕도 익히 알고 있는 문파다. 비록 봉황문에 속한 고수들을 만난 적은 없지만 강호에서 도검을 쓰는 자치고 봉황문을 모르는 자는 거의 없다. 중원팔황에 못지않은 명성을 지닌 다섯 개의 문파, 해동무림을 대표하는 해동오류의 한 축을 이루고 있는 곳이 바로 봉황문이기 때문이었다.

"어쩐지 봉황문의 고수들이라 여인이 제법 섞여 있구려."

허산왕이 장원 앞에 나와 선 자들을 자세히 살피며 말했다.

"맞소이다. 봉황문은 여고수의 숫자가 칠 할에 이르는 문파요."

"음… 그런데 원 노사께서는 어떻게 봉황문의 고수들을 한눈에 알아보셨소이까?"

허산왕의 질문에 원보의 표정이 살짝 굳어졌다.

"그들과는 제법 인연이 있소이다. 그동안 내가 이 항주에서 줄곧 조심한 이유도 그들이 내 존재를 알까 봐서였소."

"그들이 원 노사를 보면 안 되는 것이오?"

"뭐, 구린 쪽은 그쪽이지만 또한 그래서 날 보면 가만히 있지 않을 자들도 저들이오."

"그럼 조심해야겠구려. 돌아갑시다."

허산왕이 경계심을 드러내며 말했다. 그러자 원보가 고개를 저었다.

"아니오. 저들이 이렇게 모습을 드러낸 것은 분명 중요한 인물이 금천장에 오고 있다는 의미일 거요. 누가 오나 그것만은 확인하고 갑시다."

원보의 말에 허산왕이 고개를 끄덕였다.

"그도 그렇구려. 그럼 일단 조금 더 뒤로 갑시다."

허산왕이 원보를 끌고 상인들 사이로 스며들었다.

두두두!

경쾌한 말발굽 소리를 울리며 한 대의 마차가 금천장 입구에 도착했다. 그러자 금천장 앞에 나와 서 있던 자들이 일제히 마차 앞으로 달려나갔다.

금천장 앞에서 거래를 하던 상인들이 갑작스런 마차의 등장에 호기심을 보이며 잠시 하던 일을 멈췄다. 그리고 잠시 후 사람들의 시선을 받으며 마차 문이 열렸다.

"아!"

"오!"

잠시 후 장사치들 사이에서 나직한 탄성이 흘러나왔다. 마차 안에서 화려한 자태를 뽐내는 여인이 모습을 드러냈기 때문이다. 그런데 더 놀라운 것은 금천장에서 나온 자들이 일제히 그 여인 앞에 머리를 숙인 점이었다.

"참으로 아름다운 여인이구려."

멀리서 여인에게 눈길을 주고 있던 허산왕이 자신도 모르게 입을 열었다. 그런데 잠시 후 허산왕은 뭔가 이상하다는 것을 깨달았다. 평소라면 필시 자신의 말에 대꾸를 함은 물론, 자신이 내뱉은 말보다 서너 배의 말을 했을 원보가 침묵을 지키고 있었던 것이다.

허산왕의 시선이 자연스레 원보에게로 향했다. 그런데 그

순간 허산왕이 당혹스런 표정을 지었다. 원보는 마치 석인(石人)처럼 굳은 채로 서 있었다. 원보의 시선은 마차에서 내리는 여인에게 고정되어 있었는데, 그녀의 움직임 하나라도 놓치지 않으려는 것처럼 모든 신경을 여인에게 쏟고 있었다.

"원 노… 음!"

허산왕이 원보를 부르려다 말고 입을 닫았다. 지금 원보를 불렀다가는 도를 뽑아 들지도 모르겠다는 생각이 퍼뜩 들었던 것이다. 본능적으로 말을 멈춘 허산왕이 고개를 갸웃하며 다시 마차에서 내린 여인에게로 시선을 돌렸다.

그사이 여인은 함께 마차를 타고 온 사람들과 함께 금천장 사람들에 둘러싸여 장원 안으로 사라지고 있었다.

"참으로 아름다운 여인일세."

"그러게 말이야. 내 생전 저렇게 아름다운 여인은 처음일세. 그런데 금천장에는 무슨 일일까?"

허산왕과 원보 주변에서 두런두런 장사치들의 말이 흘러나오기 시작했다. 그러나 원보는 여전히 여인이 사라진 금천장의 정문을 주시하고 있을 뿐, 움직일 생각을 하지 않았다.

허산왕은 그런 원보를 걱정스레 바라보며 침묵을 지켰다. 허산왕은 산에서 살아온 사람이지만 본능적으로 침묵이 필요한 시간이 있다는 것을 알고 있었다. 백두의 숲과 짐승이 그에게 가르쳐 준 것 중 하나가 침묵이 필요한 자에게는 반드시 그 시간을 허락해야 한다는 것이다. 지금이 원보에게는 침묵이 필요한 시간일 터였다.

허산왕이 산에서 살면서 얻은 것은 침묵의 지혜 말고 다른 것도 있었다. 그건 세상 그 누구보다도 무던한 끈기였다. 사냥을 하면서는 한 자리에서 삼사 일을 움직이지 않고 버텨내기도 했던 허산왕이다. 그러니 원보의 침묵이 이각이 넘어간다고 해서 허산왕에게 문제가 될 것은 없었다.

허산왕은 하루라도 기다릴 요량이었지만 먼저 입을 연 것은 원보였다.

"그녀가 왔군."

근 이각여 동안 침묵을 지키고 있던 사람의 입에서 나온 말치고는 너무나 간단했다. 허산왕이 조용히 물었다.

"아는 사람이오?"

"봉황문의 문주요."

"아니, 저 여인이 말이오?"

"그렇소. 이름은 여화. 아마 강호천하에서 여중제일, 아니, 무림을 통틀어 가장 강한 사람 중 한 명일 것이오. 또한 가장……"

원보가 무슨 말인가를 하려다 입을 닫았다. 그 순간 허산왕은 다시 원보의 침묵이 시작되었다는 것을 깨달았다.

第三章
광조산 영웅맹

독경
讀經

　"뭘 하려는 것이오?"

　무심코 금천장의 담을 넘으려던 원보의 팔을 허산왕이 잡았
다. 그러자 원보가 흠칫하며 허산왕을 보더니 나직하게 탄식
을 흘렸다.

　"휴, 내가 아직 심마에서 벗어나지 못했던고?"

　원보의 탄식에 허산왕조차도 힘이 빠지는 모습이었다.

　"일단 돌아갑시다."

　아무래도 원보의 상태가 심상치 않았는지 허산왕이 원보의
소매를 끌었다. 그러자 원보가 고개를 끄덕였다.

　"그럽시다. 이대로 있다가는 반드시 그녀를 보고 말 거요."

　원보의 대답에 허산왕이 뭔가를 더 물으려고 하다가 착잡한

원보의 표정에 입을 다물었다. 그리고 두 사람은 말없이 금천장을 떠났다.

산새 울음소리가 오늘따라 구슬프게 들려왔다. 초록으로 이어진 산길을 허산왕과 원보 두 사람이 함께 걷고 있었다. 두 사람 사이의 침묵은 숲만큼이나 깊었다.

그러나 숲도 침묵도 결국 언젠가는 끝이 나게 마련이다. 멀리 시끄러운 시전과 그 뒤쪽의 언덕 위 장원이 눈에 들어왔다. 그때가 되어서야 허산왕이 입을 열었다.

"봉황문주와는 정확히 어떤 사이요?"

허산왕의 말투가 조심스럽기 이를 데 없었다. 그러자 원보가 한숨을 쉬며 걸음을 멈췄다.

"후, 악연이지요."

"악연이라……."

허산왕의 악연이라 말하는 원보의 표정에서 일말의 그리움 같은 것을 느꼈다.

"좀 쉬었다 갑시다."

원보가 긴장이 풀렸는지 길가 커다란 바위에 훌쩍 뛰어올라 엉덩이를 붙이고 앉았다. 허산왕은 그런 원보 곁에 조심스럽게 자리를 잡고 앉았다. 원보는 다시 한동안 침묵을 지켰다. 그렇게 무심히 항주의 시전을 바라볼 뿐 아무런 말이 없던 원보가 갑자기 입을 열었다.

"그녀의 나이가 얼마나 되어 보이더이까?"

뜻밖의 질문에 허산왕이 잠시 당황하다 조심스럽게 대답했다.

"글쎄요… 많아도 마흔은 넘지 않아 보이던데……."

"후후, 그렇지요. 모두들 그렇게 생각할 것이오."

"아니란 말이오?"

"보자… 아마 올해로 쉰다섯일 거요."

"아니, 그게 정말이오?"

허산왕이 놀란 얼굴로 원보에게 되물었다. 허산왕이 보았던 봉황문주는 원숙한 아름다움을 지닌 여인이지만 절대 사십은 넘지 않은 얼굴이었다. 아무리 아름다움이 나이를 숨길 수 있다고 해도 근 이십여 세나 젊게 보이는 것은 있을 수 없는 일이 아니던가.

"그렇소. 그녀의 나이가 올해 쉰다섯이오. 내가 고려를 떠날 때 사십대 후반이었으니까."

"아, 그렇다면 정말 놀라운 일이군요. 어떻게 사람이 세월을 거스를 수 있는 것인지……."

"육체야 세월을 속여도 사람 마음이야 그렇겠소? 아무튼 그녀의 나이가 올해 쉰다섯임은 분명하오. 그녀의 외모가 그렇게 젊어 보이는 것은 특별한 무공을 익혔기 때문이오."

"특별한 무공이요?"

"그렇소. 지화보결이라는 무공인데, 그 무공에는 주안술의 효능이 있어 수련하는 사람을 젊어 보이게 한다오."

"세상에 그런 무공도 있소?"

"본시 지화보결은 대대로 봉황문의 문주에게 전해지는 독문 무공이오."

"음… 내 언젠가 봉황문의 문주들이 하나같이 경국의 아름다움을 지니고 있다는 말을 들었는데 바로 그 무공 때문이었구려."

"그렇소이다. 뭐, 애초에 아름다운 여인을 문주의 후계자로 정하는 탓도 있기는 하오."

원보의 말에 조금씩 생기가 돌기 시작했다. 그건 원보가 본래의 모습으로 돌아오고 있다는 증거였다. 원보가 본색을 되찾자 허산왕이 다시 물었다.

"원 노사께서는 봉황문주에 대해 어떻게 그렇게 잘 알고 계시오?"

허산왕의 질문에 원보의 표정이 잠시 다시 어두워졌다가 이내 머리를 한차례 흔들고는 활기찬 음성으로 대답했다.

"한때는 천하에서 봉황문주를 가장 잘 아는 사람이 나라고 생각했던 적도 있소."

"이제 보니 보통 사이가 아니었구려?"

허산왕이 놀란 표정으로 물었다. 그러자 원보가 고개를 끄덕였다.

"그렇소. 봉황문주와 난 내가 고려를 떠나기 전까지 십여 년을 가깝게 알고 지낸 사이요. 나로서는… 그녀를… 음."

원보가 다시 침울한 표정으로 말을 끊었다. 그러나 원보의 침묵은 길지 않았다. 사람이란 본시 마음속에 든 한을 입으로 풀어내는 순간 심마에서 벗어나기 시작한다. 봉황문주를 본 원보는 과거의 악연을 떠올려야 하는 큰 고통을 맛보았지만 또한 그로 인해 가슴의 한을 풀어낼 기회를 얻은 것일 수도 있었다. 마침 그의 옆에 진중하고 다른 사람의 넋두리를 무던히 들어줄 수 있는 허산왕이 있다는 것 또한 원보에게는 행운일 터였다.

원보와 봉황문주 여화의 인연은 십칠 년 전 시작되었다. 원보는 본시 고려에서도 홀로 움직이는 사람이었는데 처음 봉황문주 여화를 만났을 때는 그녀가 봉황문주임을 몰랐다.

원보가 처음 봉황문주 여화를 보았을 때에도 그녀는 아름다웠다. 당시의 나이가 마흔에 가까웠음에도 그녀는 이십대의 모습을 하고 있었다. 원보는 처음 그녀를 보는 순간부터 그 미모에 마음을 빼앗겼지만 언감생심 그녀에게 다가갈 엄두를 내지 못했다. 이유는 간단했다. 당시 원보의 나이가 이미 오십 넘어 있었던 것이다.

그리하여 원보는 그저 세상에서 가장 아름다운 여인을 보았구나 하는 정도로 봉황문주에 대한 마음을 거둘 수밖에 없었다. 그런데 이상하게도 원보와 봉황문주의 만남은 우연처럼 계속 이어졌다.

한 번은 모르지만 사람의 만남이란 것이 서너 번이 계속되면 이쪽이나 저쪽이나 상대에 대해 특별한 관심을 가지게 마련. 두 사람은 드디어 허물없이 대화를 주고받는 사이가 되었다. 그러나 그럼에도 원보는 그녀에게 자신의 마음을 드러낼 수 없었다. 그녀는 여전히 원보가 욕심내기에는 너무도 아름답고 고결한 여인이기 때문이었다.

그런데 정말 하늘이 내려준 운명처럼 원보와 그녀의 관계를 크게 변화시키는 일이 일어났다.

"때는 겨울이었소. 난 백두를 돌아볼 생각으로 북방을 여행하고 있었소. 사실 겨울에 백두를 찾는다는 것은 미친 짓이지."

"하하, 그건 그렇소. 그곳에서 평생을 산 나도 겨울에는 산행을 꺼려 하니까."

허산왕이 짐짓 굳은 분위기를 풀려는 듯 맞장구를 쳤다.

"어쨌든 백두의 설경을 돌아보고 있는데 우린 또 우연처럼 그곳에서 마주쳤소."

"정말 대단한 인연이구려. 도대체 그녀는 한겨울에 왜 백두에 와 있었던 것이오?"

"그녀말로는 그저 여행을 하고 있는 중이라고 했소. 물론 그녀는 혼자가 아니었소. 그녀를 호종하는 호위무사와 시녀들이 그녀를 따르고 있었소. 그런데 내가 그녀를 만났을 때 그녀는 몹시 위험한 지경에 처해 있었소. 어떤 자들인지 모르지만 일단의 사람들이 그녀를 공격하고 있었던 거요."

"그래서 어찌 되었소이까?"

"나로서야 망설일 이유가 없었소. 난 한달음에 싸움에 뛰어

들어 그녀를 공격하던 자들을 베었소. 아마도 내가 강호에 나와 그렇게 심하게 손을 쓴 것은 그때가 처음이었을 것이오."

"당연한 일이지요. 마음에 둔 사람이 위기에 처했으니."

허산왕이 고개를 끄덕였다.

"그렇게 난 그녀의 목숨을 구했고, 그걸 기회로 우린 무척 가까워졌소. 그녀는 스스로 자신이 주안술을 익혀 젊어 보이는 것이라며 우리 사이에 나이가 문제가 될 것은 없다고 했소. 또한 자신은 그저 세상에 알려지지 않은 작은 무가의 자손이고 한 명의 오라비가 있는데 지금은 가문을 떠나 있다고 하더이다. 그리고 자신의 오라비도 나를 무척 좋아할 거라 했소. 흐흐, 거참, 이상하더이다. 나이 오십에 설마 그렇게 깊은 연정에 빠질 줄이야. 주책이지. 흐흐흐."

원보가 실없는 웃음을 흘렸다. 회한과 과거에 대한 아련한 추억이 함께 묻어나는 웃음이었다. 어쩌면 여전히 원보는 봉황문의 문주를 마음에 두고 있는지도 모르겠다고 허산왕은 생각했다.

한편으로는 부러운 마음도 드는 허산왕이었다. 본래 허산왕은 허소산을 만나기 전에는 사람들과의 마주침조차도 꺼리던 사람이었기에 원보처럼 누군가를 향한 연정을 그의 인생에서 단 한 번도 가져보지 못했던 것이다.

"그런데 어째서……?"

"백두에서의 조우 이후 우리는 십 년을 만났소. 난 그녀와 혼인하고 싶었지만 그녀는 혼인은 속세의 허례일 뿐이라며 함께 사는 것을 원치 않았소. 기이한 인연이었지. 뭐, 우리가 아주 떨어져 지낸 것은 아니오. 우린 가끔 한 세월 동안 함께 지내기도 했소. 하지만 그러다간 언제나 그녀는 불쑥 내 곁을 떠나곤 했소. 난 그녀가 돌아오기를 기다리며 그녀와 함께 보내던 곳에서 십 년을 머물렀소. 그러면 또 그녀는 거짓말처럼 다시 내게 돌아왔소. 그러면 난 그녀가 날 떠났었단 사실을 잊고 또 그녀와의 삶에 만족했소."

"기이한 관계군요."

"그렇소. 정말 기이한 관계였소. 지금 생각해 보면 내가 여우에게 홀렸었나 하는 생각이 들 정도요. 그러나 그녀는 나와 함께 있는 동안만큼은 세상의 그 누구보다 나에게 충실했소. 어쩌면… 그녀가 나와 있는 동안 내게 주었던 사랑이 날 배신한 그녀의 죄보다 더 값질지도 모른다는 생각이 들 정도요."

원보의 말에 허산왕이 참고 있던 질문을 던졌다.

"도대체 그녀가 원 노사께 무슨 잘못을 한 것이오? 단지 원 노사를 떠난 것 때문이라면……."

허산왕의 질문에 원보가 잠시 침묵을 지키다가 입을 열었다.

"나의 사문은 일인전승으로 이어지오. 내가 사부를 만난 것은 열두 살 때였는데 사부는 사실 날 만나기 전에는 제자를 둘 생각이 아니었다고 했소. 그런데 무슨 생각인지 사부는 날 제자로 거두고 몇 가지 무공을 전수해 줬소. 그러면서 한 가지 약조를 받았소."

원보가 잠시 말을 멈췄다. 그리고는 무척 심난한 표정을 짓더니 다시 입을 열었다.

"사부는 내게 사부가 전수해 준 무공 중 하나는 영원히 다른 누구에게도 전하지 말 것을 당부했소. 천환심결이라는 무공인데… 나조차도 그 정수를 완전히 깨치지 못하는 대단한 심공이었소. 아마도… 소산이라면 그 심공의 정수를 깨칠 수 있을지 모르겠소. 그러나 난 소산과 수년을 함께 지내면서도 천환심결을 전수하지 않았소. 물론 소산에겐 천환심결보다 뛰어난 독경의 무공이 있었지만 그 당시에는 소산이 천독공을 수련하는지 모르고 있는 때였소. 소산에게 그 무공을 전하지 않은 이유는 하나요. 사부가 타인에게 천환심결의 전수를 허락지 않았기 때문이오. 그런데… 그 천고의 심결… 사부께서 이유를 말하지 않고 타인에게 전수를 불허한 그 심결의 존재를 그녀는 알고 있었소."

"아!"

허산왕이 나직하게 탄성을 흘렸다. 이미 허산왕도 봉황문주가 천환심결을 탐내 원보에게 접근한 것임을 짐작하고 있었다.

"그녀는 나와 함께 지내는 동안 세 번 날 떠났소. 앞서의 두 번은 아무런 이유도 없이 떠났기에 난 그녀에게서 버림받았다는 생각에 깊은 고통에 시달렸었소. 그리고 다시 돌아온 그녀를 다시는 떠나보내지 않겠다고 결심했소. 그런데… 그녀가 세 번째로 날 떠나기 전에 내게 천환심결을 요구했소. 천환심결만 가지고 갈 수 있다면 그때는 다시는 떠나지 않을 수 있다고. 그의 오라비가 원하는 것이 천환심결인데 그 천환심결을 가지고 오면 그녀는 가문으로부터 자유로워질 수 있다고 그렇게 내게 말하더이다."

원보가 처연하게 말했다.

"그래서… 그 심결을 주셨소?"

허산왕의 질문에 원보가 살짝 인상을 찡그리며 고개를 끄덕였다.

"그렇소. 난 근 한 달을 고민한 끝에 그녀에게 천환심결을 넘겼소. 사부께서도 나의 결정을 이해해 주실 거란 자위하면서 말이오. 천환심결을 얻은 그녀는 눈물을 흘리며 약속했소. 반드시 돌아오겠다고. 그리고 자신의 비밀을 털어놨소. 자신은 봉황문의 문주라고 말이오. 난 무척 놀랐지만 그녀의 약속을 믿었소. 당시 그녀의 눈에서 진심을 보았기 때문이오."

그리고 다시 원보가 침묵에 빠졌다. 허산왕도 그 이후의 일은 어렵지 않게 추측할 수 있었다. 원보는 지금 이곳에 있고 봉황문주는 금천장에 있으니 그녀는 결국 돌아오지 않은 것이다. 그러나 그렇다 해도 이해가 가지 않는 것이 있었다.

"그런데 왜 해적선을 타게 된 것이오?"

허산왕이 묻자 이번엔 원보의 눈에 차가운 살기가 돌았다.

"살기 위해서… 살기 위해 해적선을 탔소."

"스스로 말이오?"

"그렇소. 천환심결을 가지고 떠난 그녀는 돌아오지 않았소.

대신 날 찾아온 것은 봉황문의 살수들이었소."

"아!!"

"그녀는 날 죽이려 했던 것이오. 이유는 나도 잘 모르겠소. 천환심결까지 내어준 날 왜 죽이려 했는지. 나와의 관계가 세상에 알려지면 안 되는 것인지… 여전히 이유는 잘 모르겠소. 그러나 그녀는… 실수를 한 거지."

갑자기 원보가 엉뚱한 말을 했다.

"실수라니 무슨 말이오?"

"그녀가 진정 내 목숨을 원했다면 오히려 내게 다시 돌아와야 했소. 와서 내 목숨을 원한다고 했다면, 그리고 이유를 설명했다면 난 분명 내 목숨을 그녀에게 내줬을 것이오. 그런데 겨우 보낸 것이 살수라니……. 그건 나와 함께한 십수 년의 세월을 모독하는 것이었소. 그래서 난 살기로 했소. 회복하기 어려운 부상을 당하면서도 난 살아남았소. 내가 살 수 있었던 것은 그녀가 나에 대해 모르는 한 가지 비밀이 있었기 때문이오."

"그녀도 모르는 비밀이 있으셨소?"

"그렇소. 그녀는 내게 천환심결이 있는 것은 알았지만 월도가 있다는 것은 몰랐던 것이오. 사실 월도는 천환심결만큼이나 대단한 무공이오. 난 그녀를 만나기 전 천하를 주유하며 월도를 수련하고 있었소. 오십이 될 때까지도 완성하지 못한 도법, 그게 월도요. 그러니 어떤 면에서는 사실 천환심결보다도 더 가치가 있다고 해야 할까?"

"그녀가 어떻게 월도를 모를 수 있소? 함께 지낸 시간이 십 년이 넘는데."

허산왕이 물음에 원보가 조금 창피한 듯한 표정으로 대답했다.

"사실 그녀와 지낸 십 년 동안 난 무인이 아니었소. 월도의 수련도 멈췄고, 천환심결의 수련도 멈췄었소. 그 시절을 그렇게 허비하지 않았다면… 난 봉황문의 살수들을 모두 죽이고 봉황문으로 그녀를 찾아갔을 수도 있었을 것이오. 하지만 때는 늦은 것. 난 봉황문의 살수들에 쫓기며 개성으로 왔고, 그 인근에서 스스로 해적선에 오르게 된 것이오. 당시엔 내상이 깊어 더 이상은 봉황문의 살수를 피할 수 없는 상황이라서 나로선 어쩔 수 없는 선택이었소."

원보의 이야기가 끝이 났다. 허산왕은 침묵으로 원보를 위로했다. 가끔은 어떤 말보다도 침묵이, 그저 한 공간에 함께 존재한다는 사실만으로도 상대를 위로할 수도 있다.

원보는 허산왕이 배려한 그 침묵 속에서 스스로를 치유해 갔다. 그가 고려를 떠난 지 칠 년, 그 세월 속에 그는 과거 봉황문주 여화에게 사로잡혀 있던 그의 영혼을 되찾았다. 덕분에 오늘의 충격은 짧은 침묵으로도 치유될 수 있었다.

"소산에겐 말해야지 않겠소?"

허산왕이 깊은 침묵 끝에 말했다. 그러자 원보가 고개를 끄덕였다.

"그래야겠지요. 그녀가 나타나지 않았다면 모를까, 일단 그녀가 이곳에 나타났으니 나와 그녀의 관계는 우리 일에 변수가 될 수도 있소."

"그녀를 만날 생각이오?"

허산왕이 걱정스럽게 물었다.

"결국은… 이유는 들어야 하니까. 하지만 허 엽사께서 걱정하는 일은 일어나지 않을 거요. 이미 그녀를 다시 본 충격은 이겨냈소. 소산을 곤란하게 하는 일은 없을 거요. 내 나이가 몇이오. 흐흐, 이 나이에 애욕에 빠져 대사를 그르칠 생각은 없소."

말은 그렇게 했지만 허산왕은 원보의 눈 깊은 곳에 감추어진 애증의 흔적을 보지 않을 수 없었다.

두 사람은 그로부터 다시 반 시진 정도를 더 침묵 속에 앉아 있다가 자리를 떠났다. 둘은 간간이 이런저런 이야기를 나누기도 했지만 그 이야기가 봉황문주 여화에 대한 것은 아니었다. 그저 늙어가는 자신들의 세월에 대한 이야기였고, 허소산과 전조명의 혼인에 관한 이야기였다. 그래서 간간이 웃음이 흘러나오기도 했다.

* * *

항주 서쪽, 장강이 내려다보이는 곳에 제법 큰 산 하나가 서 있다. 아주 오래전에는 녹림도가 자리를 잡고 장강을 오가는 배들을 노략질했다고 알려진 광조산이다.

산적들의 소굴이었던 광조산은 송조에 들어 항주가 번성하자 점점 녹림도들이 사라지기 시작했다. 그러나 여전히 사람이 살기에는 척박하고 항주와 거리가 있는 곳이라 숲만 무성한 야산에 불과했다. 그런데 그 광조산에 언제부터인가 무림인들의 발걸음이 이어지기 시작했다.

처음 사람들은 광조산에 어느 유력한 부호가 장원을 세우려는가 생각했는데 시간이 갈수록 광조산을 찾는 사람의 숫자가 많아지더니 급기야 한 가문이 사용하기에는 지나치게 큰 건물들이 들어서기 시작했다.

그리하여 사람들이 광조산을 찾는 자들이 보통 인물들이 아니라고 생각하기 시작한 그 즈음, 광조산에 터를 잡은 자들이 스스로 자신들의 정체를 밝혔다.

혼란스런 무림의 정기를 바로 세우고 강호의 질서를 회복하겠다는 거창한 목표를 밝히며 모습을 드러낸 광조산 세력들은 스스로를 영웅맹이라 칭했다.

사람들은 처음 영웅맹에 대한 소식이 전해졌을 때 그저 강호에 또 하나의 문파가 등장했구나 하는 정도의 관심을 보였지만, 어느 날 불쑥 광조산을 찾아든 두 세력의 정체를 알고는 영웅맹이 결코 보통 세력이 아님을 깨달았다.

강호는 수십 년간 팔황의 시대였다. 팔황의 이름이 아니고선 강호에서 그 어떤 일도 이루어지지 않는 시대였다. 그런데 그런 팔황의 두 곳, 절대삼문과 사천맹이 영웅맹의 한 축이라는 사실이 알려졌다.

절대삼문과 사천맹이 어떤 곳인가. 각기 수백 년 전통의 명가들이 모여 만든 세력들이다. 단지 그 세력으로만 보자면 팔황 중에서도 수위를 다투는 곳이 절대삼문과 사천맹이었다.

그들이 광조산 영웅맹의 주축 세력이란 것이 알려지는 순간 영웅맹은 단숨에 군림천하의 힘을 지닌 강호의 일대패자로 인식되기 시작했다. 그리하여 강호의 모든 무사들의 시선이 영웅맹으로 향할 때 영웅맹은 만천하에 영웅맹의 개파대전을 알렸다.

뚜걱뚜걱!

강을 따라 이어진 호젓한 길 위에서 가벼운 말발굽 소리가 흘러나왔다. 십여 필의 말과 한 대의 마차가 강변을 따라 난 길을 따라 천천히 이동하고 있었다. 일행의 선두에서 강바람에 옷자락을 휘날리며 길을 가고 있는 사람은 허소산이었다. 허소산 일행은 영웅맹의 개파일이 되어 광조산으로 가고 있는 중이었다.

"어, 날 좋구만!"

원보가 밝은 햇살과 그 햇살을 받아 반짝이는 강물을 보며 호탕하게 입을 열었다. 그러자 허산왕이 나직하게 허소산에게 물었다.

"괜찮은 것 같지?"

허산왕의 질문에 허소산이 고개를 끄덕였다.

"겉으로는요."

허소산의 시선이 걱정스러운 빛을 담고 원보에게로 향했다.

"뭐, 금천장에서 돌아올 때부터 본색을 회복하기는 했지. 괜찮을 게다. 본래 강한 사람 아니더냐?"

"문제는 봉황문주를 만났을 때도 평정심을 유지할 수 있느냐는 것이겠죠."

"음… 그건 그렇구나. 설마 광조산에 그 여자가 나타나는 것은 아니겠지?"

"모르지요. 그녀가 고려를 떠나 항주에 왔다는 것은 공식적으로 무림 행보를 시작하겠다는 의미일 테니."

"아이구, 그럼 광조산에 올 수도 있겠는걸."

허산왕이 걱정스런 표정으로 원보를 바라봤다.

"곁에서 잘 지켜봐 주세요."

"그래야겠지?"

허산왕이 고개를 끄덕였다. 그때 문득 마차의 창문이 열리며 전조명이 고개를 내밀었다.

"소산, 아직 멀었어?"

그러자 허소산이 손을 들어 멀리 보이는 산을 가리켰다.

"보여?"

"아, 이제 보이는구나. 마침 지루했는데…….'

전조명이 고개를 조금 더 내밀어 광조산 봉우리를 보며 말했다.

"그래도 반나절은 더 가야 해. 지루해도 좀 참아."

"나도 말을 타고 갈 걸 그랬나?"

"만재방의 영애이신데 그럴 수 있나."

"호호, 하긴 그래. 아, 심심하다."

전조명의 입에서 다시 나른한 목소리가 흘러나왔다.

광조산으로 다가갈수록 길에 보이는 사람들의 숫자가 많아
졌다. 각양각색의 사람들이 광조산 동쪽 능선을 향해 움직이
고 있었다. 장강의 지류가 뱀처럼 광조산을 휘감아 나가고 있
었기에 배를 타고 광조산으로 들어오는 사람들도 있었다.

"대단하구나."

광조산이 바라보이는 언덕에 도착했을 때 허산왕이 눈을 크
게 뜨며 감탄사를 흘려냈다.

"그러게 말이오. 무림천하에 아우를 만한 세력이오."

원보가 고개를 끄덕였다.

광조산 동쪽 면은 영웅맹의 건물들로 가득 차 있었다. 중턱
에 서 있는 커다란 전각을 중심으로 수십 채의 크고 작은 건물
들이 숲을 대신하고 있었고, 그 아래로 뻗은 너른 길과 남쪽 강
으로 이어지는 두 갈래의 길이 뻗어 나와 있었다.

오늘따라 구름 한 점 없이 맑은 하늘은 더욱 영웅맹을 장대
하게 보이게 해 그야말로 한 나라의 도성을 보는 듯했다.

"엄청난 재물이 들어갔겠어."

어느새 마차에서 나온 전조명이 말했다. 상가의 딸이라 어
쩔 수 없이 영웅맹의 재력에 생각이 미치는 모양이었다.

"이 거대한 세력을 유지하려면 엄청난 금자가 필요하겠지.
그래서 오릉의 재물이 꼭 필요했을 거야. 강호를 제패하면 모

르겠지만 지금이야 자신들의 재물로 영웅맹을 운영해야 할 테
니까."

허소산이 대답했다.

"우리 만재방에도 적지 않은 재물을 요구하겠는걸."

전조명이 걱정스레 말했다.

"하지만 오늘 내가 만재방과 특별한 사이가 되었다는 걸 알
게 되면 함부로 그런 고집을 피울 수는 없을 거야."

"오라. 파금검 대협의 위세를 빌릴 수 있다는 말이구나?"

"후후, 그렇지."

"저런 그러고 보니 난 정말 대단한 낭군을 얻었네?"

"뭐, 나도 대단한 아내를 얻었다고 할 수 있지."

허소산이 빙그레 미소를 지었다.

"어디서 오는 분들이시오."

영웅맹의 경비는 예상보다 훨씬 견고했다. 허소산·일행은
미처 영웅맹의 본거지에 닿기도 전에 앞을 막아서는 일단의
무사들에 의해 걸음을 멈췄다. 사내들이 길을 막은 곳은 광조
산 초입으로 영웅맹으로부터는 수백 장 떨어진 곳이었다.

검은색 무복을 차려입은 사내들은 머리에 역시 검은색 띠를
두르고 있었는데 그 머리띠 중앙에 웅(雄) 자가 새겨져 있었
다. 그 기도 역시 만만치 않아서 강호에 나서면 능히 일류고수
소리를 들을 수 있을 것으로 보였다.

"영웅맹의 개파대전에 참가하기 위해 왔소."

원보가 앞으로 나서며 품속에서 한 장의 붉은 첩지를 꺼내 사내에게 건넸다. 그러자 사내가 첩지를 펼쳐보더니 이내 정중하게 포권을 해보이며 다시 입을 열었다.

"무림의 영웅이신 파금검 대협을 뵙게 되어 영광입니다. 그런데……?"

사내가 고개를 갸웃했다. 소문에 의하면 강호의 신성 파금검은 약관의 젊은 고수라고 했는데 원보는 소문에 비해 나이가 너무 많아 보였던 것이다. 사내의 의구심을 금세 알아차린 원보가 실소를 흘리며 입을 열었다.

"이 늙은이는 그대가 생각하는 사람이 아니오. 주인님은 저기 계시오."

원보가 슬쩍 눈을 돌려 마차 뒤쪽에서 서서히 앞으로 나오고 있는 허소산을 가리켰다. 그러자 사내가 고개를 끄덕이더니 재빨리 걸음을 옮겨 허소산 앞으로 다가가 포권을 해보였다.

"영웅맹에 오신 것을 환영합니다. 파 대협을 모시겠습니다."

"음, 좋소. 이름이 뭐요?"

"영웅맹 십이의단 중 십단 소속 장무라고 하옵니다."

나이도 어린 허소산의 초면에 반하대를 했지만 사내는 평정심을 잃지 않았다.

"영웅맹 십이의단?"

"그렇습니다."

"영웅맹이 이미 제대로 조직을 갖춘 모양이군."

"그리하여 손님들을 초대한 것입니다."

"알겠소. 그럼 올라갑시다,"

"따르시지요."

장무라 불린 중년 사내가 다시금 고개를 숙여 보인 후 앞서서 허소산을 이끌고 광조산을 오르기 시작했다.

광조산 영웅맹의 본거지는 멀리서 보던 것보다 더 놀라웠다. 그 화려함도 화려함이지만 장대함과 견고함에 있어서 천하의 황제의 궁궐에 못지않았다. 더군다나 사방으로 통하는 길과 요처 곳곳에 무사들이 경비를 서고 있었다. 그리하여 영웅맹이 가까워질수록 방문객들을 단번에 위압하는 기상을 지니고 있었다.

"개파대전은 언제 열리는가?"

문득 허소산이 앞서서 길을 안내하고 있는 장무에게 물었다.

"오시에 의천평에서 열릴 예정입니다."

"의천평?"

"영웅맹 서쪽에 일천 명은 너끈히 들어갈 수 있는 평지가 있습니다. 평소에는 무사들의 수련 장소로 쓰이는데 오늘은 그곳에서 개파대전을 열기로 하였습니다."

"그렇군. 그런데 오시라면 시간이 좀 남은 건가?"

"기다리실 곳이 준비되어 있습니다."

"알겠네."

장무와 잠시 이야기를 주고받는 사이 어느새 일행 앞에 거대한 문이 나타났다. 문 옆으로 이 장 높이의 담장이 성벽처럼 뻗어 나가 있었고, 그 앞쪽에는 백여 장의 공터가 자리 잡고 있었다.

문 위쪽에 용이 승천하는 듯한 기상으로 영웅맹이라는 현판이 걸려 있는 것이 이곳이야말로 영웅맹으로 들어서는 진정한 관문이라고 할 수 있었다.

"파금검 대협께서 오시오!"

정문에 채 이르기도 전에 장무가 큰 소리로 외쳤다. 그러자 정문 앞에 나와 있던 사람 중 일부가 나는 듯 일행 앞으로 달려왔다.

"어서 오십시오, 파 대협!"

노인 조치효다.

"또 보는구려. 역시 손가지도에선 무사했구려."

허소산의 물음에 조치효가 겸연쩍은 미소를 지으며 대답했다.

"위험한 순간이었지요."

"그래, 보물은 어찌 되었소?"

"정녕 모르시는 것입니까?"

"내가 어찌 알겠소?"

허소산이 퉁명하게 대답하자 조치효가 고개를 끄덕이며 대답했다.

"보물은 용왕의 것이 되었습니다."

"오라. 보물을 실은 배가 침몰했구려?"

"그렇습니다."

"저런, 야율대인의 상심이 무척 크겠구려."

허소산이 짐짓 위로하듯 말했다. 그러자 조치효가 표정을 밝게 하며 고개를 저었다.

"대인께서야 어디 재물에 연연하시는 분인가요. 오왕의 재물에 대한 아쉬움은 이미 털어버리셨습니다. 그래서 이렇게 천하의 영웅들을 모시는 잔치를 준비하지 않으셨습니까?"

"하긴 그렇구려. 그런데… 한 가지 걱정이 있구려."

"걱정이시라뇨? 파 대협 같은 분께도 걱정이 있으신가요? 천하에서 가장 강한 무공과 막대한 재물을 지니신 분이."

조치효가 의미 모를 미소를 지으며 물었다. 그러자 허소산이 정색을 하며 대답했다.

"세상의 인간 중 고민없는 자가 누가 있겠소."

"그런가요? 그래, 무슨 걱정이……?"

"오늘 혹시 이 영웅맹의 개파대전에서 과거와 같은 일이 일어날까 그것이 두렵구려."

"과거와 같은 일이라면?"

조치효의 표정이 굳었다.

"오릉에서 일어난 일 말이오. 설마 손님들을 초대해 놓고 또 그런 일을 벌이지는 않겠지요?"

허소산의 질문에 조치효가 불편한 표정을 짓더니 고개를 저었다.

"절대 그런 일은 없을 것이니 안심하십시오. 오늘은 그저 편히 즐기다 가시면 되십니다."

"하하하, 나도 그러리라 생각하고 오기는 했지만 기실 오늘 난 매우 귀한 사람과 동행을 한지라……."

허소산이 슬쩍 마차를 보며 말했다. 그러자 그제야 조치효가 허소산 일행을 따라온 마차에 관심을 보였다.

"처음부터 궁금했습니다만… 저 마차에는 어느 귀인이 타고 계신지……?"

"음… 이 파금검에겐 천하에서 가장 중요한 사람이 타고 있소이다."

허소산의 말에 조치효의 표정이 좀 더 심각하게 변했다. 그는 이미 무창에서부터 이 젊은 고수를 상대했기에 파금검이라는 사람이 얼마나 도도한 사람인지 잘 알고 있었다. 그런데 그런 사람이 이렇게 존중하는 사람이라면 도대체 누구일까 하는 의문이 들 수밖에 없었던 것이다.

"어떤 분이신지 뵙고 싶군요."

"물론 조 노사께도 소개시켜 드리겠소. 전 낭자, 잠시 밖으로 나와 주시겠소?"

허소산이 마차를 보며 말했다. 그러자 조용히 마차의 문이 열리더니 전조명이 평소와 달리 조금 새침한 움직임을 보이며 마차 밖으로 나왔다.

"음… 저 소저 분은……."

"알고 계시오?"

"최근 들어 항주제일미로 떠오르고 계시는 만재방의 영애가 아니신지……?"

"오, 알고 계셨구려."

허소산이 감탄을 하면서도 한편으로는 가슴이 서늘해짐을 느꼈다. 본래 전조명은 무창에서 항주로 온 후 외부에 나선 적이 거의 없었다. 그런데 그런 전조명의 존재를 조치효가 알고 있는 것이다. 그건 곧 야율거공의 눈들이 항주 곳곳은 물론 만재방 내에도 존재하고 있을 가능성이 있다는 의미였다.

"어찌 만재방의 영애를 모르겠습니까? 그런데 두 분이 어떻게 함께……?"

조치효가 슬쩍 경계심을 드러내며 물었다. 그러자 허소산이 대소를 터뜨리며 말했다.

"음… 내가 손가지도에서 가져온 재물을 만재방에 의탁한 것을 알고 계시오?"

"그 소문은 들었습니다. 그래서 대인께서 몹시 서운해하셨지요."

"후후, 칼은 무인이 잡듯 재물은 상인이 다뤄야 하는 법 아니겠소?"

"물론 그렇기는 하지만 본 맹에도 뛰어난 상인들이 제법 있지요."

"하하, 그렇소? 하지만 나는 그 사실을 몰랐으니 서운해 마시오. 어쨌든 내가 재물을 만재방에 맡긴 덕에 난 만재방의 전

방주님과 무척 가까운 사이가 되었다오."

"물론 그러시겠지요. 파 대협의 재물이 어디 보통 재물인가요."

조치효가 씁쓸한 표정으로 고개를 끄덕였다.

"그런데 난 만재방과 인연을 맺고 나서야 세상에는 손가지도에서 가지고 온 재물보다도 귀중한 보물이 있다는 것을 깨달았소."

순간 조치효의 표정이 일변했다.

"설마 오왕의 재물보다 더 많은 재물이 존재한단 말입니까?"

"더 많은 재물이 아니라 더 귀중한 보물이라고 했소이다."

"세상에 그런 보물이 어디 있단 말입니까? 오왕의 재물은 변방의 작은 나라를 통째로 사고 남음이 있는 것인데……."

조치효가 믿지 못하겠다는 듯 고개를 저었다. 그러자 허소산이 짐짓 능란한 웃음을 흘리며 속삭이듯 말했다.

"조 노사께서는 생각보다 눈이 어두우시구려."

"그게 무슨 말씀이십니까?"

"눈앞에 보물을 두고도 알아보지 못하니 하는 말 아니오."

허소산의 말에 조치효가 어리둥절한 표정을 지으며 물었다.

"도대체 파 대협께서 무슨 말씀을 하시는지 모르겠구려."

"하하하, 그럼 내 말해주리다. 내가 찾은 천하에서 가장 귀중한 보물은 바로 여기 전 낭자요! 하하하!"

허소산이 전조명을 가리키며 말했다.

"전 소저라면……?"

"그렇소. 이제 이 세상에서 이 파금검에게 가장 중요한 사람은 바로 전 소저요. 난 전 소저와 혼인을 할 생각이오."

"아니, 그게 정말이십니까?"

조치효가 진심으로 놀란 표정으로 물었다.

"그렇소이다. 이미 만재방주님의 허락도 얻었소. 하긴 한 나라를 살 만한 재물을 맡겼으니 이만한 사윗감도 없는 셈이지. 하하하! 안 그렇소, 전 소저?"

허소산이 은근한 표정으로 전조명을 보며 물었다. 그러나 전조명은 아무런 대답을 하지 않았다. 허소산의 말에 전조명이 아무런 감정을 드러내지 않자 조치효의 눈빛이 반짝였다. 그는 아마도 전조명이 원하지 않는 혼인을 하는 것이라고 생각한 모양이다.

"하하하, 전 소저께서 부끄러움을 타는 모양이오."

대답없는 전조명을 보며 허소산이 다시 호탕하게 입을 열었다. 그러자 조치효가 조심스럽게 입을 열었다.

"제가 한 말씀 드려도 되겠습니까?"

조치효의 시선이 전조명에게로 향해 있었다.

"말씀하세요."

전조명이 표정만큼 무색한 음성으로 대답했다.

"파 대협의 말씀이 사실인지요?"

그러자 전조명이 살짝 한기를 드러내며 말했다.

"노사는 파 대협을 믿지 않으시는 모양이군요."

"아, 아니오. 내가 어찌 파 대협을 믿지 못하겠소. 파 대협은 천하의 영웅이시거늘."

조치효가 황급히 고개를 저었다.

"그렇다면 왜 그런 말을 하는 거죠? 마치 파 대협이 사실이 아닌 것을 말하는 것처럼."

전조명의 추궁에 조치효가 머리를 조아렸다.

"아이구, 이 늙은이가 나이를 먹어 정신이 잠시 흐려졌나 봅니다. 파 대협, 내 사과드리겠습니다."

"아니, 아니오. 그대가 놀랄 만도 한 일이오. 이 파금검이 이렇게 빨리 짝을 찾게 될 줄은 나도 몰랐으니까. 하하하!"

허소산은 연신 웃음을 터뜨렸다. 이 또한 과거의 파금검과는 다른 모습이라 조치효가 조금 어색한 웃음을 흘렸다. 그러면서 다시 전조명에게 물었다.

"앞서의 실수는 용서해 주십시오. 사실 제가 묻고 싶은 것은 그것이 아니었습니다."

"그럼 뭐가 알고 싶으시죠?"

"본 맹에서는 만재방에도 초대장을 보냈지요."

"물론 그 초대장은 잘 받았어요."

"하면… 전 방주께서는 언제 오실는지……?"

조치효의 물음에 전조명이 차갑게 대답했다.

"아버지는 오지 않으세요."

"음… 본 맹의 초청을 거절하셨다는 말씀입니까?"

"거절이라니요? 제가 왔잖아요. 그리고… 파 대협도 오셨구요. 이제 파 대협은 만재방의 사람이나 다름없어요. 그런 파 대협께서 오셨는데 다른 사람이 더 와야 한다는 건가요?"

전조명의 차가운 질문에 조치효가 다시 당혹스런 표정으로 고개를 저었다.

"아, 아닙니다. 제가 자꾸 파 대협께서 전 소저와 혼인을 할 사이라는 것을 잊는군요. 물론 파 대협이시라면 당연히 전 방 주님을 대신할 수 있지요."

"이제 묻고 싶은 말이 더 없으면 전 어서 가서 좀 쉬고 싶군 요. 우리가 쉴 곳을 준비했다고 들었는데……."

"물론입니다. 제가 안내하지요. 파 대협, 가시지요."

조치효가 얼른 허소산을 보며 말했다. 그러자 파금검이 시 원하게 대답했다.

"그럽시다. 이 광조산은 창룡곡에서 오기엔 좀 멀구려. 우 리 전 소저가 무척 피곤한 모양이오. 서둘러 갑시다."

허소산의 재촉에 조치효가 부랴부랴 허소산 일행을 장원 안 쪽으로 안내하기 시작했다.

第四章

개파대전

독경
讀經

광조산 서쪽 면이 내려다보이는 화려한 객방에 허소산 일행이 든 지 반 시진, 창을 통해 보이는 영웅맹은 분주하기 이를 데 없었다. 새롭게 시작하는 사람들의 활기가 용암처럼 느껴졌다.

"이들은 정말 자신들이 천하를 손에 넣을 수 있다고 생각하는 걸까?"

턱을 괴고 분주한 영웅맹의 움직임을 바라보고 있던 원보가 문득 입을 열었다. 그러자 만재방의 일대행수 장익이 대답했다.

"제가 보기엔 자신감이 넘쳐나는 것 같습니다."

만재방에서는 장익과 오룡, 그리고 보현이 전조명을 따라 영웅맹의 개파대전에 참석하고 있었다.

"그럴 능력이 되기는 하지만……."

원보가 고개를 끄덕이면서도 못 미더운 표정을 지었다.

"그들이 오늘 다른 수작을 부리지는 않을까?"

허산왕이 걱정스런 표정으로 중얼거렸다. 그러자 원보가 고개를 저었다.

"오늘만큼은 별일없을 것이오. 오히려 다른 자들의 방해가 있으면 모를까."

"김류가 손을 쓰겠소?"

"글쎄올시다. 내 생각에는 가만히 있지는 않을 것 같은데… 또 북쪽에서 무당과 소림의 고승들도 온다고 하더이다. 아시다시피 그들은 워낙 고지식해서 영웅맹이 조금이라도 무림에 대한 패욕을 드러내면 그냥 넘어가지는 않을 거요."

"무당과 소림이라……. 두 문파는 여전히 무림의 거두지요."

장익이 말했다.

"맞소이다. 무당과 소림의 성세가 예전과 같지 않다고 하지만 사실 두 문파의 힘은 세력에서 나오는 것이 아니오. 그 문파의 역사가 곧 그들의 힘이라고 할 수 있소. 그들의 한마디에 한 문파의 정사(正邪)가 갈리고 대의가 서곤 하니까. 무림의 판세를 움직일 수 있는 문파들이니 그들의 반발을 샀다가는 자칫 영웅맹은 시작부터 무림의 공적으로 몰릴 수도 있소."

"그럼 김류는 그쪽을 선택할지도 모르겠군요."

문득 허소산이 말했다.

"무슨 말이냐?"

허산왕이 고개를 돌려 허소산을 보며 물었다.

"사실 당금 천하에서 김류에게 가장 큰 적은 영웅맹이라고 할 수 있지요. 당연히 김류는 영웅맹이 성공적인 개파대전을 여는 것을 원치 않을 거예요. 하지만 그렇다고 남의 잔치에 고수들을 몰고 와서 싸움을 벌이는 것 또한 비난받을 일이니 무당과 소림의 고수들을 충동할지도 모르겠다는 생각이에요."

"음, 그들로 하여금 영웅맹을 강호에서 불편한 존재로 만들게 한다는 말이냐?"

이번에는 원보가 물었다.

"그럴 가능성이 없지는 않지요. 더군다나 영웅맹은 치명적인 약점을 가지고 있잖아요."

"치명적인 약점?"

"야율거공… 그가 거란 출신이란 것은 아무리 출신을 중시하지 않은 무림이라도 껄끄러운 일이지요."

"음, 듣고 보니 그렇구나. 중원무림이 아무리 개방적이라 해도 요에 대해선 적대적인 사람들이 많지."

"하지만 야율거공은 어쨌든 절대삼문과 사천맹을 영웅맹에 끌어들였잖아요. 그러니 그가 대요 출신인 점을 꼬투리 삼기는 어렵지 않을까요?"

전조명이 침착하게 말했다. 그러자 허소산이 대답했다.

"문제는 그 두 곳이 어떻게 야율거공과 손을 잡았느냐는 거겠지. 그들이 마음으로부터 야율거공을 따르고 있는지… 그게 중요한 문제일 거야."

허소산이 대답했다.

"야율거공이 그렇게 일을 허투루 하지는 않았을 게다. 너도 그를 잘 알고 있지 않느냐?"

원보가 말했다.

"그렇기 하지만 제아무리 단단한 제방도 반드시 작은 틈이 있게 마련이지요. 절대삼문과 사천맹 사람 중 야율거공의 밑으로 들어오는 것을 반대하는 사람도 분명 존재할 거예요. 그들은 누가 뭐래도 중원무림의 역사를 이어온 문파들이니까요. 그들이 나선다면 일은 달라질 수도 있지요."

"음, 듣고 보니 가능성이 없는 일은 아니구나. 그나저나 이제 때가 된 것 같군. 저곳이 의천평이지? 사람들이 모여들기 시작하는군."

원보의 말에 사람들이 서쪽 창으로 시선을 돌렸다. 그러자 영웅맹 서쪽 면에 위치한 거대한 분지에 사람들이 모여드는 모습이 보였다. 그리고 그때 문 쪽에서 사람의 인기척이 들렸다.

"들어가도 되겠습니까?"

허소산 일행을 산 아래에서부터 안내해 온 장무의 목소리다.

"들어오시오."

원보가 대답하자 문이 열리며 장무가 모습을 보였다.

"그만 가실 시간입니다."

"음, 사람들이 모여드는 것을 보고 때가 되었음을 알고 있었소."

"제가 안내하겠습니다."

"알았소이다. 주인, 가시지요."

원보가 허소산을 보며 정중하게 말했다. 그러자 허소산이 자리를 털고 일어났다.

"좋습니다. 가봅시다. 영웅맹이 얼마나 화려한 잔치를 준비했는지."

"오늘 초대된 사람은 대략 삼백여 명입니다. 하지만 그중 참석하지 않은 사람들을 제외하면 이백오륙십 명이 온 듯합니다."

걸음을 옮기며 장무가 말했다.

"생각보다 많지 않구려."

원보가 되묻자 장무가 고개를 끄덕였다.

"예상보다는 적은 숫자지요. 하지만 오신 분들의 면면을 보면 숫자가 중요치 않다는 것을 아실 겁니다. 오늘 본 맹의 개파대전에는 당금 강호 천하에서 무명을 날리는 고수들은 대부분 모였다고 할 수 있을 겁니다. 멀리 소림과 무당에서도 사람을 보냈으니까요."

"아, 그렇소? 두 곳은 본래 강호의 행사에 잘 참여하지 않는 곳인데… 어떤 분들이 왔소?"

원보가 두 문파의 참석을 이미 알고 있었으면서도 짐짓 놀란 표정으로 물었다. 그러자 장무가 조금 흥분한 기색으로 입을 열었다.

"소림에선 원앙 선사와 십팔동인 가운데 세 분이 오셨지요."

"아, 원앙 선사!"

이번에는 원보가 정말 놀란 표정을 지었다.

"그렇습니다. 아시겠지만 원앙 선사는 소림에서도 그 무공이 가장 강하신 분 중 한 분으로 꼽히시는 분이지요. 소림에서 십팔나한진을 단신으로 깨뜨릴 수 있는 분은 채 다섯 분이 되지 않지요."

"그렇구려. 내 어찌 원앙 선사를 모르겠소. 그런데 확실히 특별한 일이오. 원앙 선사가 산문 밖 출입을 하지 않은 지 이미 이십여 년이 넘었다고 들었거늘."

"저희들로서도 의외였습니다. 거기에 십팔동인이면 다음 대의 소림을 책임질 분들인데 그런 분들도 세 분이나 오셨으니… 이번에 소림이 우리 영웅맹의 체면을 무척 살려주었다고 볼 수 있지요."

장무가 뿌듯한 표정을 지었다. 그런데 그때 허소산이 문득 엉뚱한 질문을 했다.

"그런 장 대협은 어디 출신이오?"

소림 고수 이야기에 열을 올리고 있던 장무가 갑작스런 허소산의 질문에 잠시 당황한 듯하다가 이내 대답했다.

"전 사천에서 왔습니다."

"사천이라……. 그럼 사천맹 출신이오?"

"그렇다고 할 수 있지요."

"아니, 무슨 대답이 그렇소? 그러면 그런 거지 그렇다고 할 수 있다니?"

허소산이 의아한 표정으로 물었다. 그러자 장무가 의기소침한 표정으로 말했다.

"이 영웅맹에는 수백 명의 사람이 머물고 있지요. 외지에 나가 있는 사람들까지 합치면 맹을 위해 움직이는 숫자가 거의 일천에 달한다고 합니다."

"음, 그건 나도 알고 있소."

허소산이 고개를 끄덕였다.

"그중 칠 할은 사천맹과 절대삼문에서 나온 사람들이지요. 저 또한 그렇게 사천맹의 이름으로 이곳에 와 있습니다만 기실 저는 사천맹의 정통이라고 할 수 없습니다."

"사천맹의 정통이 아니라면 그 방계의 가문에서 나오셨소?"

"그렇습니다. 전 아미의 속가 중 한곳인 장가장 출신입니다. 이번에 영웅맹이 항주에 들어서면서 사천맹에서는 이곳 광조산으로 올 무인을 대대적으로 모집했지요. 물론 믿을 수 있는 사람이어야 하니 대부분 사천맹의 방계 출신 가문에서 지원했지요. 저도 그렇게 해서 이곳에 오게 된 것입니다."

"그런 사람이 많이 있소?"

허소산이 넌지시 물었다.

"말이다 뿐입니까? 거의 칠 할은 그렇게 온 사람들이지요."

"칠 할이나 말이오?"

곁에서 듣고 있던 원보가 놀란 표정으로 물었다. 그러자 장무가 고개를 끄덕였다.

"그렇습니다. 그리고 이곳에 와서 들어보니 뭐 절대삼문의 이름을 붙이고 나온 자들도 별반 다르지 않더군요."

"음… 그런 일이 있는 줄은 몰랐구려."

허소산이 고개를 갸웃하며 말했다.

"그게 그럴 수밖에 없는 일이지요. 사천맹의 이름으로 이곳에 온 사람이 모두 이백인데 그 숫자의 고수들이 사천맹 본가들에서 모두 빠졌다면 사천은 그야말로 무주공산이 되는 거지요. 이렇게 세상이 어수선한 때에 그렇게 많은 고수를 떠나보낼 문파는 없을 겁니다. 최근 들어 서하의 세가 무섭고, 또 대요도 서쪽으로 우회하려 하고 있어서……."

"결국 덕분에 장 대협 같은 사람이 피해를 보게 되었구려."

허소산의 은근한 말에 장무가 웃음을 흘렸다.

"하하, 방계의 삶을 사는 입장에서야 어쩔 수 없는 일이지요. 그리고 이 일이 그리 나쁜 것만은 아닙니다."

"어째서 그렇소?"

"영웅맹의 포부가 크니 이곳에서 공을 세우면 우리 장가장도 강호에 이름을 떨칠 수 있지 않겠습니까?"

"하하, 장 대협께서도 대단한 포부를 가지고 계셨구려."

"포부랄 것은 없지만 언제까지… 음!"

장무가 말을 하려다 입을 닫았다. 아무래도 아미의 방계로 살아가는 삶이 녹록치 않은 모양이었다. 그의 말이 많아질수록 책을 잡힐 일도 많다는 사실을 뒤늦게 깨달은 것이다.

'그러나 이곳에서도 그대의 처지는 별로 달라지지 않을 거요. 야율거공은 아미보다도 더 교묘하게 당신들의 고혈을 짜낼 사람이니까.'

허소산이 고개를 저으며 생각했다.

그러는 사이 어느새 일행은 길의 막바지에 이르러 있었다. 그리고 그 길 끝에서 전조명이 먼저 나직한 탄성을 흘렸다.

"아!"

이미 근 일천여 평에 이르는 거대한 분지에 수많은 사람들이 빼곡하게 들어차 있었다. 일백여 개가 넘는 흰색 천막이 분지를 가득 메우고 있었고, 그 북쪽으로 분지보다 조금 높은 곳에 화려한 누대가 세워져 있었다.

"이쪽으로 가시지요."

분지에 도착한 장무가 허소산 일행을 분지의 북쪽으로 이끌었다. 허소산 일행은 천막들 사이로 난 길을 따라 천천히 걸음을 옮겼다. 길 주변에 늘어선 천막에는 이미 사람들이 가득했는데, 그들 중 일부가 가끔 허소산 일행에게 눈길을 주기도 했다. 그러나 대부분은 일행의 등장에 크게 관심을 두지 않았다.

그러나 그렇게 허소산 등에게 무심하던 사람들은 일행이 북쪽 화려한 누대에 가까이 다가갔을 때 더 이상 일행에게 무심할 수 없었다. 왜냐하면 누대 위에서 영웅맹의 수뇌 중 일부가 황급히 내려와 극진한 태도로 허소산을 맞이했기 때문이다.

"어서 오십시오, 파 대협!"

조치효가 정중한 태도로 허소산을 맞았다. 뒤이어 그의 뒤쪽에서 청수한 인상의 노인이 앞으로 나오며 말했다.

"다시 보는구려, 파 대협!"

절대삼문 남궁세가의 고수 남궁황이었다.

"음, 남궁 노사를 이곳에서 만나게 될 줄은 꿈에도 몰랐구려."

그러자 남궁황이 씁쓸한 표정을 지으며 대답했다.

"사람의 인연이란 알 수 없는 것이 아니오?"

"하하하, 그렇긴 하지만… 영락대인과 절대삼문이라니 어찌 놀라운 일이 아니겠소?"

무창 오릉에서의 일을 떠올리면 야율거공과 절대삼문은 하나가 될 수 없는 사이였다. 허소산은 바로 그 점을 지적하고 있었다. 그러자 남궁황의 표정이 살짝 변했다. 그러나 남궁황은 이내 본색을 회복하고는 노련한 말투로 말했다.

"물론 과거 무창에서 영락대인과 우리 절대삼문이 껄끄러운 인연을 맺긴 했소. 하지만 천하의 대사와 강호의 대의 앞에 과거의 은원이 무슨 허물이 되겠소. 절대삼문과 영락대인의 뜻이 맞으니 과거의 악연도 얼음처럼 녹더이다. 부디… 파 대협과의 인연도 그리되기를 바라오."

"흐흐, 글쎄올시다. 난 남궁 노사나 영락대인처럼 대인이 아니라 작은 상처조차도 죽을 때까지 가져가는 소인배라 그러기는 어려울 것 같소이다."

"과거에 집착해서는 일보도 나가지 못하오."

"일보를 전진하기 위해 과거를 묻어두는 것은 썩은 방석을 깔고 앉는 것이나 마찬가지요. 언젠가는 악취를 풍기며 자신이 선 자리가 오물 구덩이임을 깨닫게 될 수도 있소."

허소산이 날카롭게 절대삼문의 선택이 가지고 있는 위험을 경고했다. 그러자 남궁황이 빙그레 미소를 지었다.

"본 문을 걱정해 주셔서 고맙소. 하지만 우리 절대삼문도 진 자리와 마른자리를 구분할 능력은 있으니 너무 염려치 마시오. 아무튼 본 맹의 초청에 이렇게 응해주셔서 감사하오."

"무슨 말씀을! 그렇잖아도 항주의 생활이 따분해 기분 전환이 필요했소. 오늘 천하의 기인들이 모두 모이니 어떤 즐거운 일이 생길지 자못 기대가 되는구려."

허소산이 마치 영웅맹의 개파대전에서 큰 분란이라도 일어나기를 바라는 사람처럼 말했다. 그러자 남궁황의 표정이 차갑게 변하더니 조치효를 보며 말했다.

"조 노사께서 파 대협을 안내해 주시겠소?"

"그러지요. 애초에 제가 맡은 일이니까요. 파 대협, 오늘 본 맹에 초대된 천하의 고수분 중 특별히 열 곳의 귀빈들은 누각 옆에 열 개의 막사를 만들어 따로 자리를 준비했습니다. 그중 하나는 파 대협의 것입니다."

조치효가 정중하게 말했다.

"오! 그렇소? 영웅맹에서 이 파 모를 제법 대접해 주는구려.

그래 내 막사는 어디요?'

"절 따라오시지요."

조치효가 허소산 일행을 누각 왼쪽으로 안내했다. 그 모습을 보고 있던 남궁황이 나직하게 중얼거렸다.

"파금검! 네가 어떤 배경을 지니고 있는지 몰라도 시세에 따르는 것이 좋을 것이다. 천하는 이제 곧 영웅맹의 깃발 아래 들어올 것이다. 그때가 되어서도 네가 그렇게 도도할 수 있을지 모르겠구나."

조치효는 영웅맹의 수뇌들이 올라 있는 누각 왼쪽에 설치된 다섯 개의 막사 중 세 번째 막사로 허소산을 데려갔다.

"대협을 뵙니다."

조치효를 따라 막사로 들어서자 아리따운 세 명의 여인이 허리를 굽혀 허소산을 맞이했다. 그녀들은 날렵한 무복 차림을 하고 허리에는 단출한 검을 패용하고 있었는데, 그 모습으로 보아 이들 역시 평범한 시녀가 아니라 영웅맹의 여고수들이 분명했다.

"모두 알고 있겠지만 이분은 당금 무림의 떠오르는 신룡이신 파금검 대협이시다! 모두 최선을 다해 모시도록 하라!"

조치효가 세 여인에게 위엄있는 목소리로 당부했다.

"노사의 명을 명심하겠습니다."

세 여고수가 무림의 여인들답지 않은 나긋한 목소리로 조치효의 명에 대답했다.

"파 대협, 이곳에서는 오늘 영웅맹의 개파대전을 빠짐없이 보실 수 있을 겁니다. 그럼 전 이만 가보겠습니다. 필요한 것이 있으시다면 이 아이들에게 말씀하십시오."

"알겠소. 바쁘실 테니 어서 가보시오."

허소산이 고개를 끄덕였다.

"중간 중간 들르도록 하겠습니다. 그럼!"

조치효가 정중하게 고개를 숙여 보이고는 자리를 벗어났다. 그러자 허소산이 짐짓 호방한 목소리로 일행을 돌아보며 말했다.

"영웅맹이 제법 사람을 볼 줄 안단 말씀이야. 자자, 모두들 자리에 앉읍시다. 개파대전이 반나절은 걸릴 테니 편히 자리를 잡아요. 그리고… 이보거라!"

허소산이 세 명의 여인을 불렀다.

"하명하십시오, 대협!"

"술이 준비될 수 있는가?"

허소산이 호탕한 목소리로 물었다. 그러자 여인 중 한 명이 대답했다.

"물론입니다, 대협. 주안상을 올릴까요?"

"그렇게 하지. 잔칫집에 왔으니 잔칫상을 받는 것은 당연한 일이야."

"그럼 준비하겠습니다."

여인이 다소곳하게 고개를 숙여 보이고는 다른 여인들에게 눈짓을 했다. 그러자 두 명의 여인이 천막 뒤로 사라졌다.

"우리 옆에는 어떤 자들이 들어 있는가?"

두 명의 여인이 사라지자 남아 있는 여인을 보며 허소산이 물었다. 그러자 여인이 공손하게 대답했다.

"누각에서 세 번째 막사에는 소림의 고승들이 들어 계시고, 마지막 다섯 번째에는 적화궁주님을 비롯한 적화궁의 고수분들이 계십니다."

"소림과 적화궁이라……. 중들은 귀찮고. 적화궁주와 인사라도 할까?"

허소산이 고개를 돌려 다섯 번째 막사를 보며 중얼거렸다. 그러자 원보가 입을 열었다.

"시간은 많으니 다른 고수들과 친교를 나누는 것은 뒤로 미루지요. 그리고 주인께서 다른 고수를 찾아가는 것은 좋지 않습니다. 대저 존중을 받으려면 다른 자들이 찾아오게 해야지요."

"음, 그건 원 노사 말씀이 맞습니다. 하지만 적화궁은 제법 재미있을 것 같은데……."

"그렇긴 하지요. 적화궁은 강호에서도 특별한 문파지요. 적화궁이 천하를 일통할 가능성은 일촌도 없지만, 반대로 적화궁이 반대하는 자가 천하를 장악할 확률 또한 거의 없다고 할 수 있습니다."

"그래서 내가 적화궁의 사람들이 궁금한 거요."

본래 적화궁은 천하에 퍼져 있는 기루와 도박장, 그리고 객잔에서 일하는 하류 인생들이 모여 만든 문파였다. 일백 년 전만 해도 그들은 은밀한 비밀 결사의 형태로 운영되었다. 하류 인생들의 모임이니 사람들의 무시를 받았고, 간혹은 그 주인 되는 자들이 동원한 무림고수들에 의해 와해되기도 했다.

그러나 본래 잡초처럼 사는 인생들은 완전히 소멸할 수도 없고 소멸시켜서도 안 되는 존재들이다. 적화궁은 온갖 핍박 속에서도 꾸준히 명맥을 유지해 오더니 삼십여 년 전 절대고수가 적화궁에서 탄생함으로써 무림 문파의 강자로서 강호에 모습을 드러냈다.

당시 적화궁을 강호의 강자로 만든 절대고수는 융안이란 사람이었다. 융안은 강호에 나서자마자 당시 항주에서 기녀들을 착취하는 것으로 악명을 떨치던 흑도 무리인 대룡회를 비롯해 일곱 개의 흑도 문파를 일거에 절멸시켜 버렸다. 그 일은 오직 융안 홀로 한 것으로 아무리 흑도 무리의 무공이 하찮다고 해도 절대무공을 지닌 고수가 아니라면 할 수 없는 일이었다.

그 일로 적화궁은 한순간에 강호의 무인들이 무시할 수 없는 세력으로 떠올랐다. 더군다나 적화궁에는 융안만 있는 것이 아니었다. 수십 년간 갖은 핍박 속에서 적화궁은 자신들의 힘으로 절대고수들을 탄생시켰던 것이다.

그렇게 암중에 힘을 키운 적화궁이 세상에 모습을 드러내는 순간 적화궁은 팔황의 한 자리에 오르기 충분한 힘을 지니고 있었던 것이다. 더 무서운 것은 그들이 배출한 고수도 고수지만 천하에 산재한 기루와 객잔, 그리고 투전판에서 살아가는 인생의 오 할 이상이 암암리에 적화궁에 적을 두고 있다는 것이었다. 그들 덕분에 강호의 어떤 문파보다도 거대한 세력을 지니게 된 적화궁이었다.

처음 용안이 적화궁을 강호에 정식으로 출범시켰을 때 그들을 반대하는 세력이 없었던 것은 아니다. 하지만 적화궁의 성장에 방해가 되는 자들은 소리 소문도 없이 죽어나가기 일쑤였다.

적화궁의 고수들이 천하에 산재한 문도들의 도움을 받아 시행하는 살수행은 그 어떤 살수들보다도 무섭고 치밀했다. 그래서 적화궁에 의해 소리 소문 없이 제거되는 강호의 고수들 숫자가 늘어날수록 사람들은 적화궁을 두려워하기 시작했다.

시간이 지날수록 적화궁의 살수는 더욱 무서워졌고, 그렇게 수년이 지나자 적어도 표면적으로는 강호에서 적화궁을 적대시하는 사람은 더 이상 존재하지 않게 되었다. 그리고 다시 수년 후 적화궁은 천하팔황의 위치에 오르게 되었던 것이다.

세월은 흘러 적화궁을 천하팔황의 위치에 올려놓은 궁주 용안도 결국 노환으로 죽었지만 그 후에도 적화궁은 여전히 팔황의 위치를 고수했다. 강호인들은 적화궁이 배출한 최초의 절대고수 용안이 죽으면 적화궁의 성세가 쇠락할 것이라 생각했지만 적화궁은 용안의 죽음 이후 오히려 더욱 단단해졌다. 그리고 그 중심엔 현 궁주 무소향이 있었다.

"무소향은 어떤 사람입니까?"

허소산이 원보에게 물었다. 그러자 원보가 슬쩍 다섯 번째 천막을 바라보더니 입을 열었다.

"대단한 여인이지요."

"여인?"

"모르셨습니까?"

원보가 되묻자 허소산이 고개를 끄덕였다.

"난 모르고 있었어요. 이름이 여인 같기는 했지만. 그런데, 호? 여자라……?"

순간 허소산의 말을 듣고 있던 전조명의 표정이 사나워졌다.

"그래서 파 대협께서는 적화궁주에게 관심이 생기나 보지요?"

전조명이 따지듯 물었다.

"아아, 아니오. 난 단지 어떻게 여인의 몸으로 강호 팔황의 한 문파를 이끌고 있는지 그게 궁금할 뿐이었소."

"글쎄요. 여자가 무림문파를 이끌면 안 되라는 법이 있나요?"

"그런 건 아니지만, 그래도 이 험한 강호에서 여인이 한 문파를 이끄는 것은 쉬운 일이 아니지 않소? 그래서 만재방주께서도 전 소저를 제게 주시기로 한 것 아니겠소이까?"

"흥!"

전조명이 살짝 고개를 돌리며 콧소리를 흘렸다. 아무리 보아도 두 사람의 사이가 불편해 보이는 상황이었다. 그 모습을 보고 있던 영웅맹 여고수의 눈빛이 반짝였다. 마치 중요한 비밀을 알기라도 한 것처럼. 장내의 묘한 분위기 속에서 원보가 다시 입을 열었다.

"무소향이 어떻게 전대문주 융안의 후계자가 되었는지는 정확히 알려지지 않았지요. 단지 그녀가 처음에는 기녀가 될 운명이었다는 소문은 있습니다."

"기녀?"

"그렇습니다. 그런데 어린 그녀를 융안이 거두었다고 하더군요. 그때 이미 그녀에게서 특출 난 재능을 읽은 듯합니다."

"재능이라……. 적화궁주도 나만큼 대단한 재질을 타고난 모양이군."

"흥!"

다시 전조명의 비웃음이 들려왔다. 그러자 원보가 미소를 지으며 다시 입을 열었다.

"어쨌든 들리는 소문에 의하면 무소향은 융안의 거의 모든 절기를 물려받았다고 합니다. 특히 무공도 무공이지만 강호의 정세를 살피고 적화궁의 세력을 단단히 하는 지모에 있어서는 오히려 융안을 능가하는 능력을 보이고 있지요."

"무소향은 몇 살이나 되었습니까?"

허소산이 넌지시 물었다. 그러자 이번에는 전조명이 정색을 한 표정으로 말했다.

"정말 그녀에게 관심이 있으신 건가요?"

날카로운 가시가 느껴지는 전조명의 물음이다. 그러자 허소산이 슬쩍 미소를 보이며 전조명에게 대답했다.

"내가 말하지 않았소? 여인으로서가 아니라 그저 적화궁주로서 그녀가 궁금한 것이라고. 그래, 그녀는 몇 살이나 되었소?"

허소산이 다시 묻자 원보가 미소를 지으며 대답했다.

"그녀의 나이가 올해로 마흔다섯이라고 하더군요."

"마흔다섯? 음, 좀 많긴 하군."

"흥!"

다시 전조명의 콧소리가 나직하게 흘러나왔다. 그때 문득 주안상을 준비하러 막사 뒤로 갔던 두 명의 영웅맹 여고수가 커다란 주안상을 들고 막사로 돌아왔다.

"술을 준비했습니다."

"음, 주향이 그럴듯하군. 이 앞쪽으로 가져오게. 개파대전을 구경하려면 조금 앞에 나가 있는 것이 좋을 것 같으니."

허소산이 천막을 조금 벗어난 지점을 가리키며 말했다. 그러자 두 명의 여고수가 무거워 보이는 주안상을 가볍게 들어 허소산이 말한 장소로 옮겨왔다.

"자, 우리 조금 앞으로 나가 앉읍시다."

주안상이 놓이자 허소산이 일행을 막사 앞쪽으로 불러냈다. 그러자 다른 사람들이 모두 주안상 주변으로 자리를 옮기는데 전조명만이 막사 안에 그대로 머물러 있었다.

"전 소저, 전 소저도 이리로 오시오."

허소산이 제법 부드러운 목소리로 전조명을 불렀다.

"전 술을 마시지 않아요."

"차도 있소."

"지금은 차도 별로 마시고 싶지 않군요."

전조명의 목소리가 싸늘했다. 그러자 허소산이 빙그레 미소를 지었다. 전조명이 정말 화가 난 걸 알고 있기 때문이었다. 그런데 허소산이 그런 전조명의 화를 달래기는커녕 조금 더 북돋았다.

"그럼… 적화궁주나 초대해 볼까?"

순간 전조명이 참을 수 없다는 듯 자리에서 일어났다.

"한번 초대해 보시죠! 저도 보고 싶군요!"

전조명이 화를 내자 허소산이 다시 부드럽게 입을 열었다.

"세상에서 가장 아름다운 여인이 곁에 있는데 어찌 다른 여인을 부르겠소. 그러니 전 소저, 이리 오시구려. 차가 식소."

본래의 목소리로 부드럽게 말하는 허소산의 말에 전조명의 새초롬한 표정을 지으면서도 앞으로 걸어나와 허소산 곁에 앉았다. 그러면서 다른 사람이 듣지 못하게 작은 목소리로 말했다.

"나중에 두고 봐."

전조명의 경고에 허소산이 빙그레 미소를 지으며 대답했다.

"나중에 좋은 선물을 할게."

"흥, 누가 선물을 좋아한다고!"

"글쎄, 조명이 가지고 싶은 것은 뭐든 사줄게. 난 천하제일 부자잖아. 그리고 장난 좀 친 걸 가지고 왜 그래. 평소의 조명 답지 않게."

그러자 전조명이 정색을 하며 말했다.

"그게 말이야, 내가 아까 이 막사에 들 때 슬쩍 살펴봤는데 그 적화궁주라는 여인… 정말 예쁘더라고."

"봤어?"

"응."

"음… 만나보긴 해야 할 것 같은데……."

"그렇긴 하지? 항주에서 사업을 하려면 적화궁과의 친교는 반드시 필요하니까. 아버지도 그래서 적지 않은 선물을 적화궁에 보내고 있어."

"이 기회에 친교를 맺어두는 것도 좋을 거야."

"일단 조금 기다려 보자. 그녀도 분명 우리에게 관심이 있을 테니 먼저 우릴 찾을지도 몰라."

"그러지, 뭐. 어! 마침 개파대전을 시작을 하려는 모양이군."

허소산이 말하자 전조명이 시선을 돌려 누각 위를 바라봤다. 그러자 누각 위에 범상치 않은 기도를 풍기는 십여 명의 노고수들이 의천평에 모인 무림의 뭇 고수들을 바라보며 자리를 잡고 섰다.

"대단한 기도들이군요."

전조명이 놀란 표정으로 말했다.

"누가 누군지 알 수가 없군."

원보가 맞은편에서 투덜거렸다. 사실 허소산 일행은 귀로들은 강호의 정세에는 제법 밝았지만 현 강호에서 활동하는 절대고수들을 만난 일이 거의 없었기에 누각 위의 인물들이 어떤 자들인지 알 수 없었다. 그런데 그때 문득 누각 위의 노고수 중 한 명이 앞으로 나섰다.

둥둥둥!

노고수가 앞으로 나서자 누각 주변에서 커다란 북소리가 울려 나와 사람들의 이목을 누각으로 집중시켰다.

사람들의 관심이 자신에게로 쏠리자 노고수가 손을 들어 북소리를 멈추게 했다. 그리고는 사자후를 터뜨리듯 입을 열었다.

"이렇게 본 맹의 개파대전에 참석해 주신 강호 동도 여러분을 환영하오! 난 종남의 위춘추라 하오!"

노고수의 말에 의천평이 잠시 술렁였다. 물론 영웅맹의 주축이 사천맹과 절대삼문이란 것을 알고 있었지만 이 자리에 종남의 장문인이 직접 나와 있을 거라고는 아마도 생각지 못했던 것이다. 더불어 종남의 장문인이 나와 있다는 것은 곧 다른 문파의 수장들도 이곳에 와 있다는 의미일 터였다.

"불민하지만 오늘이 개파대전은 제가 진행하게 되었소이다! 부족한 면이 있더라도 여러분의 많은 이해 부탁드리오!"

위춘추가 한 걸음 뒤로 물러나 정중하게 포권을 해보였다. 그러자 이곳저곳에서 위춘추를 향한 격려의 환호성이 터져 나왔다. 그러나 가만히 보면 환호를 지르는 자들은 대부분 영웅맹의 묵색 무복을 입은 자들이었다.

위춘추는 환호성이 잠시 이어지도록 침묵을 지키다가 손을 들어 사람들의 환호를 잠재웠다. 그리고는 다시 입을 열었다.

"먼저 우리 영웅맹이 탄생한 이유를 말씀드리겠소이다. 강호는 팔황의 시대가 이어진 지 수십 년이 지나고 있소. 물론 그동안 팔황이 주도한 강호는 제법 평안했었소. 그러나 최근 들어 무림의 안위를 걱정하게 만드는 일이 적지 아니 일어나고 있소. 과거라면 팔황이 나서서 그 걱정거리들을 해결할 수 있었으나 작금에 들어서는 팔황의 성세도 제각기 달라서 과거와 같이 무림의 일에 적절히 대응하지 못하고 있는 실정이오. 해서 뜻있는 강호 명숙들이 무림의 질서를 바로잡을 구심점 필요하다는 데 의견을 같이했소이다. 그렇게 하여 탄생한 것이 바로 우리 영웅맹이오."

위춘추가 잠시 말을 끊었다. 그러자 기다렸다는 듯 누각을 중심으로 세워진 열 개의 막사 중 왼쪽 두 번째의 막사에서 한 명의 노승이 앞으로 걸어나오더니 위춘추에게 물었다.

"위 장문인께 묻고 싶소이다. 이 노승은 최근에 강호가 어지러워진 것은 오직 무창 오릉의 일밖에 모르겠소. 그런데 그 일은 영웅맹 탄생의 주재자로 알려진 영락대인에 의해 일어난 일 아니오? 이런 상황에서 영웅맹이 강호의 안위를 걱정하여 탄생했다는 것을 강호 동도들이 믿을 수 있겠소이까?"

노승의 말에 위춘추가 천천히 신형을 돌려 노승에게 정중히 포권을 해보인 후 입을 열었다.

"소림의 원앙 선사께서 오실 줄은 정말 몰랐습니다. 아마도 본 맹의 출범에 가장 큰 축복이지 않을까 싶군요."

"축하는 축하고, 내 질문에 대한 대답을 듣고 싶구려."

"음… 알겠습니다. 아마도 선사께서 가지신 의문은 이곳에 모인 모든 강호 동도 여러분의 의문이기도 할 테지요. 그러니 그에 대한 답을 주지 않고서는 영웅맹의 본의를 여러분께 설득 드리기 어려울 것이란 것을 알고 있습니다. 먼저 최근 들어 강호에서 일어나고 있는 심각한 문제들이 어떤 것인지부터 말씀드리겠습니다. 사람들은 오릉의 일은 알아도 암중에 일어난 강호의 비사는 잘 알지 못하니 말입니다."

위춘추가 원앙 선사로부터 신형을 돌려 누각 앞으로 서너 걸음 나아갔다. 그리고 좀 더 큰 목소리로 말을 이었다.

"지금의 강호는 겉으로 보기에는 평화로워 보이나 기실 암중으로는 무척 심각한 상황에 처해 있소이다. 우리 영웅맹이 은밀히 조사한 바에 의하면 최근 들어 강호에서 은밀하게 일어난 혈겁으로 수십 명의 이름 있는 고수들이 목숨을 잃었소."

"아니, 그게 정말이오? 도대체 누가 죽었다는 말이오?"

장내의 인물 중 누군가가 물었다. 그러자 위춘추가 짐짓 심각한 표정으로 입을 열었다.

"청일검 출기인, 백룡삼협, 생사협 만초, 옥기린 영도……."

순간 누군가 위춘추의 말을 끊었다.

"아니, 그 모든 사람이 죽었다는 말이오?"

그러자 위춘추가 심각하게 고개를 끄덕였다.

"그렇소이다."

"그들은 모두 강호에 명망이 높은 협사들인데 어찌 그들이 모두 죽었단 말이오. 그리고 그들이 죽었다면 왜 강호에 소문이 나지 않은 것이오? 그들의 죽음을 진정 확인했소?"

"그렇소이다. 영웅맹에서는 그들의 죽음을 모두 확인했소. 그들 외에도 이름만 대면 알 수 있는 수십 명의 강호 동량들이 알지 못하는 사이에 목숨을 잃었소이다."

위춘추의 말에 이번에는 원앙 선사가 물었다.

"그렇다면 영웅맹에선 그들을 죽인 흉수들을 알고 있소?"

그러자 위춘추가 고개를 저었다.

"정확하게는 모릅니다. 그래서… 강호가 위기에 처했다고 말하는 것입니다."

"음… 강호의 혈사는 언제나 있어왔던 일이오. 비록 그들이 명성있는 인물들이라고는 하나 그들이 죽었다고 해서 강호가 위기에 처했다고 말할 수는 없을 것이오. 당장 오늘도 강호의 곳곳에선 은원에 얽혀 수십, 수백의 고수들이 죽어가고 있을 것이오."

원앙 선사가 냉랭하게 말했다.

"물론 그렇겠지요. 하지만 선사께서도 이들의 죽음에 대해 우리 영웅맹이 알아낸 사실을 들으신다면 결코 이 일이 평범한 강호의 혈사가 아님을 아시게 될 겁니다."

"흉수를 모른다고 하지 않았소?"

"물론 흉수에 대한 물증을 정확하게 잡지는 못했습니다. 하지만… 무림의 기이한 암류를 발견하기는 했지요."

"도대체 그 암류라는 것이 뭐요?"

원앙 선사의 물음에 위춘추가 엄중한 기색을 대답했다.

"암류는 크게 두 줄기로 움직이고 있습니다."

"두 줄기라……. 어떤 자들이오?"

"암류의 한 줄기는 천산에서, 다른 한 줄기는 북방의 흑수에서 강호로 들어오고 있습니다."

"천산과 북방?"

원앙 선사가 눈을 가늘게 떴다. 그의 심중에도 짐작이 가는 일이 있는 모양이었다.

"그렇습니다. 천산과 북방… 그중 천산의 움직임은 특히 우려스럽습니다. 북방의 야인들이야 언제나 중원을 드나들었으니 그렇다고 해도 천산의 움직임은… 음!"

위춘추가 짐짓 고개를 저으며 말했다. 그러자 갑자기 장내가 깊은 침묵에 빠졌다. 위춘추의 입에서 언급된 천산의 움직임이란 말은 무림의 뿌리 깊은 하나의 공포적 세력을 의미한다는 것을 모르는 사람이 없었다.

"마교가 준동한다는 말이오?"

문득 의천평에 운집한 무인 중 한 명이 소리 높여 물었다. 그러자 위춘추가 무거운 목소리로 대답했다.

"물론 그들이 마교라고 단정할 수는 없소. 그러나 모두가 알다시피 천산은… 역시… 음!"

위춘추가 다시 말꼬리를 흐렸다. 그런 그의 행동이 사람들을 더욱 긴장하게 만들었다. 위춘추는 입 밖으로 마교라는 말을 단 한 마디도 꺼내지 않았지만 이미 사람들은 마교의 공포에 지배되고 있었다.

"영웅맹이 생긴 것은 바로 이런 강호의 위험한 정세를 걱정했기 때문이외다. 그리고 본 맹에 대해 여러분이 한 가지 오해를 하는 것이 있소이다."

위춘추의 말에 이번에는 누각의 서쪽 편에 위치한 다섯 개의 막사 중 한곳에서 청수한 인상의 노인이 천막 밖으로 나와 입을 열었다.

"오해라면 무슨 오해를 말씀하시는 것이오?"

"아, 무당의 청진자시구려."

청진자라면 오릉에도 모습을 보였던 무당의 고수다. 소림의 원앙 선사에는 미치지 못하지만 그 또한 강호의 일대 기인이랄 수 있는 인물이었다.

"우리가 오해하고 있다는 것이 혹 영락대인에 대한 것이오?"

청진자가 싸늘한 목소리로 물었다. 그러자 위춘추가 고개를 끄덕이며 대답했다.

"맞소이다. 바로 영락대인에 대한 강호의 평판은 모두 오해에서 비롯된 일이외다."

"오해라니? 무슨 말을 하는 것이오? 당시 오릉에서 그가 천하의 고수들을 상대로 극악한 음모를 꾸민 것은 수많은 사람이 직접 목도하고 겪은 일이오."

"물론 그 일 자체를 부정하는 것은 아니오. 하지만 영락대인께서 당시 그 일을 하신 것은 모두 다 강호를 위한 마음에서였던 것이오."

"하하하! 내가 강호를 종횡하기를 수십 년이지만 오늘 같은 궤변은 처음 들어보는구려. 그 엄청난 혈사를 일으키고도 그것이 강호를 위함이었다니… 과연 이 중 몇이나 그 말을 믿겠소?"

청진자의 반박에 위춘추가 고개를 끄덕였다.

"물론 당장은 내 말을 믿을 사람이 몇 없을 것이오. 하지만 당시 그 자리에 있었던 남궁 노사의 말을 들어보면 내 말이 결코 거짓이 아님을 알 수 있을 것이오. 남궁 노사!"

위춘추가 고개를 돌려 남궁황을 불렀다. 그러자 남궁황이 가벼운 몸짓으로 위춘추 곁에 다가섰다.

第五章

쟁명(爭鳴)

독경(讀經)

남궁황이 앞으로 나서자 모든 사람들의 이목이 남궁황에게로 쏠렸다. 그러자 청진자가 다른 사람들을 대신해서 물었다.

"남궁 노사, 오랜만이구려. 그런데 우리가 영락대인을 오해하고 있다는데 어떤 연유로 그리 말하는 것이오? 남궁 노사는 나와 함께 당시 오릉에 있지 않았소? 그래서 영락대인이 강호의 형제들을 함정에 빠뜨렸던 사실을 잘 알고 있지 않소?"

청진자의 물음에 남궁황이 굳은 표정을 짓더니 이내 고개를 저으며 말했다.

"물론 말씀하신 대로 나도 당시 오릉에 있었지요. 해서 오릉을 벗어나는 순간까지도 영락대인이 그 혈겁의 주동자라도 굳게 믿고 있었소이다. 당시 우리 삼문의 고수들이 어렵게 오릉을 벗어나는 순간에도 살수들이 우리를 덮쳤소."

"음, 당시 송산에는 살수들이 천라지망을 펼치고 있었지요. 하지만 그 또한 영락대인이 준비했던 함정이 아니오?"

청진자의 물음에 남궁황이 고개를 저었다.

"아닙니다. 그들은 결코 영락대인이 준비한 살수들이 아니었습니다. 당시 그 살수들과 악전고투를 벌이고 있던 저희를 구해준 사람이 누군지 아십니까?"

"설마 그 사람이……?"

"짐작하시는 바가 맞습니다. 우릴 구해준 분이 바로 영락대인이셨습니다. 물론 제가 이렇게 말을 하면 이제 서로 한 세력이 되었다고 영락대인을 비호하기 위해 지어낸 말이라고 생각하실 수도 있습니다. 하지만… 아마 오늘 이 영웅맹에 오신 분들 중에는 당시 영락대인께 도움을 받으신 분이 분명이 계실 것입니다. 아니 그렇소이까?"

남궁황이 의천평에 모인 고수들을 보며 소리쳤다. 그러자 갑자기 한 명의 초로의 인물이 불쑥 앞으로 나서며 소리쳤다.

"남궁 노사의 말씀이 맞소이다! 나 또한 당시 송산에서 영락대인의 도움으로 살아남았습니다!"

"당신은 누구요?"

청진자가 의심 어린 표정으로 물었다. 그러자 수수해 보이는 사내가 대답했다.

"외람되게도 강호의 동도들은 날 만서객이라고 부릅니다!"

"만서객!"

"오! 만서객!"

만서객이란 자의 등장에 장내가 잠시 술렁였다.

"만서객은 또 누구지?"

허소산이 짐짓 심드렁한 표정으로 중얼거렸다. 그러자 만재방의 일대행수 장익이 대답했다.

"파 대협께선 만서객 천유를 모르십니까?"

"내가 비록 제법 현명하기는 하나 강호의 모든 사람을 알 수는 없지 않겠소? 그래, 저자가 어떤 자이기에 사람들의 관심을 끄는 것이오?"

"만서객 천유는 강호삼학 중 한 사람으로 꼽히는 인물입니다."

"강호삼학? 제법 먹물을 먹은 자라는 말이군."

"그렇습니다. 그의 머릿속에 만 권의 서책이 들어 있다 하여 붙여진 별호지요. 그리고 실제로 강호에서 그만큼 서책을 많이 읽은 사람도 없을 겁니다."

"그자가 나선 것이 특별한 것이오?"

"그렇습니다. 만서객의 명성은 그의 학식만으로 이뤄진 것은 아닙니다. 그는 한 평생 거짓을 말한 적이 없는 사람으로도 유명합니다. 거짓을 말할 바에야 차라리 입을 열지 않겠다는 것이 그의 신념이라지요."

"호오, 거짓을 말할 바에야 입을 열지 않는다고? 그것참 기이한 생각을 가진 사람이군."

허소산이 만서객 천유에게 시선을 돌리며 말했다. 그러자 이번에는 원보가 입을 열었다.

"만서객이 나서서 야율거공의 입장을 지지하면 일은 거의 영웅맹이 원하는 대로 흘러갈 공산이 큽니다. 다른 것은 몰라도 만서객의 입은 당금 무림에서 판관의 역할을 할 만하니까요."

"그렇습니까? 이것 참 궁금하군. 도대체 야율거공이 어떻게 만서객을 구워삶았는지."

"그의 말을 믿지 못하시는 겁니까?"

장익이 슬쩍 천막 안의 영웅맹 여고수들을 살피며 물었다. 그러자 허소산이 퉁명스럽게 대답했다.

"어떻게 믿을 수가 있겠소. 그가 나를 알고 나도 그를 아는데. 이 모든 것은 그저 그가 꾸민 한판의 광대극일 뿐이지. 뭐, 광대극도 재미는 있으니 계속 지켜봅시다."

만서객 천유의 출현으로 장내가 시끄러워졌음에도 남궁황은 사람들이 동요를 진정시키지 않고 잠시 그 여파가 의천평 곳곳으로 퍼져 나가기를 기다렸다. 그러자 잠시 후 굳이 남궁황이 나서지 않아도 장내의 사람들이 만서객을 향해 영웅맹이 필요로 하는 질문을 던졌다.

"정말 만서객께서도 영락대인의 도움으로 송산을 벗어나셨습니까?"

중년의 사내 한 명이 소리쳐 물었다. 그러자 만서객 천유가 고개를 끄덕였다.

"그렇소이다. 나 역시 영락대인의 도움으로 송산의 혈사에서 살아남았소이다."

"그런데 왜 지금까지 그 사실을 숨기고 있었던 거요?"

"사람의 심리란 이상해서 아무리 진실을 말해도 때가 아니면 그 진실이 받아들여지지 않는 법이오. 내가 가끔 강호사에 입을 다물 때는 바로 그 시기가 맞지 않을 때요. 당시 무창에선 영락대인이 오릉의 혈사를 모두 주도했다는 것이 정설이었소. 그런데 그런 상태에서 내가 아무리 영락대인께서 행한 일에는 특별한 사정이 있었다고 설명해 봐야 누가 내 말을 믿겠소이까? 그래서 난 영락대인의 뜻을 제대로 알릴 시기를 기다려 왔을 뿐이오."

"그럼 이젠 오릉에서 벌어진 일의 전말을 말할 수 있는 때가된 것이오?"

"아마 그런 듯하오. 난 영웅맹에 속한 사람은 아니지만 이렇게 천하에서 이름 높은 분들이 영락대인과 뜻을 같이하여 강호의 정의를 세우기 위해 영웅맹을 만들었으니 이제는 영락대인께서 하신 일의 진의를 알아줄 시기가 된 것 같소."

그러자 지금까지 만서객의 말을 듣고 있던 청진자가 입을열었다.

"좋소이다. 백번 양보해서 만서객 그대를 구한 사람이 영락대인이라고 합시다. 하지만 그가 오릉에 함정을 판 것은 분명한 사실 아니오?"

그러자 만서객이 고개를 끄덕였다.

"맞소이다. 하지만 영락대인께서 그런 일을 하신 데에는 그만한 이유가 있소이다."

"도대체 그 이유가 뭐란 말이오?"

그러자 만서객이 말을 남궁황에게로 돌렸다.

"난 영웅맹의 사람이 아니니 영락대인께서 하신 일에 대해 자세히 알지는 못하오. 단지 그 진의가 결코 강호인들을 해할 목적은 아니었다는 것을 알고 있을 뿐. 그러니 강호 형제들의 의문은 남궁 노사께서 풀어주셔야 할 것 같소이다만……."

만서객 천유의 말에 남궁황이 고개를 끄덕였다.

"알겠소이다. 어차피 그 일은 내가 할 일이었소. 단지 난 내 말을 보증해 줄 증인이 필요했을 뿐이오. 그럼 지금부터 영락대인께서 왜 오릉의 일을 만드셨는지 그 이유를 설명 드리겠소."

남궁황이 천천히 좌중을 돌아보며 말하다가 문득 그 시선이 허소산에게서 멎었다. 그러자 허소산이 한줄기 비웃음을 흘리며 짐짓 음흉한 미소를 지어 보였다. 그러자 남궁황이 재빨리 허소산의 시선을 피했다.

"어서 말씀해 주시오!"

누대 아래에 모인 자들 중 한 명이 소리쳤다. 그러자 남궁황이 평정심을 되찾고는 입을 열었다.

"모두가 알고 계시는 것처럼 오릉의 일은 결국 영락대인께서 주도하신 일이오. 하지만 그 안에는 여러분이 알지 못하는 복잡한 사정이 내포되어 있소이다. 지금부터 내 말을 잘 들어 보시오. 그리고 과연 영락대인께서 강호의 공적이 되는 것이 맞는지 아니면 강호의 영웅으로 대우받으셔야 하는지 판단해 주시기 바라오.”

남궁황의 잠시 한숨을 돌린 후 다시 말을 이었다.

“당시 오릉의 유물을 확인하고 이를 강호에 알려 천하의 고수들이 무창으로 모여든 것은 여러분이 알다시피 영락대인께서 하신 일이 맞소. 그리고 무림인들을 오릉에 불러 모은 이유역시 오릉에 펼쳐진 다섯 개의 길, 생사지로를 한 사람의 힘으로 열 수 없기 때문인 것도 맞소이다.”

“그럼 도대체 우리가 뭘 오해하고 있다는 거요? 설마하니 당시 송산을 뒤덮었던 그 산공독을 영락대인이 퍼뜨린 것이 아니란 소리를 하려는 것이오?”

“물론 그 역시 영락대인께서 하신 일이 맞소. 더불어 그때 오릉의 지하 광장에서 영락대인이 강호 동도들에게 자신을 따를 것을 강권한 것 역시 틀림없는 사실이오.”

“흐흐흐, 설마하니 그 모든 것이 사실임에도 영락대인을 두둔하고 싶으신 거요.”

문득 천의평에 서 있던 사람들 중 장대한 체구의 사내가 비웃음을 흘리며 물었다.

“그대는 바로 천웅사 호인도 대협이구려.”

“날 알아보다니 남궁 노사의 눈이 과연 매섭구려. 그러나 지금 중요한 것은 내가 누구인지가 아니지 않소?”

천웅사 호인도라는 사람이 비웃듯 물었다. 그러자 남궁황이 고개를 끄덕였다.

"맞소이다. 지금 급한 것은 영락대인에 대한 강호 동도들의 오해를 푸는 것이오."

"그가 오릉으로 사람을 불러 모았고, 또한 송산에 독을 풀었으며, 오릉의 지하 광장에서 뭇 강호인들에게 자신을 따를 것을 강요한 것이 사실이거늘 어찌 그를 향한 강호인들의 분노가 오해란 말이오."

"이제부터 그 이유를 설명해 드리리다."

"좋소. 하지만 만약 그 이유가 타당하지 않다면 우리 강호의 형제들은 영웅맹의 진의를 의심하게 될 것이오."

마치 무력이라도 쓰겠다는 듯 천웅사 호인도가 자신의 도를 움켜쥐며 말했다.

"그건 호 대협 마음대로 하시구려. 영웅맹은 타인의 검을 두려워하지는 않소. 어쨌든 그건 그렇고, 당시 영락대인께서 그렇게 무리하게 송산에 모인 강호인들을 거둬들이려고 한 이유는 사실 대인의 개인적인 야심 때문이 아니었소. 앞서 위 장문인께서 말씀하셨듯이 현재 강호에는 깊고 깊은 암류가 흐르고 있소. 그런데 오릉의 존재가 알려졌을 때 그 암류가 무창까지 스며들었던 것을 영락대인께서 알아내셨소."

"설마 마교가 무창까지?"

누군가가 사람들의 마음속에 들어 있는 천산 마교에 대한 공포심을 다시 자극했다.

"물론 그들이 천산에 칩거한 마교도라고는 장담할 수 없소. 하지만 분명 당시에 무창에서는 기이한 혈사들이 암암리에 일어나고 있었소. 영락대인께서는 이를 알아내시고 오릉에 든 자들 중 필시 강호를 어지럽히고 있는 자들이 섞여 있다고 판단하셨소. 그러나 그들이 워낙 철저히 자신들의 본색을 숨기고 있기에 그들을 찾아내려면 특별한 방법이 필요했던 거요. 해서… 영락대인께선 특별한 수단을 강구하게 되었던 거요."

"그래서 강호인들에게 독을 풀고 자신을 따르기를 강요했다?"

청진자가 비웃듯 물었다.

"그렇소이다. 그 방법이 과격하기는 했으나 기실 그렇게 하지 않았다면 당시 오릉에 스며든 암류의 인물들이 송산에 모인 모든 무인들을 도륙했을지도 모르는 일이오. 그리고 당시 오릉 밖에서 살수를 쓰던 자들은 절대 영락대인께서 부리는 자들이 아니었소. 아마도 그들이 강호의 그 암류가 아닐까 싶은데……."

남궁황이 살짝 말꼬리를 흐렸다. 그러자 천의평에 모인 사람들이 제각기 자신의 의견을 말하며 웅성거리기 시작했다. 덕분에 순식간에 천의평이 난장으로 변했다.

"정말 교묘하군, 교묘해!"

허소산이 혼란에 빠진 천의평을 보며 손뼉을 쳤다.

"그러게 말입니다. 한순간에 영락대인을 강호의 공적에서 영웅으로 변모시키는군요."

"원 노사께서는 그의 말을 믿으시는 거요?"

허산왕이 고개를 갸웃하며 물었다.

"이건 내가 믿고 안 믿고의 문제가 아니오. 또한 이곳에 모인 사람들이 남궁황의 말을 믿고 안 믿고의 문제도 아니오. 이미 일은 그가 의도하는 대로 진행되고 있다고 할 수 있소. 오릉에서의 일을 변명한 남궁황의 말을 반박하려면 반박할 수 있는 근거는 수도 없이 많소. 당장 우리만 해도 봉화호에서의 일을 거론하면 그들은 무척 곤란해질 거요. 하지만……."

원보가 잠시 말을 끊고는 천천히 고개를 가로저었다.

"그럼에도 그가 자신에게 씌워진 강호의 평판을 벗어날 수 있다는 것이오?"

허산왕이 의혹 어린 표정으로 물었다.

"아마도 그가 강호의 고수들을 불러 모아 이렇게 성대한 개파대전을 벌이고자 한 것은 자신에 대한 평판을 일거에 바꿔보려는 심산이었던 듯하오. 그리고 그에 대한 만반의 준비를 한 것이 분명하오. 아마… 천의평에 모인 고수들 중에는 그를 따르는 자들이 여럿 포함되어 있을 거요. 이곳에 모인 사람들이 바보는 아니니 남궁황의 말을 곧이곧대로 믿어 야율거공에 대한 오해를 풀기는 쉽지 않을 거요. 그러나 사람이란 본시 시류에 따라 그 마음이 움직이는 법, 저들 중에 섞여 있는 그의 수하들이 바람을 잡는다면 그가 목적하는 바를 이루는 것은 어렵지 않을 거요. 물론 각자의 마음속에는 여전히 그에 대한 의문이 남아 있겠지만."

"역시 영락대인이란 자가 영활한 자란 말이구려."

허산왕이 고개를 끄덕였다. 그러자 허소산이 문득 고개를 돌려 영웅맹의 세 여고수를 보며 말했다.

"그대들은 참으로 대단한 주인을 두었어."

순간 세 여고수의 얼굴에 당혹한 빛이 돌더니 이내 평정심을 회복하고는 머리를 조아렸다.

"파 대협께서도 대인 못지않은 영웅이시라 들었습니다."

"하하하, 그래? 그런데 그가 나에 대해 특별한 당부는 하지 않았나?"

"그게 무슨 말씀이신지……?"

"그는 날 무척 꺼려 한단 말이지. 그래서… 이 술이나 차에 혹 독이라도 풀었을까 봐 난 그게 걱정이야."

순간 장내의 사람들 얼굴색이 일변했다. 그들은 이미 몇 잔의 술과 차를 마신 후였다. 그러자 영웅맹의 여고수가 재빨리 고개를 저었다.

"그런 일은 절대 없습니다. 대인께서는 파 대협이 오늘 이곳에 오신 손님들 중 가장 중요한 분이니 성심성의껏 보필하라는 당부만을 하셨을 뿐입니다."

"오호라. 그러니 직접 영락대인에 명을 받은 것이군."

허소산의 말에 대답을 하던 여고수가 당황한 표정을 지었다. 자신도 모르게 허소산의 수작에 말려들었다는 것을 깨달은 것이다.

"그것이… 파 대협께서 워낙 중요한 분이라…….."

"흐흐흐, 괜찮아. 그에게 직접 명을 받는 고수가 내 시중을 드는 것이 기분 나쁜 것은 아니니까. 그리고 내가 그 사실을 확인한 이유는 그대들을 타박하기 위해서가 아니야. 단지 그대들이 지금 즉시 내 말을 그에게 전해줄 수 있는지 확인하려고 물어본 것뿐이지. 가서 전해. 오늘 내 입을 막으려고 한다면 제법 괜찮은 선물을 가져와야 할 거라고."

"대협!"

영웅맹의 여고수가 난감한 표정을 지었다. 그러자 허소산이 정색을 하고 말했다.

"가지 않아도 상관없다. 하지만 그리하면 난 지금 장내로 나아가 남궁황의 말이 틀렸음을 밝혀낼 것이다. 그래도 좋겠나?"

허소산의 말에 영웅맹의 여고수가 잠시 망설이는 듯하다 이내 고개를 숙여 보이며 대답했다.

"알겠습니다. 그럼 다녀오겠습니다. 그전에…….."

"말해보게."

"혹 원하시는 선물이 있으신지……?"

"글쎄… 특별히 원하는 것이 있지는 않지만… 뭐, 천명검 정도면 만족할까?"

"대, 대협!"

영웅맹의 여고수가 너무 놀라 허소산을 바라봤다.

"하하하, 농담이야, 농담! 그냥 성의만 보이라고 해. 이런 건

어떨까? 혹 그가 해문산 풍월령에 대해 알고 있는 비밀이 있다면 그걸 내게 전해주는 것 정도. 지금까지 그가 호천대야 김류에 대해 조사한 전부를 알려달라고 전해 봐."

"이, 일단 그리 전하겠습니다."

"좋아, 그럼 서둘러 다녀오게. 난 그리 인내심이 많은 편이 아니야. 물론 그도 이 사실을 잘 알고 있겠지."

허소산의 손짓을 하자 영웅맹의 여고수가 빠르게 막사를 벗어났다.

천의평의 소란은 근 이각여 동안 이어졌다. 남궁황을 비롯한 영웅맹의 고수들은 천의평의 혼란은 그대로 지켜보고만 있었다. 그러자 천의평에 일었던 혼란도 결국 서서히 제풀에 잦아들기 시작했다.

"영락대인은 이 자리에 계시오?"

문득 천웅사 호인도가 누대 위의 남궁황에 물었다. 그러자 남궁황이 천천히 고개를 끄덕였다.

"영락대인께서는 물론 본 맹에 계시오. 그러나 오릉의 일이 비록 선의에서 한 일이라고 하더라도 적지 않은 숫자의 강호 동도들이 죽었으니 그것을 몹시 괴로워하고 계시오. 해서 쉽게 이 자리에 얼굴을 드러내시기는 어려울 것 같소이다."

"진정 그곳에서의 혈사가 강호의 암중 인물들에 의해 일어난 일이라면 영락대인께서 세상에 나서기를 꺼려 하실 이유가 뭐가 있겠소?"

"맞소이다. 영락대인을 이 자리에서 모셔서 천산 마교의 일을 논해야 할 것이오!"

누군가가 큰 소리로 외쳤다. 그러자 이곳저곳에서 그의 말에 동조하는 자들이 소리를 질러댔다. 그러자 남궁황이 이번에는 손을 들어 사람들의 소란을 잠재웠다. 그리고는 정색을 한 표정으로 말했다.

"향후에 현재 강호에 흐르는 암류의 정체가 정말 마교의 준동인지 확인하기 위한 자리를 따로 마련해야 할 것이오. 하지만 오늘은 그 일을 논할 때가 아닌 것 같소이다. 오늘은 본 맹의 개파대전 아니오? 우리의 의도는 단지 영웅맹에 영락대인께서 참여하신 것으로 인해 강호 동도 여러분이 본 맹의 진의를 오해하지 말아달라는 것이오."

남궁황의 말에 천의평에 모인 자들이 저마다 고개를 끄덕였다. 그런데 그때 소림의 원앙 선사가 불쑥 입을 열었다.

"영락대인의 일은 그렇다 치고 내 남궁 노사께 묻고 싶은 것이 있소."

"하문하십시오."

남궁황이 남궁세가를 대표하는 고수이기는 하나 원앙 선사를 대하는 것은 조심스러울 수밖에 없었다.

"앞서 위 장문인께서는 강호의 암류가 두 줄기라고 했소이다. 그 한쪽이 천산에서 시작된 것이라 하셨는데 혹 다른 하나의 암류에 대해서도 조사를 하셨소?"

그러자 이번에는 조금 뒤로 물러나 있던 위춘추가 앞으로 나서며 대답했다.

"그 대답은 제가 드리지요."

위춘추가 앞으로 나서자 남궁황이 자연스럽게 뒤로 물러났다. 누대 앞으로 나선 위춘추는 잠시 뜸을 들인 후 원앙 선사를 보며 입을 열었다.

"선사께서 말씀하신 또 다른 암류의 줄기는 천산에서 시작된 암류에 비해 더 위험할 수도 있습니다."

"음, 그들에 대해 어느 정도 실체를 확인한 것이오?"

"아닙니다. 그저 추측에 불과한 상황입니다."

"그런데 어떻게 그들이 천산에 비해 더 위험하다고 하시오?"

"그건 그들의 실체가 무척 모호하기 때문입니다."

"실체가 모호하다?"

"그렇습니다. 저희들이 조사한 바로는 그들이 강호에서 활동한 것은 이미 수십 년에 이릅니다. 그런데 그들은 그동안 강호에 전혀 그 정체를 드러내지 않았지요. 그러니 그 은밀함이 마교를 능가한다고 할 수 있습니다."

"음… 그들에 대해 어떤 단서도 얻지 못했소?"

"그건 아닙니다. 그동안 불철주야로 본 맹의 고수들이 노력한 결과 그들은 요동의 먼 북쪽 흑수에서 온 자들일 수 있다는 의심을 하게 되었습니다."

"흑수?"

"그렇습니다."

"하지만 그곳은 변방 오랑캐의 땅이 아니오? 그런 곳에 어찌 무림을 위협할 세력이 존재한다는 말이오?"

"고래로 천하의 수많은 왕조와 무림의 명가들이 명멸을 거듭해 왔지요. 그리고 대부분 패망한 황족과 명가의 후손들은 장성을 넘거나 서역으로 떠나 재기를 도모했습니다. 그러니 어찌 흑수에서 힘을 키운 세력이 없다고 할 수 있겠습니까?"

"그렇긴 하지만 그래도 흑수는… 음…….."

"아무튼 그들 중 일부가 흑수에서 온 자들임은 분명합니다. 하지만 그 실체는 여전히 오리무중입니다. 그들이 흑수에서 온 자들이란 것을 확인한 것도 우연히 그들과 일전이 벌어져 그중 일부가 오랑캐의 말을 쓰는 것을 들었기 때문에 알게 된 사실입니다."

"음, 남궁 노사의 말이 사실이라면 정말 큰일이구려. 천산의 암류가 마교라면 그것은 곧 수십 년의 정사대전을 벌어질 수도 있다는 의미인데, 거기에 더해 정체를 알 수 없는 야인의 무리라……."

그런데 그때 문득 누각 옆, 좌우로 늘어선 열 개의 막사 중 오른쪽 가장 끝에 있던 막사에서 누군가가 모습을 드러내며 크게 소리쳤다.

"남궁 노사의 말씀 잘 들었소이다. 그런데… 내게 한 가지 의문이 있는데 그 의문을 풀어주셨으면 하오."

"육왕탑의 탑주께서는 무슨 가르침이 있으신지요?"

남궁황에게 질문을 던진 사람은 허소산의 눈에도 익은 자였다. 과거 창룡곡의 만재방을 방문했던 육왕의 우두머리 소사공이었다. 본시 육왕탑은 강호에서 정사지간으로 알려진 문파로 육왕의 실체를 본 사람은 그리 많지 않았다. 그건 그들이 행사가 그리 개방적이지 않았던 탓도 있지만 육왕의 출현이 있다는 소문이 돌면 강호인들이 스스로 그들과 마주치기를 꺼려 해 몸을 피했기 때문이다.

그러나 오늘만큼은 육왕도 천의평에 모인 사람들에게 위협이 되지 않은 날이었다. 수백 명이 넘는 강호 고수들을 앞에 두고는 육왕도 함부로 사람들을 대하지 못할 것이기 때문이다. 그래서인지 그동안 육왕의 실체를 궁금해하면서도 감히 그들을 찾아보지 못했던 사람들이 육왕에게 관심을 보이기 시작했다.

평범해 보이는 작은 체구의 사내, 육왕 중 우두머리이며 육왕탑의 탑주인 소사공은 강호 고수들의 뜨거운 시선을 받으면서도 당당하기 이를 데 없었다. 그는 마치 자신 앞에 단 한 사람도 서 있지 않은 것처럼 담담했다.

"어서 말씀을 해주시지요."

소사공이 잠시 침묵을 지키고 있자 남궁황이 소사공의 말을 재촉했다. 그러자 소사공이 침착하게, 그러나 자신의 목소리가 천의평 곳곳에 들릴 정도로 묵직한 공력을 실어 입을 열었다.

"지금 남궁 노사께선 강호에 이는 두 개의 암류에 대해 말하였소. 하나는 마교로 추정되는 천산의 암류, 그리고 다른 하나

는 정체를 모르겠으나 흑수에서 내려온 야인의 암류라고 했
소."

"맞소이다. 그런데 그 일에 무슨 문제라도 있소?"

"아니오. 영웅맹에서 한 조사가 어찌 허투를 수 있겠소. 단
지 난 한 가지 사실을 짚고 넘어가야 할 것 같다는 생각이 들어
서 이 자리에 나왔소."

"말씀해 보시지요."

"그 두 세력이 암류라 칭해진 것은 그들이 새외의 세력이기
때문인 거요?"

소사공의 질문에 남궁황이 그 의도를 잘 모르겠다는 듯 고
개를 갸웃하다가 고개를 끄덕였다.

"아무래도 그런 이유가 없다고는 할 수 없소. 물론 마교의
경우는 이미 수백 년 무림의 공적으로 공인된 자들이니 그들
의 본거지가 어디냐는 큰 문제가 아니지만 흑수에서 내려온
무리는 역시 그들이 야인이기에 문제가 된다고 할 수 있을 거
요."

"고래로 강호천하는 중원과 새외의 경계가 모호했소. 그런
데 이제 와서 그 구분으로 정사를 논하는 것은 문제가 있지 않
소? 당장 이 자리에도 변방에서 오신 분들이 한둘이 아닐 거
요. 그분들이 모두 강호의 암류가 되는 것이오?"

소사공의 질문에 남궁황이 살짝 얼굴을 찌푸렸다. 그러면
도 당장 대답할 말이 궁색해 난감한 표정을 짓고 있는데 위춘
추가 남궁황을 대신해 소사공에게 날카로운 질문을 던졌다.

"탑주께선 혹시 흑수에서 내려온 세력에 대해 알고 계시는 것이오?"

그러자 소사공이 고개를 저으며 말했다.

"아니오. 나 역시 그들에 대해선 아는 것이 없소. 물론 항주에 간혹 해동이나 요동, 그리고 서역이나 남만에서 온 고수들이 머무는 것은 알고 있소. 하지만 그건 아주 자연스러운 일 아니오? 항주는 이미 천하 만인의 성읍이 되었으니 말이오."

"물론 그렇기는 하지만 탑주께서 이렇게 직접 나서 흑수의 세력을 비호하는 것이 의외라 드리는 말씀이오."

"비호? 위 장문인은 내가 흑수의 세력을 비호하는 것처럼 보이오?"

"그럼 아니란 말씀이오?"

위춘추가 냉랭하게 물었다. 그러자 소사공이 고개를 저으며 대답했다.

"위 장문인께선 내 진의를 전혀 모르시는구려."

그러자 위춘추가 비웃음을 흘리며 물었다.

"이 위 모는 본시 천생이 어리석어 탑주의 진의를 전혀 모르겠구려. 그래, 탑주께서 진정으로 하고자 하시는 말씀이 무엇이오?"

"내가 정작 걱정하는 것은 흑수의 세력이 아니라 바로 영웅맹이오."

소사공의 말에 위춘추가 눈을 가늘게 뜨며 적개심을 드러냈다.

"그게 무슨 말이오? 설마 우리 영웅맹이 강호를 어지럽히기라도 한단 말이오?"

"그런 말이 아니라 그대들의 논리대로라면 영웅맹 역시 강호 영웅들의 견제를 받을 것이란 말이오. 내가 아니라 강호 동도들이 영웅맹의 진의를 믿지 못하는 사태가 일어날 수 있단 것이오."

"도대체 무슨 이유에서 그런 말을 하는 거요?"

위춘추의 적개심이 노골적으로 드러났다.

"한 가지만 묻겠소. 요(遼)는 중원이오, 새외요?"

소사공의 물음에 위춘추가 잠시 어리둥절한 표정을 짓다가 이내 소사공이 무슨 말을 하려는지 깨닫고는 낭패 어린 표정을 지었다. 그리고는 쉽사리 소사공의 말에 답을 하지 못했다. 그러자 소사공이 궁지에 몰린 적을 몰아치듯 위춘추를 추궁했다.

"다시 묻겠소. 요는 중원이오? 변방이오?"

"그, 그건……."

"만약 요가 중원이라 한다면 그건 눈을 가리고 아웅 하는 것이고, 요가 새외라면… 이건 큰 문제가 아니오? 영락대인의 성씨가 바로 야율 씨이니 그가 거란 출신임은 당연한 것인데… 과연 이런 처지에 영웅맹이 새외의 세력이 중원으로 흘러들어 왔다고 강호의 암류를 언급하며 무림에 불안을 조장할 수 있겠소?"

날카로운 소사공의 지적에 위춘추가 붉게 달아오른 얼굴로 대답을 하지 못했다. 그러자 그때 두 사람의 대화를 듣고 있던 남궁황이 침착하게 입을 열었다.

"육왕탑주의 말씀 잘 들었소이다. 그리고 탑주의 걱정은 충분히 이해가 가오. 확실히 영락대인께서 야율 씨의 성을 쓰고 계신 것은 맞소. 하지만… 이미 요가 장성을 넘어 중원에 들어와 자리를 잡은 지 백 년이 넘었소. 더불어 당조 이래 요는 이미 중원의 일부분을 차지하고 있다고 해도 좋을 것이오."

"그래서 요는 중원이다?"

"꼭 그렇다는 것은 아니지만 어쨌든 현실은 현실이란 말이오. 지금 중원은 결국 요와 대송이 공존하고 있는 것 아니겠소?"

"좋소. 백번 양보하겠소. 그러나 이 사실 하나만은 남궁 노사께서도 부인하지 못할 것이오."

소사공이 차가운 목소리로 말했다.

"무엇을 말이오?"

"여기 이 항주가 바로 대송의 땅이란 사실 말이오. 아니오?"

소사공의 말에 남궁황이 잠시 침묵을 지키다가 이내 고개를 끄덕였다.

"맞소이다. 탑주의 말이 틀린 것이 없소. 하지만… 탑주께서 걱정하는 일은 일어나지 않을 것이오."

"후후후, 그걸 어찌 확신하오?"

"그건 영락대인께서는 그런 강호인들의 우려를 염려하여 영웅맹의 맹주 자리를 스스로 사양하셨기 때문이오!"

"아!"

"오!"

남궁황의 말에 여기저기서 탄성이 흘러나왔다. 물론 그 대부분은 묵빛 무복을 입은 영웅맹 고수들의 입에서 흘러나온 것이다.

"맹주 자리야 단지 형식에 지나지 않는 것 아니오?"

소사공이 코웃음을 치며 물었다. 그러자 남궁황이 싸늘한 표정으로 소사공을 보며 말했다.

"탑주께서는 본 맹을 그만 핍박하시기 바라오. 본 맹에 야율 씨의 성을 쓰는 분이 계시다고 하여 어찌 본 맹을 요의 세력으로 치부한단 말이오. 본 맹에 야율 씨 성을 쓰는 사람은 한 명뿐이오. 나머지 모두는 중원의 무림인이란 말이오."

남궁황이 노기를 드러내자 소사공이 가볍게 미소를 지으며 대답했다.

"아아, 너무 흥분하지 마시오. 즐거운 잔칫날이 아니오? 나역시 영웅맹이 중원무림의 수호자가 되기를 간절히 바라는 사람이오. 하지만 그렇다고 해서 모든 문제를 덮고 넘어갈 수는 없기에 드린 말이었소. 내가 굳이 영락대인을 문제 삼은 것은 그분이 대요의 밀명을 받고 움직이는 분이라고 생각하기 때문은 절대 아니오. 단지……."

"단지 무엇이오?"

남궁황이 검이라도 빼 들 것처럼 물었다.

"단지 영락대인처럼 거란 출신임에도 중원의 무림을 위해 활동하는 사람이 있듯, 새외 출신이라고 하여 모두 사도나 마도로 몰아가서는 안 된다는 말을 하고 싶었을 뿐이오. 대저 강호무림이란 국경도 없고 나라도 없는 세계요. 그런데 그런 무림에서 어디 출신인가를 따져 정사의 구분을 한다는 것은 무척 어리석고 위험한 일이란 거요. 무림의 정사는 오직 당사자가 행한 행업에 따라 결정되어야 할 것이오!"

소사공의 말이 끝나자 갑자기 천의평 곳곳에서 소사공의 말에 동조하는 사람들이 나타났다.

"맞소이다. 언제부터 무림에 나라가 있었소이까? 우리가 언제 왕조에 따라 부침을 한 적이 있더이까? 무림은 무림일 뿐이오. 그러니 영웅맹에서 누군가를 강호의 공적으로 돌리려 한다면 그 증좌를 가지고 해야지 그 사람의 출신을 가지고 말해서는 안 될 것이오!"

소사공의 의견에 동조하는 사람들이 늘어나자 천의평의 분위기가 서서히 변하기 시작했다. 본시 무림에 세속의 경계가 아무런 문제도 되지 않음은 고래의 암묵적인 약속이 아니던가.

천의평 무인들의 분위기가 변하자 남궁황이 침중한 표정을 지으며 위춘추를 바라봤다. 그러자 위춘추가 고개를 끄덕이고는 앞으로 나섰다.

"자자, 잠시 내 말을 들어주시오!"

위춘추의 말에 소란스럽던 천의평이 잠잠해졌다. 그러자 위춘추가 소사공을 보며 말을 이었다.

"탑주의 말씀이 맞소이다. 강호의 정사는 오직 그 사람이 행한 업을 가지고 따져야지, 출신을 가지고 따질 일은 아니지요. 본 맹 역시 그 의견에 반대하는 것은 아니오. 단지 우리가 강호의 암류를 말씀드린 것은 영락대인께서 오릉에서 벌이신 일에 대한 전후 사정을 설명 드리기 위함이었소. 만약 여러분이 대인에 대한 오해를 풀었다면 우린 그것으로 만족하오. 천산이든 흑수든 어느 곳에서 온 세력이 강호의 적이 되고 안 되고는 결국 향후 그들의 행동에 달려 있을 것이오. 그 점에 있어서 탑주의 의견을 받아들이는 바이오. 이제 만족하시오?"

위춘추가 소사공에게 물었다. 그러자 소사공이 득의한 미소를 지으며 고개를 끄덕였다.

"이렇게 부족한 의견을 잘 받아들이시니 과연 영웅맹이 무림의 중추를 담당할 자격이 있음을 알겠소. 앞으로 부디 강호 동도들의 의견을 가감없이 받아들이는 영웅맹이 되길 바라오. 불초가 할 말은 여기까지이며 오늘 영웅맹의 출범을 진심으로 축하드리는 바이오."

소사공이 불쑥 포권을 해보이며 영웅맹에 대한 축원을 늘어놓고는 홀쩍 막사 안으로 사라졌다. 그런 소사공에게 무슨 말인가를 하려던 위춘추가 닭 쫓던 개 지붕 쳐다보는 표정으로 육왕탑의 고수들이 든 막사를 노려보다가 이내 시선을 천의평 무인들에게로 돌렸다.

"이제 본격적으로 본 맹의 개파대전을 시작하겠소. 먼저 본 맹의 조직에 대해 말씀드리겠소이다. 본 맹은 일회, 삼당, 십이

의단으로 조직되어 있소이다."

위춘추가 영웅맹의 조직을 입에 올리고는 슬쩍 뒤를 돌아보았다. 그러자 누각 안쪽에 서 있던 십여 명의 노고수들이 천천히 누각 중앙으로 걸어나왔다.

"오, 당문주시다."

"아, 저분은 제갈가주가 아니신가?"

노고수들이 누각의 중앙으로 나서자 곳곳에서 노고수들의 정체를 알아본 사람들이 탄성을 자아냈다. 강호의 어느 시절에 이렇게 많은 명문의 수장들이 한 자리에 모인 적이 있었던가. 더군다나 그들은 모두 영웅맹이라는 단 하나의 조직을 위해 모인 것이니 이는 강호의 일대 기사라 할 수 있었다.

노고수들이 누각 중앙에 자리를 잡자 위춘추가 다시 입을 열었다.

"본 맹의 조직 중 일회는 장로회를 말하오. 본 맹은 본시 처음에 맹주를 추대하여 맹의 운영 일체를 맡길 생각이었지만 영락대인께서 극구 맹주 자리를 사양하시어 이렇게 각파의 수장들이 모여 장로회를 구성한 후 그 장로회에서 맹의 중대사를 결정하기로 했소. 장로회 아래에는 삼당을 두어 맹의 대소사를 직접 관장하게 되고, 그 아래로 십이의단이 있어 실질적으로 영웅맹의 이름으로 강호행을 하게 될 것이오. 본 맹의 형제들은 특별한 경우를 제외하고는 검은 무복에 검은 머리띠를 두르게 되어 있으니 혹 강호에서 이런 차림의 사람을 본다면 본 맹의 형제로 알아주시기 바라오."

위춘추가 정중한 포권과 함께 고개를 숙였다. 그러자 누각 아래서 누군가가 소리쳤다.

"영웅맹의 장로님들 존성대명을 알 수 있겠소이까?"

그러자 위춘추가 고개를 끄덕였다.

"아직 맹의 조직이 완벽하게 가려진 것은 아니나 장로님들을 소개해 드릴 수는 있소. 일단 사천맹과 절대삼문의 문주들께서 장로의 지위를 가지게 되시오. 그리고 당연히 영웅맹을 탄생시킨 영락대인 역시 장로회의 장로가 되시오. 또한 해천방의 방주이신 통천산 대협도 장로회의 일원이 되시었소. 더불어 지금 몇 분의 강호 명숙을 장로로 모시기 위해 노력하고 있으니 곧 그분들의 존함도 강호에 알려지게 될 것이오."

위춘추의 말에 사람들 사이에 은근한 실망감이 감돌았다. 장내의 사람들은 그들이 예상치 못하는 인물이 영웅맹의 수뇌로 나서기를 기대했으나 지금 위춘추가 말한 자들은 이미 강호에 널리 알려진 자들뿐이었다. 그러나 사람들의 실망에 아랑곳없이 위춘추가 다시 입을 열었다.

"지금부터는 영웅맹의 탄생을 맞아 천신께 강호의 안녕과 영웅맹의 번창, 그리고 본 맹에 속한 고수들의 맹세를 담아 제사를 올리도록 하리다. 잠시 지루하시더라도 본 맹의 앞날을 축원하는 의미에서 조금만 시간을 내어주시기 바라오. 준비하라!"

위춘추의 말에 누각 뒤쪽에 세워진 여러 채의 천막에서 검은 무복을 차려 입은 사내들이 손에 제기와 제물을 들고 나와 누각으로 오르기 시작했다.

"거창하군, 거창해. 그런데… 아직도 대답을 하지 않은 모양입니다."

원보가 누각 위에 만들어지는 거대한 제단을 보며 중얼거리다가 문득 고개를 돌려 허소산에게 말을 건넸다.

"그러게 말입니다. 이리되면 내가 저 제사를 편히 지내게 놓아둘 수가 없는데……."

허소산이 고개를 갸웃하며 대답했다. 그러자 막사 안에 남아 있던 두 명의 영웅맹 여고수의 표정이 어둡게 변했다. 그녀들도 이미 이 파금검이라는 젊은 고수의 성정이 괴팍하기 이를 데 없다는 것을 알고 있었기에 그가 영웅맹의 잔치에 어떤 훼방을 놓을지 짐작할 수 없었기 때문이다.

그러나 그렇다고 이대로 파금검이 누각으로 가게 내버려 둘 수도 없는 일, 문득 둘 중 한 명이 앞으로 나서며 조심스럽게 입을 열었다.

"파 대협께서는 잠시 기다려 주십시오. 분명 대인의 답신이 올 것입니다."

"음, 영웅맹에서 내어준 술맛이 좋기는 하나 내 인내심을 늘 이기에는 부족하다. 그러니 나로서야 다른 재미를 찾아볼밖에."

"대협, 부디 잠시만… 잠시만 기다려 주십시오. 제가 다시 가보겠습니다."

"이각, 그 안에 답이 와야 한다. 아니면… 야율거공은 강호의 영웅이 아니라 강호의 공적이 될 것이다."

허소산이 차갑게 말했다. 그러자 여고수가 흠칫하더니 이내 고개를 숙여 보이고는 서둘러 막사를 벗어나려 했다. 그런데 그 순간 문득 조치효가 말을 전하러 갔던 여고수를 데리고 막사 안으로 들어왔다.

"아, 오셨군요."

급히 막사를 벗어나려던 여고수가 안도의 표정을 지으며 말했다. 그녀의 표정이 심상치 않음을 알아챈 조치효가 여인에게 급히 물었다.

"무슨 일이라도 있는 것이냐?"

"그, 그것이… 파 대협께서 대인의 답을 재촉하시는 터에……."

"음, 알겠다. 넌 물러나 있거라!"

"네, 어르신!"

여인이 공손이 고개를 숙여 보인 후 뒤로 물러났다. 그러자 조치효가 자신을 응시하고 있는 허소산에게로 다가와 가볍게 고개를 숙여 보인 후 입을 열었다.

"파 대협께서… 거래를 하시고자 한다 들었습니다."

그러자 허소산이 살짝 눈살을 찌푸리며 말했다.

"거래? 흠… 뭐, 거래라면 거래지. 그래, 영락대인의 답을 가져왔소?"

허소산이 묻자 조치효가 빙그레 미소를 지으며 물었다.

"만약 대인께서 대협의 거래를 받아들이지 않으시면 어찌하실 요량이신지?"

"이미 그 여인을 통해 말하지 않았소? 영락대인이 결코 무림의 대의를 위해 오릉의 일을 꾸민 게 아니라는 것을 밝히겠다고!"

"글쎄요. 파 대협의 능력이 하늘에 닿아 있다는 것을 모르지 않지만 어떤 증좌로 대인을 모해하실 수 있는지 이 조 모는 짐작하기 어렵군요."

"모해? 후후후, 모해라……. 뭐 눈엔 뭐만 보인다더니… 쯔쯔, 어쩔 수 없지. 말을 듣지 않으면 행동으로 보여주는 수밖에."

허소산이 자리에서 일어났다. 그러자 조치효의 표정이 변했다.

"대협, 잠시, 잠시 기다려 주십시오."

"뭘 더 기다리라는 말이오? 난 지금 저 누각으로 올라가서 사천맹이든 절대삼문이든 개중 몇 사람을 골라 그들의 몸에 어떤 독이 퍼져 있는지를 확인해 볼 것이오."

순간 조치효의 얼굴이 파랗게 질렸다.

"대, 대협!"

"사람들은 참으로 어리석어. 이미 오릉에서 야율거공 그가 자신을 따를 것을 강요하면서 독의 복용을 요구했었는데 그 사실을 벌써 잊고들 있다니… 후후후, 물론 절대삼문이나 사천맹의 수장들까지 독에 굴복했으리라곤 생각지 못하겠지. 하지만… 사실 일이란 게 하나가 어렵지 둘은 어렵지 않은 법이거든. 각 문파에서 제법 쓸 만한 인물 하나만 중독시키면 그를 통해 다른 자들을 중독시키는 것은 어려운 일이 아니지. 영웅맹의 탄생을 앞둔 각 문주들의 표정이 저리 굳어 있는 것은 바로 그 이유 때문이 아니겠소?"

허소산이 묻자 조치효가 얼른 답을 하지 못하고 당혹스런 표정만 짓고 있었다. 그런데 그때 문득 허소산도 조치효도, 아니, 장내의 그 누구도 예상치 못한 일이 벌어졌다.

第六章

괴인(怪人)

그는 허깨비처럼 장내에 등장했다. 영웅맹의 고수들이 누각 위에 커다란 제단을 마련하고 천신께 막 술을 올리려던 그때, 그는 홀연히 천의평 끝에서 나타났다. 그때까지는 장내의 그 누구도 그를 주목하지 않았다.

그는 모습을 드러낸 후 천천히 천의평을 가로질러 제상이 차려진 누각으로 향하기 시작하더니 급기야 홀쩍 허공으로 날아올라 사람들의 머리 위를 가로지르기 시작했다.

"뭐야?"

"엇?"

"뭐, 뭐지?"

갑작스레 나타나 신선처럼 자신들의 머리 위를 날아 넘은 괴고수의 존재를 인식하는 순간 사람들의 입에서 의문의 목소리가 흘러나오기 시작했다.

급기야 불청객이 천의평의 중간을 지날 때쯤에는 장내의 고수들 거의 모두가 괴고수에게 시선을 주고 있었다. 그리고 사람들은 어느 순간부터 괴고수가 보여주는 무공에 탄복하기 시작했다.

"아, 놀라운 무공이다!"

"무림에 저런 경공의 고수가 있다는 이야기는 들어보지 못했는데?"

"아아!"

괴고수의 무공에 너무 놀라 그저 탄식만 흘리는 사람도 있었다. 그사이 괴고수는 어느새 누각 아래에 도착했다.

"누구냐?"

"서랏!"

누각을 둘러싸고 있던 영웅맹의 고수들이 일제히 경고성을 발하며 도검을 뽑아 들었다. 그러자 그제야 괴고수의 입이 열렸다.

"천하의 대의를 위해 영웅맹이 개파한다는 소식에 한잔 술을 제상에 올려 축하해 주러 왔으니 길을 열라!"

괴고수의 입에서 도도한 음성이 흘러나왔다.

"영웅맹의 문도 이외에는 제상에 술을 올릴 수 없으니 그만 물러나시오!"

영웅맹의 경비무사들 중 강건해 보이는 눈빛을 지닌 중년 사내가 정중한 말투로 괴고수를 제지했다.

"아니, 아니. 그럴 수는 없지. 난 사실 무척 바쁜 사람이야. 그럼에도 내가 영웅맹의 개파대전에 온 것은 나로서는 무척 선심을 쓴 것이라고 할 수 있다. 그러니… 술 한잔 올리지 못하고 물러날 수는 없다. 더군다나 난 곧 이곳을 떠나야 한단 말이다. 그러니 내가 먼저 제상에 술을 올려야겠다."

"손님으로 온 자가 너무 무례한 것 아닌가?"

영웅맹의 무사가 노성을 발했다. 그러자 괴고수가 다시 입을 열었다.

"손님을 맞이하는 자가 너무 무례한 것 아닌가?"

영웅맹 고수의 말을 그대로 따라 한 괴고수의 행동에 영웅맹 고수들의 얼굴에 노기가 서렸다. 괴고수가 하는 행동으로 보건대 이자는 필시 영웅맹의 개파대전을 방해하러 나타난 자가 분명했다.

"본 맹의 잔치를 훼방하러 온 자로구나. 이자를 제압하라."

중년 사내의 명에 영웅맹 고수들이 일제히 괴고수를 향해 달려들었다.

"어디 영웅맹이 천하를 구할 실력이 있는지 보겠다."

괴고수의 입에서 덤덤한 목소리가 흘러나오더니 한순간 그의 손에 검이 들렸다. 시퍼런 검광이 번쩍이는 사이 영웅맹 고수 다섯 명의 도검이 괴고수를 향해 떨어져 내렸다.

팟!

괴고수가 재빨리 신형을 뒤로 물렸다. 그러자 그가 서 있던 공간을 다섯 자루의 도검이 매섭게 베고 지나갔다. 영웅맹 고수들의 공세는 무척 삼엄해서 괴고수를 제압하는 것보다 오히려 그를 베어버리는 것이 목적인 듯 보였다.

"강호의 정의를 말하는 자들치고는 손속에 살기가 너무 많구나! 살수라면 나 또한 양보할 마음이 없으니 각오들 하랏!"

잠시 뒤로 물러나는 듯싶던 괴고수가 경고성을 터뜨리더니 번개 같은 속도로 다섯 명의 영웅맹 고수들 사이로 뛰어들었다. 그러자 영웅맹 고수들이 다시금 괴고수를 향해 살검을 뿌려댔다.

차차창!

한순간 허공에 뜬 괴고수의 몸 주변에서 날카로운 소성이 터져 나왔다. 마른하늘에 번개가 치듯 눈부신 광채가 괴고수의 몸을 휘감았다. 그런데 다음 순간 갑자기 믿을 수 없는 일이 벌어졌다.

투투툭!

괴고수를 향해 살기 어린 초식들을 펼쳐내던 영웅맹의 고수 다섯이 누가 먼저랄 것 없이 땅 위에 떨어져 내리더니 그중 셋은 그 자리에 허물어져 목숨을 잃었고, 나머지 두 사람은 겨우 도검을 지팡이 삼아 몸을 지탱하고 있었던 것이다.

"이… 이……!"

살아남은 영웅맹 고수들의 얼굴이 경악으로 물들었다. 그들은 도저히 믿을 수 없다는 듯 괴고수의 얼굴을 노려볼 뿐 그 어떤 말도 흘려내지 못했다. 그리고 마침 그때 한줄기 바람이 불어 긴 머리에 가려져 있던 괴고수의 얼굴이 드러났다. 그러나 사람들은 괴고수의 진실한 면모를 확인할 수 없었다. 왜냐하면 그는 자신의 얼굴 위쪽을 작은 가면으로 가리고 있었기 때문이다.

눈부신 은빛 가면. 눈과 코 위쪽까지 가린 은빛 가면을 쓴 괴고수의 얼굴은 전체적으로 보아 갸름한 인상이었다. 특히 가면 사이로 드러난 눈에서 흘러나오는 광채는 그가 쓰고 있는 가면이 흘려내는 빛보다 강렬해서 마주한 사람의 의기를 소침하게 만들었다.

"넌 누구냐?"

문득 누각 위에서 위춘추의 목소리가 들려왔다. 그러자 괴고수가 슬쩍 고개를 들어 누각 위를 바라봤다. 그리고는 가면이 가리지 않은 입꼬리를 말아 올리며 말했다.

"말하지 않았소! 영웅맹의 개파대전을 축하하기 위해 온 사람이라고! 그런데… 영웅맹은 참으로 손님 접대를 거칠게 하는구려!"

괴고수의 말이 끝나는 순간 그의 신형이 둥실 허공으로 떠올랐다. 그리고는 마치 구름을 밟고 오르듯 가볍게 누각 위로 날아올랐다.

"아!"

다시 사람들의 탄성이 흘러나왔다. 괴고수가 천의평에 나타난 이후 보여주는 한 동작 한 동작은 그야말로 절정고수만이 보여줄 수 있는 신위여서 좋은 쪽으로 생각하자면 영웅맹의 개파대전에 대단한 볼거리를 제공하고 있다고 할 수 있었다.

그러나 주인된 자로 사람들의 이목을 손님에게 빼앗기는 일은 결코 유쾌한 일이 아니었다. 그것도 천하를 발아래 둘 요량으로 생겨난 영웅맹의 고수들에겐 더더욱 그러했다.

"손님의 행사치고는 너무 거친 것 아니오?"

"후후, 물론 내 행동이 조금 지나친 면이 없다고는 할 수 없소. 그러나 난 두 가지 이유에서 이 행동이 정당하다고 보오."

"그 이유를 들어봅시다."

위춘추가 차갑게 말했다. 이미 누각 위의 영웅맹 고수들은 괴고수를 반원형으로 에워싸고 있었다. 어찌 보면 천하 명문가의 장문인들 사이로 들어간 괴고수의 행동은 그야말로 호랑이 굴로 찾아 들어간 토끼와 같은 신세로 보였다. 그러나 괴고수는 영웅맹 장로들이 흘려내는 강렬한 기운에도 아랑곳하지 않고 덤덤히 입을 열었다.

"내가 오늘 조금 무례하게 영웅맹의 잔치에 찾아온 것은 이곳에 모인 사람들에게 약간의 즐거움이라도 주기 위함이오. 멀리서 지켜보니 영웅맹의 개파대전은 너무 엄숙해서 잔칫집 분위기가 나지 않더이다. 본시 어느 문파든 개파대전이라는 것은 흥청거리는 잔치여야 하는데 영웅맹의 개파대전은 그러하지 못하니 내가 나서서 흥을 좀 돋워주려 한 것이오."

"그대는 도검으로 흥을 돋우는가? 사람의 피를 보아가며?"

위춘추가 싸늘한 살기를 드러내며 물었다. 그러자 괴고수가 음소를 흘리며 대다했다.

"후후후, 무림인에게 도검이란 붓이요, 거문고요, 피리인데 도검으로 즐거움을 얻는 것은 당연한 것 아니오? 그 즐거움을 위해 피 조금 흘렸다고 뭐가 그리 대수겠소."

"이자가… 일대 살마가 아니던가!"

곁에서 지켜보고 있던 남궁황이 노성을 발했다. 그러자 괴고수가 나직하게 말했다.

"살마(殺魔)? 변명을 늘어놓았지만 오릉에서 야율 씨가 행한 살인행에 비할까? 그는 어디 있소?"

일변한 괴고수의 말투와 눈빛에 누각 위의 고수들이 흠칫하며 도검을 잡아갔다.

"그 일이 대의에 의해 일어난 일임을 이미 설명했거늘!"

"후후, 그런 궤변을 지껄이다니 남궁황 그대의 명성에 어울리지 않는 모습이군. 장부가 태어나 강호의 절대고수 소리를 들었으면서도 결국 죽음이 두려워 오랑캐의 바짓가랑이를 핥고 있다니 부끄럽지 않은가?"

괴고수의 말에 남궁황의 얼굴이 벌겋게 달아올랐다.

"이놈! 네가 정녕 죽고 싶은 모양이구나!"

"하하, 당황하는 걸 보니 부끄러움은 아는 모양이구나! 그러나 겨우 야율 씨의 발아래 무릎을 꿇은 자의 협박은 그저 애처로울 뿐, 내게 전혀 위협이 되지 않는구나! 야율거공을 나오라고 하라! 오늘 내가 그에게 천하를 움직일 능력이 있는지 시험해 보겠다!"

마지막에 야율거공을 부르는 괴고수의 목소리가 천의평 전체에 퍼져 나갔다. 순간 그의 앞에 서 있던 남궁황과 위춘추가 번개처럼 괴고수를 향해 검을 뻗어냈다.

　쿠우웅!

　남궁황과 위춘추는 상승의 절대고수다. 그들이 비록 천하제일인자를 다투는 자들은 아니더라도 강호 어디서라도 자신의 뜻을 무공으로 강제할 만한 실력을 지닌 자들이다.

　그런 그들이 동시에 검을 떨쳐내자 삽시간에 누각 위가 검기로 뒤덮였다.

　"하하하! 이래서 개를 때려야 주인이 나온다는 것이군."

　강력한 두 고수의 공격을 받고도 괴고수는 침착하기 이를 데 없었다. 그의 신형이 한순간 허공으로 치솟았다. 그러자 그의 발밑으로 두 개의 검기가 사선으로 교차하며 지나갔다. 순간 괴고수 역시 번개처럼 검을 휘둘렀다. 그러자 그의 검에서 뻗어 나온 푸르스름한 검기가 채찍처럼 휘어지며 남궁황과 위춘추를 동시에 휘감았다.

　"웃!"

　"음!"

　위춘추와 남궁황의 입에서 나직한 신음성이 흘러나왔다. 두 사람이 허공에서 황급히 몸을 틀어 괴고수의 공세를 피했다. 그러자 두 사람을 스치고 지난 검기가 무서운 속도로 뻗어 나가 제를 지내기 위해 쌓아놓았던 제단을 가격했다.

　쿠쿠쿵!

검기에 실린 막강한 공력에 영웅맹에서 정성스레 마련한 제단이 산산이 부서졌다. 더불어 그 제단이 놓여 있던 누각의 한 부분도 한쪽으로 허물어져 내렸다.

"이놈!"

제상을 뒤엎은 것은 물로, 누대까지 무너뜨리자 지금까지 지켜보고 있던 누대 위의 영웅맹 장로들이 노성을 발하며 괴고수를 향해 달려들기 시작했다.

삽시간에 누대가 시퍼런 검기의 광채로 뒤덮였다. 그건 비록 영웅맹에게는 안타까운 일이지만 천의평에 모인 강호인들에겐 그야말로 일생에 한 번 볼까 말까 한 대단한 구경거리였다.

무림 역사상 이렇게 많은 강호의 고수들이 한 사람을 향해 도검을 뽑아 든 경우가 있었던가. 사천맹과 절대삼문의 장문인 한둘만 나타나도 큰 소란이 일어나게 마련인데 오늘은 그런 고수들이 거의 십여 명에 이르고 있었다.

그런데 더욱 놀라운 것은 그런 강력한 절대고수들의 공세를 받으면서도 쉽게 무너지지 않은 괴고수였다. 물론 괴고수도 사람인지라 각파의 장문인들을 상대로 승기를 잡을 수는 없었다. 그러나 그렇다고 그가 쉽사리 위기에 처하지도 않았다. 괴고수는 놀라운 경공과 검술, 그리고 끊임없이 흘러나오는 지칠 줄 모르는 공력으로 각파 장문인들의 공격을 수십 초에 걸쳐 막아내고 있었다.

"정말 놀랍군. 이건 정말… 어디서 저런 고수가 나온 것이지?"

이젠 거의 허물어져 버린 누각을 바라보며 원보가 탄성을 흘려냈다. 괴고수가 보여주는 무공은 원보조차도 놀라지 않을 수 없게 만들고 있었다. 그러자 허산왕도 낯빛을 굳히며 말했다.

"그렇소이다. 나도 평생 저런 고수는 본 적이… 음……."

허산왕이 문득 허소산을 바라봤다. 생각해 보니 허소산 역시 괴고수에 못지않은 무공을 지니고 있다. 그런데 허소산의 표정은 심각하게 굳어 있었다. 그의 시선은 누각 위에서 영웅맹의 장로들을 홀로 상대하고 있는 괴고수에게서 떨어질 줄을 몰랐다. 그런데 그때 문득 조치효가 입을 열었다.

"파 대협!"

"음, 말씀하시오."

"맹에 급한 일이 생긴 듯하니 전 이만 가봐야 할 것 같습니다. 그전에 대인의 답을 드리지요. 사실 대인께선 파 대협의 제안을 받아들이셨습니다. 삼 일 뒤 제가 파 대협을 찾아뵙겠습니다."

조치효의 말에 허소산이 굳었던 얼굴을 풀며 빙그레 미소를 지었다.

"후후, 이미 결정이 난 일이라면 진즉에 그리 말하지 그러셨소. 내가 날 시험하는 것을 무척 싫어한다는 걸 알고 있지 않소?"

"죄송합니다. 어쨌든 삼 일 뒤에 뵙지요."

"그러시오. 보아하니… 오늘 잔치를 제대로 치르기가 쉽지 않을 것 같은데."

"망나니 한 놈 때문에 잔치를 그르칠 영웅맹은 아닙니다."

"망나니? 조 노사, 정말 그가 일개 망나니로 보이오? 그렇게 생각하고 있다면 지금이라도 그 생각을 고쳐먹으시오. 그는 대단한 자요. 오늘 이 천의평에 모인 자들 중 그 누구도 그를 홀로 상대할 수는 없을 거요. 물론 난 예외지만."

순간 조치효의 표정이 일변했다.

"그를 아시오?"

"글쎄올시다."

"그가 누군지 알고 있다면 말해주시오."

"그저 짐작일 뿐이니 말해줄 수 없소."

"그 짐작만이라도……."

"후후후, 나 파금검은 확실한 것이 아니면 아예 입에 올리지 않소. 내 오늘 그를 좀 더 살핀 후 확신이 생기면 삼 일 뒤 그대 가 날 찾아왔을 때 그의 정체를 말해주리다. 그런데… 급하다 지 않았소?"

허소산의 말에 조치효가 잠시 망설이듯 하다가 이내 신형을 날려 막사를 떠나갔다. 그러자 허소산이 잔을 들어 술을 한잔 마시며 중얼거렸다.

"대담하군. 이곳까지 오다니……."

허소산의 말에 전조명이 아까와는 다르게 정색을 한 목소리 로 물었다.

"그가 누군지 알… 아시나요?"

평소처럼 편하게 나오던 말투를 애써 바꾸며 전조명이 슬쩍 영웅맹의 세 여고수를 살폈다. 그러나 그녀들은 누각에서 벌어지는 싸움에 정신이 팔려 전조명의 말투에는 관심이 없었다.

전조명의 물음에 허소산 역시 나직한 목소리로 전조명의 귀에만 들리게 말했다.

"아마도 그인 것 같아."

"그라니요?"

전조명은 속삭이듯 말하면서도 조심하고 있었다.

"목인몽!"

"정말… 요?"

전조명의 목소리가 자신도 모르게 커졌다. 그러자 막사 안의 사람들이 일제히 허소산과 전조명에게 시선을 돌렸다. 그러자 전조명이 자신의 실수를 깨닫고는 이내 침착한 표정을 되찾으며 말했다.

"정말 파 대협께서는 저 괴고수가 그라고 생각하시는 건가요?"

"아마도 그럴 것이오."

이제는 영웅맹의 세 여고수도 두 사람을 주시하고 있으니 허소산 역시 말을 조심할 때였다.

"주인, 그라니 누굴 말씀하시는 것입니까?"

원보가 고개를 갸웃하며 물었다. 그러자 허소산이 미소를 지으며 대답했다.

"원 노사께서는 벌써 그의 무공을 잊으신 거요? 이 세상에서 저런 고수를 만들어낼 수 있는 곳이 그곳 말고 어디가 있겠습니까? 더군다나 그의 움직임을 보세요. 눈에 익지 않습니까?"

허소산의 말에 원보가 급히 고개를 돌렸다. 그리고 잠시 후 원보가 고개를 끄덕였다.

"정말 그인 모양이군요. 그런데⋯ 저 인간이 무모한 건가, 대담한 건가. 단신으로 저런 일을 벌이다니⋯ 쯔쯔."

원보가 혀를 찼다. 그러자 허산왕이 원보에게 다가서며 물었다.

"도대체 그가 누구요?"

허산왕의 질문에 원보가 낮은 목소리로 대답했다.

"저자가 바로 그 목가인 듯하오."

"목가라면⋯ 아니 그럼 그⋯⋯."

허산왕이 목소리를 높이다가 이내 막사 안에 있는 영웅맹 여고수들을 살피며 입을 닫았다.

"얼굴을 가리고 있으니 확신할 수는 없으나 그의 무공이⋯ 음⋯⋯."

원보가 침중한 목소리로 말을 아꼈다. 영웅맹의 여고수들은 빠르게 눈동자를 돌리며 허소산과 원보가 하는 말들을 엿들으려 했으나 두 사람은 목인몽이라는 이름을 끝내 입에 올리지 않았다. 그러는 사이 누각 위에서의 싸움은 점입가경으로 치닫고 있었다.

콰콰쾅!

강력한 파열음이 일어나며 급기야 영웅맹이 개파대전을 치르기 위해 성대하게 만들어놓은 누각의 한쪽이 완전히 허물어져 내렸다. 그 위에 차려진 제상이 풍비박산이 난 것은 이미 오래전의 일이었다.

그럼에도 불구하고 복면의 괴고수, 허소산이 목인몽으로 지목한 자는 전혀 영웅맹의 장로들에게 제압될 것 같아 보이지 않았다. 그는 오히려 시간이 가고 전장이 넓어질수록 간간이 반격을 가해 영웅맹 고수들을 위협에 몰아넣기도 했다.

"하하하! 영락대인, 상황이 이 지경이 되었는데도 모습을 보이지 않은 거요? 겁이 많은 거요, 아니면 영웅맹 따위 어떻게 되어도 상관없다는 거요?"

괴고수의 외침이 쩌렁하게 광조산 비탈을 타고 퍼져 나갔다. 그러자 한순간 천의평과 맞닿아 있는 숲에서 한줄기 사자후가 들려왔다.

"오냐! 네가 날 보기를 원한다면 널 만나주마! 하지만 그 순간이 네가 이승을 떠나는 때일 것이다!"

말이 끝나는 순간 갑자기 숲 위로 한 명의 검은 인영이 떠오르더니 아름드리나무들을 밟으며 천의평으로 날아오기 시작했다.

"오!"

"와아!"

숲에서 모습을 드러낸 자의 놀라운 경공에 천의평의 고수들이 탄성을 흘렸다. 그의 경공은 앞서 괴고수가 천의평을 가로질러 누각에 이를 때 보여주었던 경공에 결코 못지않았다.

"드디어 모습을 드러냈군, 야율거공!"

괴고수가 우렁찬 목소리로 소리쳤다.

"오냐! 오늘 네놈을 베어 네가 부순 제상에 올리리라!"

야율거공의 노성이 천의평을 떨쳐 울렸다. 진기 가득 찬 그의 목소리에 천의평에 모인 고수들이 자신들도 모르게 부르르 몸을 떨었다.

"드디어 만나는가?"

원보가 손을 말아 쥐며 중얼거렸다. 야율거공과 목인몽의 대결이라면 야율거공과 김류가 손가지도에서 벌였던 싸움에 비견할 수 있는 대결이다.

그런데 그때 또다시 아무도 예상하지 못했던 일이 벌어졌다. 부서진 누각을 벗어나 영웅맹 장로들을 상대하고 있던 괴고수가 갑자기 훌쩍 뒤로 물러나더니 뜻밖을 말을 뱉어냈다.

"주인의 얼굴을 보았으니 난 이만 물러가겠다. 혹여 날 다시 볼 생각이 있다면 해문산 풍월령으로 찾아오너라."

"놈, 도주를 하겠다는 것이냐?"

미처 장내에 도달하지 못한 야율거공이 노성을 토해냈다.

"하하, 도주라니, 정중히 초대를 하는 것이지."

"얼굴을 가린 놈의 초대라니, 가소롭구나!"

"야율거공, 네가 두려워서 떠나는 것이 아니야. 남의 잔치를 더 이상 망치고 싶지 않기에 가는 것이지."

"정체를 밝힐 용기도 없는 것이냐?"

야율거공이 조롱조로 말했다. 그러자 괴고수가 호탕한 음성으로 입을 열었다.

"난 신천궁의 궁주다. 날 만나고 싶다면 해문산으로 오너라."

"해문산?"

"이제 곧 해문산에 천하의 주인이 자리를 잡을 것이다. 영웅맹 역시 해문산에서 천하의 주인을 알현해야 할 것이다. 그때 야율거공 네게 구배를 받겠다. 하하하!"

괴고수가 한바탕 웃음을 터뜨리더니 야율거공이 장내에 진입하는 순간 반대로 천의평을 벗어나기 시작했다. 그러자 그를 상대하던 영웅맹의 장로들이 일제히 괴고수를 추격하기 시작했다. 그러나 괴고수는 추격자들을 유유히 따돌리고 천의평을 가로질러 남쪽 숲으로 사라져 버렸다.

"이런 식으로 나서게 될 거라고는 생각지 못했겠지?"

원보가 무너진 누각 위에 우뚝 서 있는 야율거공을 보며 입을 열었다.

"그러게 말이오. 영락대인이 오늘 크게 당한 것 같소."

허산왕이 대답했다.

"흐흠, 이리되면 영웅맹의 명성은 땅에 떨어질 것이고, 해문산 풍월령에 강호의 시선이 집중되겠구먼."

"그가 김류와 손을 잡은 모양이오."

허산왕의 말에 막사 안의 영웅맹 여고수 둘의 눈빛이 반짝였다.

"예상했던 일 아니오?"

원보가 대답했다. 그러자 갑자기 허소산이 두 사람을 불렀다.

"두 분은 이리로 오시지요. 이제 구경거리는 끝난 듯한데 술이나 마시지요."

허소산의 부름에 원보와 허산왕이 의아한 표정을 짓다가 영웅맹 여고수들의 눈초리가 범상치 않음을 깨닫고는 이내 허소산 앞으로 다가왔다.

"이거 싸움 구경에 도끼 자루 썩는 줄 모르겠습니다. 하하!"

원보가 짐짓 호탕한 웃음을 흘리며 말했다. 그러자 허소산이 고개를 끄덕였다.

"그러게 말입니다. 여하튼 영웅맹이 잔치는 제대로 준비한 것 같소. 사실 잔치라면 제사 따위로 지내 시간을 허비하는 것보다 저렇게 칼부림을 하는 것이 더 흥미롭지 않겠습니까?"

"하하하, 맞습니다, 맞습니다. 주인님의 고견이 지당하지요. 본시 강호무림의 즐거움에 무공 대결만 한 것이 있겠습니까?"

"자, 한 잔씩들 드세요."

허소산이 술병을 들어 원보와 허산왕에게 술을 따랐다. 그리고는 전조명을 돌아보며 물었다.

"전 소저도 한잔하시겠소?"

"됐어요. 전 차면 족해요."

싸움 구경할 때와 달리 다시 쌀쌀해진 전조명이 차갑게 대답했다.

"하하, 역시 전 소저는 명가의 영애시오. 술을 하지 못하다니. 본시 강호의 여인들은 술을 즐겨하는데. 아니 그런가?"

허소산이 여전히 빠르게 막사 안의 사정을 살피고 있는 영웅맹 여고수들을 보며 물었다. 그러자 그녀들이 마치 도둑질을 하다 들킨 사람들처럼 화들짝 놀라 고개를 저었다.

"무, 무슨 말씀이신지?"

"그대들은 술을 마실 줄 아는가 물었네."

"저, 저희들은……."

영웅맹 여고수들이 당혹한 표정으로 대답을 하지 못했다.

"허허, 걱정 마시오. 누가 우리 술시중을 들라 할까 봐 그러오? 그저 술을 마실 줄 알면 너무 격식 차리지 말고 한 잔씩들 마시라고 하는 말이오. 우리 주인님께서는 본래 마음이 넓으신 분이라……."

원보가 능청스럽게 말했다. 그러자 여인들이 다시 고개를 저었다.

"아닙니다. 저희는 술을 마시지 못합니다. 그리고 오늘 저희들의 임무는 파 대협께서 불편이 없도록 도와드리는 것이라……."

"아아, 알겠소. 나도 싫다는 사람 억지로 술을 먹일 사람은
아니오. 그나저나 술이 떨어졌는데 조금 더 가져오시오."

허소산의 말에 여인들이 급히 고개를 숙였다.

"알겠습니다. 그리하겠습니다."

두 명의 여인이 술을 가지러 막사를 벗어났다. 그러자 허소
산이 마지막 남은 다른 여인을 보며 입을 열었다.

"그대는 다시 가서 조 노사를 데려오라."

"예? 갑자기 그게 무슨 말씀이신지……?"

"내 생각해 보니 조 노사에게 미처 하지 못한 말이 있는 것
같아. 그러니 어서 다녀와. 아주 중요한 일이니 빨리 다녀와야
할 거야. 내가 마음이 바뀌면⋯ 음, 알겠지?"

허소산이 신중한 표정으로 말하자 영웅맹 여고수의 얼굴에
조급함이 생겨났다. 그리고 그 조급함은 이내 행동으로 이어
졌다.

"얼른 다녀오겠습니다."

여인이 재빨리 막사를 벗어났다. 그렇게 세 명의 영웅맹 여
고수 모두 막사에서 내보낸 허소산이 자리에서 일어났다.

"왜?"

"다녀올게요."

"어딜?"

허산왕이 걱정스럽게 물었다.

"그를 만나봐야지요."

"그라니? 목인몽?"

허산왕이 놀란 눈으로 물었다.

"네."

"지금 가봐야 너무 늦은 것 아니냐? 이미 그는 천의평을 벗어났지 않았느냐?"

원보도 만류하듯 말했다. 그러나 허소산은 고개를 저었다.

"추격이 멈췄으니 그 역시 어딘가에서 영웅맹의 개파대전을 보고 있을 거예요."

"음, 그렇긴 하다만… 위험하지 않겠느냐? 그가 혼자 오지 않았을 수도 있다."

"원 노사의 말씀이 맞다. 가려면 나도 함께 가자."

허산왕이 자리에서 일어났다.

"아니에요. 혼자 다녀올게요. 너무 걱정 마세요. 다른 사람들의 이목도 있고."

"안 돼. 너무 위험해."

아들에 대한 걱정으로 허산왕이 고집을 부렸다. 그러자 허소산이 미소를 지으며 말했다.

"걱정 마세요. 그는 신황림의 사람이에요. 신황림의 사람은 그 누구라도 독경주인 나를 상대할 때만큼은 순한 양이 될 수밖에 없어요. 천독공이 그렇게 만들지요. 그리고… 그와 싸우러 가는 것은 아니에요."

"무슨 말이냐?"

"오늘 그를 만나더라도 그와 싸우지는 않을 거예요."

"그럼 그를 왜 만나느냐?"

"일단 그를 한번 설득해 보려고요."

그러자 이번에는 원보가 나섰다.

"아서라. 그는 설득당할 자가 아니야. 더군다나 그의 부모가……."

"그 둘은 아직 살아 있지요."

"음, 그렇긴 하다만."

"어쨌든 그를 만나는 게 손해는 아니지요. 그동안 그가 어떻게 변했는지, 그의 심중에 어떤 생각이 있는지 알아볼 수 있을 테니까요. 더불어 금천장과의 관계도."

"그렇긴 하다만……."

"걱정들 마세요. 그럼 다녀올게요."

허소산의 말이 끝나는 순간 그의 신형이 장내에서 사라졌다.

"야율거공… 참으로 쓸모있는 자가 아닌가? 저자를 손에 넣는다면 천하를 손에 넣을 수도 있을 텐데."

여전히 얼굴을 은빛 가면으로 가린 괴고수, 허소산이 목인몽으로 확신하는 자가 중얼거렸다. 그는 수백 년은 족히 자랐음 직한 거대한 삼나무 위에 올라 있었다. 다른 나무들보다 키기 훌쩍 커서 나무 꼭대기에서 천의평 곳곳이 자세히 바라보이는 자리였다.

상층의 나뭇가지가 그의 몸무게를 버틸 만큼 굵어 보이지 않았지만 나뭇가지는 무던히 그의 무게를 버텨내고 있었다.

필시 공력의 힘으로 몸의 무게를 줄이고 있음이 분명했다.

"그에 비하면 김류 그자는 어려운 자야. 자칫하다가는 내가 그의 수작에 놀아날 수도 있을 것 같단 말이야. 난 그와 그의 세력을 이끌고 신황림으로 갈 생각이었는데 그자는 먼 곳의 신비지처보다는 이곳 중원의 무림 향방에 관심이 더 많아 보이니… 알 수 없는 늙은이 같으니라구."

괴고수가 혀를 차며 말했다. 그런데 그 순간 그가 올라 있는 삼나무 맞은편에서 걸쭉한 목소리가 들려왔다.

"그를 상대하는 일은 결코 쉬운 일이 아니지."

"누구냐?"

은빛 가면의 괴고수가 급히 시선을 돌려 목소리가 들려온 곳을 바라봤다. 그러자 그와 같은 높이의 나무에 한 명의 복면인이 바람에 흔들거리며 서 있었다.

얼굴을 가린 복면이 흰색이고 또 엉성하게 찢어져 있는 것으로 보아 급히 만든 복면이 분명해 보였다.

"웬 자냐?"

다시 은빛 가면의 고수가 소리쳤다. 이번에는 좀 더 낮지만 날카로운 목소리였다. 기척을 숨기고 자신에게 접근한 상대의 무공을 경계하는 것이 분명해 보였다.

"오랜만에 보는구나."

"날 알고 있느냐?"

은빛 가면의 사내가 물었다.

"글쎄, 한 번 만난 것 같아서……."

"정체를 밝혀라."

"너도 얼굴을 가린 주제에 다른 사람의 얼굴을 보겠다는 것은 너무 고약한 성미가 아닌가?"

그러자 은빛 복면의 사내가 잠시 침묵을 지키더니 천천히 검을 빼 들었다.

"좋아, 네놈이 누구인지는 중요하지 않다. 이 자리에서 죽으면 그뿐. 더군다나 날 알고 있다니 넌 제대로 죽을 자리를 찾아든 것이다."

"후후, 살 자신이 없다면 어찌 사지에 찾아들었을까? 그대가 오늘 영웅맹의 개파대전에 홀로 찾아들어 분란을 일으킨 것 역시 이곳에서 살아나갈 자신이 있기 때문이 아니었나? 나 또한 이곳에서 살아나갈 자신이 있기에 그댈 찾아온 것이다, 목인몽!"

순간 은빛 가면의 사내와 그가 올라서 있던 나무 모두가 부르르 몸을 떨었다. 은빛 가면 사내의 눈에 경계심과 함께 차가운 살기가 감돌았다.

"맞군."

은빛 가면 사내의 반응에 복면사내가 고개를 끄덕였다.

"신황림에서… 나왔느냐?"

"신황림? 강호에 그런 곳도 있나?"

복면사내가 의혹 어린 시선으로 되물었다.

"흥, 의뭉스러운 자군. 신황림이 아니라면 어찌 내 이름을 알까?"

"후후, 참으로 이상하구나. 목인몽. 어찌 신황림이라는 곳만이 널 알아볼 수 있다고 생각하는 것이지? 넌… 오산금림에서도 제법 이름을 날렸고 또 이 항주에도 널 알아볼 수 있는 자가 여럿 있을 텐데?"

순간 은빛 가면의 사내 목인몽의 눈에 다시 의문이 떠올랐다.

"진정 신황림에서 나온 자가 아니란 말이냐?"

"젠장, 난 신황림이 뭘 하는 곳인지도 모른다니까!"

"그럼… 네놈의 정체가 뭐냐?"

그러자 복면인이 비웃음을 흘렸다.

"흐흐, 듣던 것보다 어리석군. 내 정체를 말해주려 한다면 왜 얼굴을 가리고 찾아왔겠는가?"

복면인의 말에 목인몽의 눈빛이 반짝였다.

"듣던 것과 다르다? 그렇다면… 네놈은 날 본 적이 없구나."

순간 복면인의 눈동자에 아차 하는 기색이 엿보였다. 그 모습을 놓치지 않은 목인몽이 재차 입을 열었다.

"네놈은 날 제대로 몰라. 단지 누군가에게 나에 대해 들었을 뿐이겠지. 그런데 내가 오늘 여기 오는 것을 알고 있는 자는 그리 많지 않지. 그중 신천궁의 사람들은 입을 열 사람들이 아니고… 너… 풍월령의 사람이냐?"

목인몽의 차가운 추궁에 복면인이 급히 대답했다.

"풍월령은 또 뭐냐?"

"이런 빌어먹을 작자가 있나? 부인할 것을 부인해라. 풍월 령이 아니라면 절대 내 정체를 알 수 없다."

"젠장, 좋아. 툭 터놓고 말해주지. 난 신황림이나 풍월령이 뭘 하는 곳인지 정말 모른다. 난 말이야, 그저 어떤 노인의 청 부⋯ 음, 부탁에 의해 널 찾아온 것뿐이야."

"노인?"

"그래. 제법 근엄한 노인이었지. 아주 부자에다 금자를 물 쓰듯⋯ 아, 뭐, 그렇다고 내가 강호의 살수 나부랭이는 아니 고."

사내가 급히 말을 얼버무렸다.

"그 노인의 이름이 뭐냐?"

"그건 나도 모르지. 아니, 알아도 말해줄 수 없다. 그게 약속 이었거든. 그 노인은⋯ 음, 사실 무척 무서운 자야. 예전에 잠 시 인연을 맺은 적이 있는데 그때도 자신과의 약속을 지키지 않았다고 날 거의 죽음 직전까지 몰아넣었단 말이야. 오늘은 일은 그때의 빚을 갚는 것이지."

복면인의 말에 목인봉이 잠시 생각에 잠겼다가 다시 물었 다.

"그 노인이 청부한 것이 무엇이냐?"

"젠장, 청부가 아니라 부탁이라니까."

"좋아, 그 노인이 네게 부탁한 것이 뭐냐?"

"사실 아주 간단한 일이지."

"간단한 일?"

"그래. 그건 바로……!"

팟!

한순간 복면인의 허리춤에서 검이 뽑혀 나왔다. 동시에 그 검끝에 검기가 맺히더니 무서운 속도로 목인몽의 허리를 잘라 왔다.

"음!"

목인몽의 입에서 나직한 신음성이 흘러나왔다. 그리고 다음 순간 목인몽의 몸이 나뭇가지와 함께 크게 휘어졌다.

삭!

미세한 파열음이 일어나더니 한순간에 목인몽의 서 있던 뒤쪽 나무의 상투가 잘려져 나갔다. 그야말로 깜짝할 사이에 일어난 일이었다.

"놈!"

목인몽이 씹어뱉듯 노성을 흘리며 어느새 뽑아 든 검을 휘둘렀다. 그러자 그의 검에서도 묵빛 검기가 복면인을 향해 뻗어 나갔다.

"흥!"

목인몽의 반격을 받은 복면인의 입에서 한 가닥 코웃음이 흘러나왔다. 동시에 그의 신형이 나무기둥을 타고 빙그르르 회전했다. 목인몽의 검기가 회전하는 사내를 스치고 지나가 마찬가지로 다른 나뭇가지를 베어냈다.

"제법이구나!"

목인몽의 입에서 비웃음 같은 칭찬이 흘러나왔다.

"네 몸에 흔적을 남길 만은 하지."

복면인 역시 지지 않고 말을 받으며 재차 검을 휘둘렀다. 그러자 그의 몸과 그가 서 있던 나뭇가지가 동시에 목인몽을 향해 기울어지더니 부챗살 같은 검기가 횡을 뿌려졌다.

창!

이번에는 목인몽도 상대의 공격을 피하지 않고 정면으로 받아쳤다. 숲에 쩌렁한 격돌음이 일어났다. 아마도 그 격돌음은 천의평까지 들렸을 터였다.

그러나 두 사람은 천의평에 싸우는 소리가 들려도 상관없다는 듯이 나뭇가지에 매달려 격렬하게 초식을 교환하기 시작했다. 두 사람의 검이 뿌려대는 광채가 맑은 날 내려치는 벼락처럼 번쩍였다.

카카캉!

강력한 격돌음이 계속해서 일어나 숲을 뒤흔들었다. 그러자 급기야 천의평에서 일단의 사람들이 남쪽 숲을 향해 움직이기 시작했다. 아마도 영웅맹의 고수들일 터였다.

"날파리들이 날아오는군."

복면인의 입에서 나직한 목소리가 흘러나왔다.

"그래서 도주라도 하겠다는 것이냐?"

목인몽이 비웃음을 흘리며 말했다.

"아니. 승부를 좀 더 일찍 내야겠다는 말이지."

"오냐. 바라던 바다!"

목인몽이 고개를 끄덕였다. 순간 복면인이 서 있던 나뭇가지가 뒤로 크게 휘어졌다. 복면인 역시 나뭇가지와 함께 목인 몽에게서 멀어졌다. 그러자 목인몽 역시 나뭇가지를 뒤로 기울였다. 그리고는 누가 먼저랄 것도 없이 서로가 앞으로 튕겨져 나오는 나뭇가지의 반탄력에 몸을 실어 상대를 향해 새처럼 날아오르기 시작했다.

第七章
난세 (亂世)

독경
書經

허소산은 어깨에 피를 흘리며 아름드리나무를 날아 넘어 남쪽으로 도주하는 목인몽을 바라볼 뿐 더 이상 추격하지는 않았다. 얼굴을 가렸던 복면도 어느새 벗은 상태였다.

목인몽이 부상을 입기는 했지만 절대무공을 갖춘 자라 그의 신형은 한순간에 허소산의 시야에서 사라졌다. 어쩌면 오늘 목인몽의 목숨을 거둘 수도 있었으리라. 그러나 허소산은 그에게 큰 부상을 입히는 것으로 만족했다.

"아직은 쓸모가 있는 자야."

허소산이 나직하게 중얼거렸다.

허소산은 목인몽을 발견한 순간 그를 제압하는 것보다 그를 이용하는 편이 훨씬 이득이라는 사실을 깨달았다. 목인몽과 김류가 힘을 모은다면 그 두 사람을 상대할 세력은 강호에 거의 없다고 해도 과언이 아니다.

그러나 두 사람이 완벽하게 하나의 목표를 향해 힘을 모은다는 것은 결코 쉬운 일이 아니었다. 그들은 모두 각자의 마음속에 거대한 야망이 깃들어 있는 사람들이 아닌가. 그렇다면 비록 서로 힘을 모으면서도 또한 서로에 대한 경계심을 가지고 있을 것이 분명했다.

그래서 허소산은 목인봉의 가슴에 김류에 대한 의심을 만들어주기로 결심했다. 그가 얼굴을 가리고 정체 모를 노인을 들먹이며 목인봉을 공격한 것은 바로 그런 이유였다.

비록 허소산이 자신에게 청부를 한 노인이 김류라고는 말하지 않았지만 목인봉은 필시 오늘 허소산을 보낸 자가 김류라고 생각할 터였다. 김류가 자신을 공격하게 한 이유는 정확히 집어낼 수 없을 테지만 일단 마음속에 그런 의심을 품기 시작하면 두 사람의 동맹은 위험한 칼날을 타는 것과 같을 터였다.

"그렇다고 서로의 관계를 깨뜨리지도 못할 것이다. 이 상황에서 서로 또다시 강적을 만드는 것은 어리석은 일임을 모두 알 테니까. 아무튼 그 두 사람의 관계가 어떻게 전개될지 재미있겠군. 그런데 심독이란 걸 이런 식으로 사용하는 것이 맞는 것일까? 아니지. 이건 심독을 다루는 아주 작은 부분일 뿐이지. 심독은 결국 나 자신에 대한 문제가 아니던가."

허소산이 내심 심독에 대한 생각들을 오랜만에 머릿속에서 끄집어내려는 그 순간 갑자기 그의 뒤쪽에서 나뭇가지 흔들리는 소리가 들려왔다.

"이크!"

허소산이 급히 얼굴을 다시 가리고는 훌쩍 신형을 날렸다. 그러자 그의 모습이 한순간에 장내에서 사라졌다. 직후 찰나의 시차를 두고 십여 명의 묵빛 무복의 사내들이 허소산이 서 있던 나무에 모습을 나타냈다.

"싸움을 벌인 흔적이 있습니다."

묵빛 사내들 중 한 사람이 허소산과 목인몽의 검이 베어놓은 나뭇가지들을 살피며 말했다.

"누군지 몰라도 놀라운 무공을 지닌 자들이다. 싸움의 흔적이 나무들의 상층부에만 남겨져 있다는 것은 그들이 줄곧 나무 위에서 싸움을 했다는 것인데… 더군다나 베어진 흔적을 보면 이건 검기에 의한 상흔이 분명해. 도대체 어떤 자들일까?"

묵빛 사내들 중 우두머리로 보이는 자가 허소산 등의 검에 의해 베어진 나뭇가지의 단면을 살피며 중얼거렸다.

"그자가 아닐까요?"

"그 괴고수 말인가?"

"그렇습니다."

"그래, 한쪽은 그렇다 치고 다른 한쪽은?"

"그건……."

"어쨌든 둘이 싸웠다는 것은 다른 쪽 인물은 우리 영웅맹에 적의를 가지고 있지 않다는 의미겠지?"

"그럴 가능성이 크지요."

"음, 오늘의 개파대전은 참으로 어지럽구나. 본 맹의 출범부터 심상치 않으니 향후 맹의 앞날이 걱정이다."

"하지만 천하에 본 맹의 세력을 감당할 곳은 없을 것입니다."

"그게 그렇지가 않아."

"아니, 본 맹을 상대할 곳이 있단 말입니까?"

"아직 소문을 듣지 못한 모양이군."

"무슨 소문 말입니까?"

"풍월령이라고 못 들어봤나?"

"풍월령이라면 그 괴고수가 말했던……."

"맞네. 지금 항주를 근거지로 풍월령이라는 세력이 빠르게 만들어지고 있다네. 그런데 그 풍월령에 속한 고수들과 세력들이 결코 만만치가 않다고 하더군. 우리 영웅맹에 버금간다고 해. 좀 전의 그 괴고수도 그렇고. 물론 그자가 정말 풍월령에서 나온 자인지, 아니면 풍월령과 본 맹의 이간하려는 것인지 모르지만."

"어떻게 그런 세력이 이렇게 은밀하게 성장했을 수 있을까요?"

"우리 영웅맹도 그러지 않았나?"

"그렇긴 하지만……."

"강호 일은 모르는 걸세. 나도 처음에 영웅맹이 만들어질 때는 맹의 앞날이 탄탄대로일 거라고 생각했네. 결국엔 강호의

194 독경

모든 문파, 팔황조차도 우리 영웅맹의 깃발 아래 들어올 거라 생각했지. 하지만 강호는 역시 만만치가 않아. 이렇게 맹에 대항할 세력이 생겨나고 있으니."

"그럼 그들과 싸워야 하는 것입니까?"

"엊그제 어르신들이 하는 말을 잠시 들었는데 결국 강호의 패권은 우리와 풍월령 두 곳 중 한 곳이 잡을 거라고 하더군. 한 산에 두 마리의 호랑이가 있을 수 없으니 결국 싸우겠지."

"위험하겠군요."

"맞네. 우리 같은 사람들에겐 그야말로 지옥문이 열리는 거지. 아무튼 자네도 조심하게."

"알겠습니다."

"자, 다들 돌아가세."

묵빛 사내들의 우두머리가 더 이상 살필 것이 없다는 듯 여기저기 흩어져 싸움의 흔적을 조사하고 있던 영웅맹 고수들을 불러 모았다.

허소산이 막사로 돌아왔을 때는 이미 영웅맹의 개파대전이 거의 끝나가고 있었다. 무너진 누각을 다시 세울 수는 없었는지 제단은 누각 앞쪽 공터에 다시 차려져 있었고, 어느새 제식이 모두 끝난 상태였다.

이후부터는 여느 잔칫집처럼 먹고 마시는 것으로 잔치의 흥을 돋우고 있는 영웅맹의 개파대전이었다. 누각을 중심으로 세워진 열 개의 천막에 들어 있는 강호의 고수들 역시 평소 안

면이 있는 사람들끼리 왕래를 하며 서로의 관계를 돈독히 하고 있었다.

"오셨습니까?"

허소산이 막사로 들어서자 재빨리 원보가 자리에서 일어나 허소산을 맞이했다. 허소산이 빠르게 장내를 살피니 조치효와 세 명의 영웅맹 여고수가 탐색하듯 허소산을 바라보고 있었다.

"어허, 힘을 한번 썼더니 목이 마르군."

허소산이 짐짓 어깨를 으쓱거리면서 탁자 위에 놓인 잔을 들어 술을 한 모금 마셨다. 그러자 조치효가 허소산이 술잔을 놓기를 기다렸다가 질문을 던졌다.

"어딜 다녀오는 길이십니까?"

"내 잠시 천의평 주변을 돌아보고 오는 길이오."

"무슨 일로……?"

"그 괴고수 같은 자가 다시 나타날까 그것이 걱정되어서 말이오. 내 영웅맹의 위하는 마음에 잠시 주변을 좀 살펴보았소."

그러자 조치효가 눈을 가늘게 뜨면서 허소산의 내심을 읽으려는 듯한 표정으로 다시 물었다.

"그래서 이상한 자들이라도 발견하셨습니까?"

그러자 허소산이 다시 한 번 잔을 들어 입에 털어놓고는 입을 열었다.

"그렇소."

분명 다른 일이 있어 막사를 떠났을 거라 생각했던 조치효가 의외의 대답을 하는 허소산을 놀란 표정으로 바라봤다.

　"아니 정말 수상한 자들이 있었단 말입니까?"

　"이것 보시오, 조 노사. 내가 조 노사를 이리로 다시 부른 것은 허튼 행동이 아니었소. 난 그 괴고수의 정체를 어쩌면 알 수도 있겠다 싶어 조 노사를 부른 것이오."

　"아니, 정말 그에 대해 알고 계십니까?"

　조치효가 다급하게 물었다.

　"뭐, 본 듯도 한데 확신이 들지 않아 잠시 그를 만나볼까 하고 막사를 떠났던 거요."

　"그래서 그를 만나보셨습니까?"

　"그를 만나지는 못했소. 하지만 그를 보기는 했소."

　"아, 아쉽군요. 파 대협이시라면 그의 정체를 밝힐 수도 있었을 텐데."

　조치효가 진정으로 아쉬움을 드러냈다. 그러자 허소산이 가볍게 미소를 지었다.

　"아니, 영웅맹의 장로들이 모두 나서도 감당하지 못한 자를 어떻게 나 혼자 감당을 하겠소. 그런데……."

　"무슨 단서라도 잡으셨습니까?"

　다시 조치효가 눈빛을 반짝였다. 그러자 허소산이 고개를 갸웃하며 물었다.

　"혹 영웅맹에 숨은 고수가 있소?"

　"그게 무슨 말입니까?"

"내가 그를 발견했을 때 그는 복면을 한 어떤 자와 싸움을 하고 있었소. 그런데 그 복면인의 무공이 정말 놀랍더이다. 영웅맹의 장로들이 모두 나서고도 제압하지 못한 그에게 부상을 입혔소. 물론 그 순간 그자는 도주를 했지만. 음, 역시 영웅맹의 고수는 아니었군."

"아니, 그게 정말입니까?"

조치효가 믿을 수 없다는 표정으로 물었다. 그러자 허소산이 살짝 인상을 찌푸리며 말했다.

"그럼 내가 거짓을 말하고 있단 말이오?"

"아, 아니, 그런 것이 아니오라⋯⋯."

"음, 그가 영웅맹의 고수가 아니라면 누굴까? 그 무공은⋯ 아마도 당금무림에서 제일인의 자리를 노릴 만한 무공이었는데. 물론 내가 있으니 제일고수가 될 수는 없겠지만."

그 순간에도 스스로에 대한 자부심을 잃지 않는 허소산을 보며 조치효가 잠시 이상한 동물을 보듯 허소산을 바라보다 이내 자리에서 일어났다. 그러면서 다시 물었다.

"어쨌든 그자에 대한 단서는 없는 것이군요."

"아니오. 그럼 내가 조 노사께 너무 미안하지 않겠소? 아무런 근거도 없이 조 노사를 부른 것이 되니."

"하면⋯⋯?"

조치효가 재차 눈빛을 반짝였다.

"내가 한때 금천장과 무척 가까운 사이였다는 것을 알고 있을 거요."

"물론이지요. 어찌 그걸 모르겠습니까?"

"그런데 내가 금천장을 왕래할 때 얼핏 그자와 비슷한 기운을 풍기는 자를 본 것 같소."

"그게… 정말이십니까?"

"허! 조 노사는 정말 의심이 많은 거요, 아니면 이 파금검에 대해 전혀 신뢰를 하지 못하는 거요?"

말끝마다 의문을 다는 조치효를 향해 허소산이 타박하듯 말했다. 그러자 조치효가 얼른 고개를 조아렸다.

"죄송합니다. 제가 그만 너무 놀란 나머지……."

"아무튼 내 금천장에 그자가 출입하는 것을 보았으나 그자가 신천궁이라는 곳의 궁주인 줄은 몰랐소. 그런데 신천궁은 어디 있는 문파지?"

허소산이 고개를 갸웃했다. 그러자 조치효가 재빨리 대답했다.

"신천궁은 항주 외곽에 위치해 있는 작은 문파입니다. 그런 곳의 궁주라고 보기에는 그자의 무공이 너무 고강하더군요."

"음, 그의 말을 믿지 않는 것이오?"

"신천궁주라는 위치가 그의 모든 것을 말해주진 않는다고 생각합니다. 오히려 지금 파 대협께서 말씀하신 금천장에서의 일이 더 중요하게 생각되는군요."

"아무래도 그렇긴 하겠구려. 조 노사도 풍월령에 대한 소문은 들었소?"

"그야 당연히……."

조치효가 고개를 끄덕였다.

"해문산 풍월령이 금천장이 주축이 되어 만든 세력이란 것도 알고 있소?"

"이미 본 맹에서도 그들의 움직임을 주시하고 있습니다."

"내가 영웅맹에 충고를 하나 하자면… 그대들이 천하에 눈을 두고 있다면 필히 그 해문산 풍월령을 넘어서야 할 거요. 그자가 이미 풍월령은 언급했고, 호천대야 김류가 풍월령의 주도자이니 결코 영웅맹에 못지않은 힘을 가진 세력이라고 할 수 있을 거요. 그리고… 그때 그자의 성씨가 목 씨라고 했던 것 같은데… 최근에 떠오른 강호의 고수 중 목 씨 성을 가진 자들을 조사해 보면 그자의 꼬리가 잡힐 수도 있을 거요."

"목 씨라……. 알겠습니다. 도움 감사드립니다. 그리고 풍월령에 대해서는 본 맹에서도 그리 생각하고 있지요. 그래서 파 대협께서 풍월령과 연을 맺을까 걱정을 하고 있지요."

혹시라도 허소산이 풍월령에 들지 않을까 하는 염려가 섞여 있는 말이었다.

"하하하, 이 파금검은 한 번 속지 두 번 속는 사람이 아니오. 야율대인이나 그 김류라는 자나 모두 날 속이려 했으니 난 어느 쪽에서도 속할 생각이 없소. 그저… 재미있게 구경이나 할 뿐."

"파 대협과 좋은 인연을 맺지 못한 것을 야율대인께서는 항상 아쉬워하고 계십니다. 마음을 돌려보심이…….."

"싫소, 싫어. 내 말했지만 난 이제 강호사에서 멀리 떨어져 여기 전 낭자와 한평생 강호를 여행하며 살아갈 것이오."

"음, 정말 아쉬운 일입니다. 무림의 일대 영웅께서 세상의 일에 관여치 않으시겠다니……."

"영웅맹엔 좋은 일 아니겠소? 나와 같이 괴팍스런 자를 상대하지 않아도 되니 말이오. 후후, 그러니 야율대인께 전하시구려. 향후에라도 나와 불쾌한 일로 인연을 맺지 않도록 서로 조심하자고."

"알겠습니다. 그럼 전 이만……."

"아! 가실 때 저들도 함께 데려가시오."

허소산이 손을 들어 삼 인의 영웅맹 여고수를 가리켰다.

"하지만 그녀들은 대협의 시중을……."

"됐소. 이미 술은 충분히 마셨으니 더 이상 시중을 들 필요 없소. 더군다나 여기 전 낭자께서 저들에게 제법 신경이 쓰이시는 모양이오."

"홍! 누가 신경을 쓴다고 그래요?"

전조명이 코웃음을 치며 고개를 돌렸다.

"아무튼 그만 데려가시오."

허소산이 정색을 말하자 조치효가 잠시 망설이다 고개를 끄덕였다.

"알겠습니다. 불편하시다면 물리지요. 너희들은 그만 물러가거라."

"예, 어르신."

영웅맹의 여고수들이 공손하게 고개를 숙여 보인 후 막사를 벗어났다.

"그럼 여흥을 즐기시기 바랍니다."

"알겠소. 혹 인사없이 가더라도 이해하시오."

"아닙니다. 막사 밖에라도 사람을 놓아둘 터이니 떠나실 때는 반드시 연락을 주시기 바랍니다. 파 대협을 전송치 않으면 대인께 제가 큰 벌을 받을 겁니다."

"하하하, 그렇소? 알겠소. 그럼 나중에 봅시다."

허소산이 고개를 끄덕이자 조치효가 머리를 조아린 후 자리에서 벗어났다.

"정말 그를 상대한 자가 있었더냐?"

조치효가 물러가자 원보가 급히 물었다. 그러자 허소산이 빙그레 미소를 지으며 대답했다.

"그게 바로 저예요."

"아하, 역시 그렇지? 그런데 왜 그런 거짓말을 한 것이냐?"

"그 한마디로 영웅맹은 실체가 없는 또 한 명의 절대고수에 대해 심력을 소비해야 할 테니까요."

"하하하, 그런 뜻이었더냐? 아무튼 소산 너의 강호행이 길어질수록 넌 점점 영악하게 변해가는구나."

"그러게 말이에요. 정말 얄밉지요?"

전조명이 입을 삐죽하며 말했다.

"조명, 지금까지 한 행동은 모두 파금검으로서 한 일이야."

"흥, 혹시 허소산은 잊고 파금검으로 살아가려는 것 아니야?"

"그럴 리가 있어? 아버지가 계신데."

허소산이 빙그레 미소를 짓고 있는 허산왕을 보며 말했다. 그러자 막사 안에 나직한 웃음이 맴돌았다. 그런데 그때 갑자기 예상치 못한 목소리가 들려왔다.

"잠시 실례하겠소이다!"

굵고 무거운 목소리에 사람들의 시선이 목소리가 들린 쪽으로 향했다. 그러자 한 명의 노인이 십여 장 떨어진 곳에서 허소산 등이 있는 막사를 바라보고 있었다.

"뉘시오?"

원보가 노인을 살피며 물었다.

"혹시 여기가 파금검 대협의 막사요?"

"그렇소만… 당신은 누구요?"

원보가 다시 물었다. 그러자 노인이 막사 앞으로 걸어오며 대답했다.

"난 이계수라는 사람이오."

순간 전조명 곁에서 노인의 말을 듣고 있던 장익이 원보에 앞서 입을 열었다.

"설마 적화궁 십이화선의 우두머… 일선이신 그 이계수 노사시란 말이오?"

"하하, 뭐 말을 조심하실 필요없소. 다들 나를 십이화선의 우두머리라고 부르는 것은 알고 있으니. 맞소이다. 내가 바로 그 이계수요."

노인이 사람 좋은 얼굴로 고개를 끄덕였다. 그러자 원보가
다시 입을 열었다.

"음, 옆 막사에 적화궁의 고수분들께서 계신 줄은 알고 있었
소. 그런데… 이곳엔 어쩐 일이오?"

그러자 이계수가 허소산에게로 눈길을 돌리며 말했다.

"이곳에 최근 강호를 떨쳐 울리는 파 대협께서 계시다는 말
씀을 듣고 인사를 여쭈려고 들렀소이다."

"인사라……. 내가 인사를 받기엔 그대가 너무 늙은 것 같은
데? 인사는 오히려 내가 해야 하는 것 아니겠소?"

허소산이 조금 심드렁한 표정으로 말했다. 그러자 이계수가
속을 알 수 없는 미소를 지으며 고개를 저었다.

"아니지요. 강호에선 나이보다 그 무공과 지위가 사람의 위
치를 결정하니 당연히 이 늙은이가 파 대협께 인사를 해야지
요. 이계수라고 합니다. 적화궁 십이화선 중 일선이지요. 파
대협을 뵈어 영광입니다."

이계수의 정중한 인사에 허소산도 계속 무시할 수는 없는지
고개를 끄덕이며 말했다.

"이렇게 일부러 찾아주시니 고맙소이다. 파금검이오."

허소산이 인사를 받자 이계수가 만족한 듯 미소를 지으며
입을 열었다.

"사실은 전 궁주님의 심부름을 왔습니다."

"궁주라면… 적화궁주 말이오?"

"그렇습니다."

"그래, 무슨 전갈이오?"

"실례가 되지 않는다면 궁주께서 파 대협을 뵙고 싶다고 하십니다."

"지금 날 초대하는 거요?"

"그렇습니다."

순간 곁에 있던 전조명이 차갑게 말했다.

"미녀의 초대를 받았으니 당연히 가보셔야죠?"

전조명의 가시 돋친 말에 허소산이 난감한 표정으로 대답했다.

"전 소저, 이건 강호 무림인들 간의 교류요. 그러니 질투하시 마시구려."

"질투요? 흥! 누가 질투를 한단 말이죠? 파 대협께서는 하고 싶은 대로 하세요. 애초에 제가 원해서 이뤄진 혼인도 아니니!"

전조명이 차갑게 말했다. 그러자 허소산이 이계수를 보며 난처한 표정으로 말했다.

"초정은 고마우나 오늘은 그 초청을 받아들이기 힘들 것 같소이다. 보다시피 일행이 있어서……."

허소산의 말에 이계수가 빙그레 미소를 지었다.

"파 대협께서 만재방의 영애이신 전 소저와 동행을 하셨다는 걸 들어 알고 있습니다. 그런데 두 분께선… 혼인을 하신다고요?"

"하하하, 그게 벌써 적화궁에도 알려졌소? 그렇소이다. 뭐,

하하하!"

허소산이 자못 기분이 좋은지 웃음을 터뜨렸다. 그러자 이계수가 다시 포권을 하며 말했다.

"늦었지만 축하드립니다. 그리고… 이 초대는 그저 강호의 영웅이신 파 대협을 뵙고 싶어 하는 궁주님이 사심없이 한 초대이니 오해 없으시기 바랍니다."

"오해할 일 없어요!"

전조명이 차갑게 대답했다. 그러자 곁에서 듣고 있던 원보가 입을 열었다.

"오늘은 남의 잔치에 왔으니 그 잔치를 즐기고 초대는 다음을 미루는 것이 어떻겠소?"

"노사의 존성대명은 어찌 되시는지……?"

"난 원보라 하오."

"원 노사셨군요. 파 대협 곁에 절정의 노고수분들이 자리하고 계시다는 말은 익히 들어 알고 있습니다."

"어디 강호에 위명이 쟁쟁한 적화궁 십이화선만 하겠소?"

원보의 말에 이계수가 빙그레 미소를 지었다.

"그리 말씀해 주시는 감사할 따름입니다. 어쨌든 알겠습니다. 오늘의 초대는 아무래도 급한 듯하니 초대를 다음으로 미루지요. 그때는… 초대에 응해주시겠습니까?"

이계수가 허소산을 보며 물었다. 그러자 허소산이 고개를 끄덕였다.

"그럽시다. 초대에 응하는 게 뭐가 어렵겠소."

"감사합니다. 그럼 날을 잡아 사람을 보내겠습니다."

"내가 어디에 머물고 있는지 알고 계시오?"

"어찌 파 대협의 거처를 모르겠습니까?"

"설마 날 감시하고 있었던 것이오?"

"무슨 말씀을……. 이미 파 대협께서는 이미 무림의 영웅으로 명성이 쟁쟁하시니 대협에 대한 소문은 앉아서도 들을 수 있지요."

"후후후, 적화궁의 눈이 강호제일이라더니 앉아서도 내 움직임을 살필 수 있단 말이군. 아무튼 좋소. 그럼 나중에 봅시다."

"알겠습니다. 그럼 그리 알고 물러가겠습니다. 아, 그전에 이걸 전해드리라는 궁주님의 명이 있으셨습니다."

이계수가 허소산 앞의 탁자에 작은 물건을 하나 올려놓았다. 목함은 옥으로 만들어진 귀한 것이었는데 그 안에 무엇이 들었는지는 알 수가 없었다.

"이게 뭐요?"

"궁주께서도 오늘 파 대협을 초대하는 일이 무리인 줄 이미 짐작하고 계셨습니다. 해서 만약 초대하는 일이 어렵다면 선물이라도 드리고 오라 하시더군요."

"선물이라……."

허소산이 이계수가 올려놓은 옥함을 열었다. 그러자 그 안에서 어른 눈 크기의 진주가 나타났다.

"이건 진주 아니오?"

"그렇습니다. 천하에서 하나 있을까 말까 한 물건이지요."

"허어, 그렇게 귀한 것을 어찌 내게 주시오?"

"궁주께서는 강호의 영웅을 사귀시는 데엔 재물을 아끼지 않으십니다. 이 진주는 오늘 파 대협과 전 낭자께서 혼인을 할 사이라는 소식을 들으시고 그걸 축하하기 위해 궁주께서 보내신 선물입니다."

"그러니까 나와 전 소저에게 함께 보낸 선물이란 말이구려?"

"그렇습니다."

"허허, 이것 큰일이군. 이렇게 귀한 선물을 받으면 반드시 훗날 그 대가를 치러야 하는데……."

"그런 걱정은 마십시오. 아무런 사심없이 드리는 선물입니다."

이계수가 얼른 고개를 저었다. 그러자 허소산이 흡족한 표정으로 고개를 끄덕였다.

"알겠소. 선물 고맙게 받겠소. 나중에… 사례할 날이 있을 거요."

"다시 말씀드리시지만 부담 갖지 마시기 바랍니다. 하면 저는 이만 물러가지요."

"그러시구려. 아, 술이라도 한잔하고 가시려오?"

허소산이 문득 술병을 집어 들었다. 그러자 이계수가 얼른 고개를 저었다.

"아닙니다. 술은 다음에 하지요."

"하하하, 알겠소. 그럼 다음에 봅시다."

허소산의 말이 끝나자 이계수가 정중하게 고개를 숙여 보이고는 자리를 벗어났다. 그러자 그 모습을 보고 있던 전조명이 나직하게 물었다.

"왜 적화궁주가 소산을 보자고 하는 거지?"

전조명의 물음에 허소산이 잠시 생각에 잠겼다가 입을 열었다.

"아무래도 뭔가·할 수 있는 일이 있을 것 같아."

"그게 무슨 말이야?"

"영웅맹과 풍월령이 세를 과시하니 그 두 곳에 속하지 않은 문파들이 불안해하는 것 같아. 그러니……."

"그래서 적화궁주가 소산을 보자고 한 것이라면 다른 문파들도 나름대로 준비하는 것인가?"

"큰 산에 호랑이가 나타나면 약한 짐승들은 본능적으로 자신을 보호하기 위해 움직이게 되지. 그들을 모은다면……."

허소산의 진중한 표정으로 말했다. 그러자 원보가 고개를 끄덕였다.

"그러게 말이다. 이거… 앉아서 제법 그럴듯한 세력을 모을 수도 있겠구나."

그날 천의평 영웅맹의 개파대전은 밤늦게까지 이어졌다. 은빛 가면의 괴고수 목인몽이 다녀간 후에는 그 누구도 영웅맹의 개파대전을 방해하지 않았다. 덕분에 한동안 냉랭했던 천의평은 시간이 흐르자 그 기운을 회복해 늦은 밤까지 흥청거렸다.

그러나 허소산은 영웅맹의 잔치를 끝까지 보지 않았다. 그는 해가 지고 동쪽 산 위에 달이 떠오를 즈음 자리를 털고 일어났다. 그가 떠난다는 소식에 조치효와 남궁황이 달려왔지만 야율거공은 끝까지 허소산 앞에 나타나지 않았다.

허소산 일행은 마차와 말을 몰아 천의평을 가로지른 후 천의평을 벗어나 광조산의 어둠 속으로 사라졌다.

                    *   *   *

나른한 오후. 따가운 햇살을 받으며 한 떼의 마차가 산길을 오르고 있었다. 다섯 대의 마차를 모는 자들 외에도 마차 주변에는 십여 명의 사람들이 말을 타고 마차를 호위하고 있었는데, 그들의 손에 들린 도검들로 보아 이들은 무림인들이 분명해 보였다.

"서둘러라! 포구까지 가려면 갈 길이 바쁘다!"

마차를 호위하는 열 명의 사내 중 얼굴에 수염이 덥수룩한 사내가 엄정한 표정으로 입을 열었다. 그러자 마차를 모는 사내들의 고삐질이 바빠졌다.

사람의 조급함이 말들을 곤욕스럽게 만들었다. 길은 오르막이라 갑자기 걸음을 재촉하는 주인의 고삐질에 말들이 입에서 단내를 흘려내며 숨을 가빠했다. 그러나 바쁜 사람은 그런 말들의 사정을 아랑곳하지 않고 채찍을 휘둘렀다.

쩍!

"이놈의 말들이 왜 이렇게 힘을 못 써!"

가장 앞에서 마차를 몰고 있던 마부가 날카로운 채찍질로 말들의 엉덩이를 두드리며 길을 재촉했다. 그러자 말들이 연신 투레질을 하며 온 힘을 뽑아내 오르막을 올랐다.

그런데 그런 말들의 사정을 알았는지 길을 막아서는 자들이 있었다.

"히히힝!"

사람의 나타났다는 것을 먼저 안 것은 마차를 모는 자들보다 말이었다. 힘겨운 산행을 멈추게 해준 불청객이 말들도 반가웠을지 몰랐다.

"웬 자들이냐?"

갑자기 말들이 걸음을 멈추고, 괴인들이 길을 막자 마차 주변을 호위하던 십여 명의 사내가 앞으로 나섰다. 그중 수염 기른 중년 사내가 길을 막아선 사내들에게 호통을 쳤다.

"잠시 걸음을 멈춰야겠소."

길을 막아선 자들은 얼굴에 복면을 하고 있었다.

"산적들이냐?"

수염 기른 중년 사내가 노기를 드러내며 물었다.

"후후, 좋도록 생각하시오. 어쨌든 당신들은 그 물건을 놓아두고 온 길로 돌아가야겠소. 물건은 우리가 접수하겠소."

길을 막아선 자들이 마치 마차에 실은 물건들이 애초에 자신들 것이라도 되는 양 당당하게 말했다.

"음, 항주 인근에 도적들이 사라진 지 오래인데 아직도 산적질을 해먹고 사는 놈들이 있었구나. 이놈들, 우리가 어떤 사람들 인 줄 알고 감히 도적질을 하려 한단 말이냐?"

그러자 길을 막아선 자들 중 제법 큰 체구를 지닌 자가 말했다.

"흐흐, 네놈들 목은 강철로 만들어졌다더냐? 쑤셔 넣으면 도검이 안 들어가겠어?"

말하는 품세가 영락없는 산적이다.

"설마 우리가 금천장의 사람들임을 알고도 길을 막아섰다는 말이냐?"

"금천장이든 만천장이든 우리가 알 바 아니다. 너희들은 그저 그 마차나 놓고 사라지면 그뿐이야!"

복면인의 말에 수염사내의 볼이 씰룩였다. 그리고는 천천히 도를 들어 복면인을 가리키며 말했다.

"항주에 살고 있다면 나 팽황의 이름은 들어보았을 것이다."

"껄껄껄! 팽황이 어느 집 개 이름이더냐?"

"놈!"

순간 수염사내 팽황의 노성이 터져 나왔다. 동시에 그가 말 위에서 그대로 도약하더니 이내 복면인을 향해 도를 떨쳐냈다.

쿠앙!

강력한 도풍이 파공음을 일으키며 복면사내의 머리를 쪼개 갔다.

"흥!"

순간 복면사내의 입에서 한줄기 비웃음이 흘러나왔다. 더불어 복면사내가 팽이처럼 신형을 회전시키며 떨어져 내리는 팽황의 도를 피해냈다.

쩡!

다음 순간 팽황의 도가 한 자루 검에 밀렸다.

"음!"

"살고 싶다면 어서 도망가!"

복면사내가 팽황의 눈앞에 검을 들어 그의 도를 밀어내며 나직하게 말했다. 그러자 팽황이 재빨리 신형을 틀어 복면인의 몸을 휘감아 돌며 도를 휘둘렀다.

창!

횡으로 회전한 팽황의 도가 다시 사내의 검에 막혔다.

"이거, 안되겠군. 형제들, 이자들이 관을 봐야 눈물을 흘릴 것 같소. 버릇을 고쳐주시오!"

사내의 외침에 복면인들이 일제히 금천장의 고수들을 향해 달려들었다.

"모두 죽여랏! 금천장의 물건을 탐하는 것이 얼마나 무모한 일인지 똑똑히 가르쳐 주라!"

중년 사내 팽황의 명에 마차를 호위하던 금천장의 무사들도 일제히 복면인들을 향해 뛰어들었다.

삽시간에 깊은 숲 속에 도검의 광채가 난무했다. 번쩍이는 도광과 검광이 햇빛보다 강렬하게 일어났다.

"악!"

"크악!"

그런데 싸움의 승패는 너무도 쉽게 갈렸다. 복면인들이 펼쳐내는 독수에 금천장의 고수들이 속절없이 쓰러져 가기 시작했던 것이다. 복면인들의 무공은 결코 산적이랄 수 없는 경지였다. 복면인 모두가 팽황을 상대하는 자만큼이나 강한 무공을 지니고 있었다.

차차창!

팽황이 수세에서 공세로 전환한 복면인의 검을 쳐내며 몇 걸음 뒤로 물러났다. 팽황은 본시 금천장이 자랑하는 금천십이호 중 한 명으로 그 도법이 강맹하기로 이름난 고수였다. 그런데 산적을 자처하는 이 복면인은 그런 팽황을 능가하는 고수였다. 일단 그가 공격을 시작하자 팽황은 도저히 반격의 기회를 잡을 수 없었다.

"네, 네놈들은 누구냐?"

쩡!

자신의 가슴을 찔러오는 적의 도를 쳐내며 팽황이 소리쳤다. 그러자 사내가 입을 열었다.

"후후후, 네가 보듯이 산적이 아니더냐? 그런데 금천장의 실력이 소문보다 너무 부족하구나. 우리 같은 산적을 당해내지 못하다니……."

"너희들은 결코 산적이 아니다! 어디서 나온 자들인가?"

차앙!

도와 검이 맑은 마찰음을 일으키며 비켜나갔다. 순간 팽황
의 어깨 어림의 옷자락이 길게 베어져 나갔다,.

"후후, 본래 상대의 진실한 정체를 알려면 싸움에서 이겨야
하는 법이지. 그런데 그대들의 실력으론 결코 우리를 이길 수
없을 것 같은데? 그만 돌아감이 어떻겠는가? 그대의 수하들을
모두 죽일 생각인가?"

팽황의 어깨를 베어낸 복면인이 여유있게 말했다. 그러자
팽황의 표정이 한순간에 어두워졌다. 마부까지 근 이십여 명
에 이르던 금천장의 문도들이 어느새 열 사람 안쪽으로 줄어
있었다.

"놈, 이 빚은 반드시 갚아주마."

"하하, 좋아. 기다리지. 오늘 주고 가는 선물은 잘 쓰겠어."

"다른 곳으로 도주하지 말기를 바란다."

"도주란 말은 우리에게 어울리지 않지."

복면사내가 고개를 저으며 말했다. 그러자 팽황이 잠시 사
내를 노려보다 차갑게 명을 내렸다.

"후퇴하라! 각자 몸을 지켜라!"

팽황의 명에 복면인들의 공격에 거의 전멸을 당할 뻔했던
금천장의 문도들이 일제히 산길을 달려 내려가기 시작했다.

"반드시… 빚을 갚으리라!"

"언제든지!"

복면인이 팽황의 노성에 고개를 끄덕였다. 그러자 팽황이 훌쩍 신형을 날려 먼저 도주한 동료들을 따라 산 아래로 달려가기 시작했다.

금천장의 문도들이 모두 사라지자 복면인이 천천히 마차로 다가가더니 마차에서 말을 풀어 산속으로 쫓아버렸다. 그리고는 냉정한 말투로 말했다.

"태워 버렷!"

지금까지 유들거리던 산적의 기운은 찾아볼 수 없는 차가운 말투였다.

"옛!"

다른 복면인들이 재빨리 금천장의 마차에 기름을 뿌리고 불을 질렀다. 그러자 한순간에 다섯 대의 마차가 불길에 휩싸였다. 하늘 높이 솟구치는 불길을 보며 복면인이 중얼거렸다.

"이제 대업은 시작되었다. 천하는 영웅맹의 발아래 들어올 것이다."

*　　　*　　　*

영웅맹의 개파대전이 끝나는 순간부터 시작된 혈풍이 한순간에 항주를 넘어 강호를 강타했다. 항주를 중심으로 시작된 혈풍은 중원의 동남부를 연일 술렁이게 하고 있었다. 기이한 것은 혈풍을 일으킨 주인공들이 누구인지가 불분명하다는 것이었다.

피해를 보는 쪽은 금천장도 있었고 영웅맹도 있었으므로 양쪽의 싸움이라고 주장하고 싶은 사람들도 곤혹스럽기는 마찬가지였다. 왜냐하면 어느 싸움이든 가해자들의 정체가 명확히 드러난 것이 없었기 때문이다. 해서 강호의 일부 사람들은 이것이 영웅맹에서 말했던 강호의 이대암류, 천산과 흑수에서 시작된 암류의 공격이라는 추측을 내놓기도 했다.

그러나 그것 역시 확실한 것은 아니었다. 천산의 마도들이 중원으로 대거 들어왔다는 것도, 흑도의 야인들이 장성을 넘었다는 소식도 그 증거가 없기는 마찬가지기 때문이었다.

그래서 중원무림은 팔황의 시대가 정립된 이후 가장 혼돈한 시절을 맞이하고 있었다. 그리고 그런 와중에 또다시 하나의 소문이 강호인들의 입을 통해 미풍처럼 사람들 사이로 퍼져 나갔다.

허소산은 해안을 보며 천천히 걸음을 옮겼다. 그의 뒤쪽으로는 오직 감명만이 따르고 있었다. 두 사람의 뒤쪽 먼 곳에 원보 등 허소산 일행이 서 있기는 했으나 그들은 허소산과 감명을 따라오지 않고 있었다. 길을 가는 것은 오직 허소산와 감명 둘뿐이었다.

두 사람이 걷고 있는 길은 해안가 절벽을 따라 이어져 있었다. 간간이 수십 척 아래 절벽 하단에 거친 파도가 밀려와 부딪치는 소리가 들려오기도 했다.

두 사람은 마치 산보를 나온 사람들처럼 유유히 먼 수평선과 서쪽으로 펼쳐진 광대한 산야를 번갈아 보며 걸음을 옮겼다. 길은 그런 두 사람에게서 하나의 선으로 뻗어 나가 몇 번 구불거리더니 해안가 절벽 중 가장 높은 곳, 언뜻 보면 산봉우리처럼 보이는 절벽 위로 이어져 있었다. 아마도 이 길을 처음 만든 사람들은 해안가의 마을과 마을을 왕래하기 위해 이 위태로운 절벽 위에 길을 내었을 터다.

허소산과 감명이 묵묵히 길을 걷는 사이 어느새 산봉우리 같은 절벽이 그 위의 정경을 알아볼 수 있을 만큼의 거리로 가까워졌다. 그러자 문득 감명이 입을 열었다.

"형님, 그들이 벌써 나와 있어요."

감명의 말에 허소산이 시선을 들어 절벽 위를 바라봤다. 그러자 한 명의 아름다운 여인이 해풍을 맞으며 바다를 응시하고 있었다. 적화궁주 무소향이었다.

第八章
그리고 남은 자들

해풍이 불어와 여인의 옷깃을 날렸다. 곧이라도 절벽을 떠나 하늘로 승천할 것 같은 모습의 여인, 그 외양으로 보자면 천하에서 견줄 사람이 드물 만큼 아름다웠지만 허소산은 여인에게서 왠지 모를 쓸쓸함을 느꼈다.

혹은 공허함 같은 것인지도 몰랐다. 여인은 자세히 보면 그 아름다움에 가려진 나이가 결코 적지 않아 보였다. 아름다움의 깊이가 젊고 싱그러움을 넘어 원숙함에 이르렀고, 그 원숙함을 넘어 초탈에 이른 듯하니 적어도 소문대로 오십에 가까운 나이이리라.

"어서 오세요."

여인이 고개를 돌렸다. 그러자 허소산의 가슴이 크게 울렁였다.

'이런 눈빛이라니… 제길!'

허소산이 내심 욕설을 흘렸다. 그러나 욕설의 대상은 그녀가 아닌 그 자신에게 향한 것이었다.

'어쩌면 지독하게 걸려들지도……'

허소산이 재빨리 흐트러지는 자신을 점검했다. 이런 만남에서 마음의 동요는 곧 상대에 대한 굴복으로 이어지게 마련이다. 그러나 아무리 허소산이라고 해도 여인의 눈빛에서 느끼는 감정을 차가운 이성으로 제어하기는 쉽지 않았다. 불행히도 여인은 수십 년 전에 죽은 그의 어머니와 닮은 눈을 하고 있었던 것이다. 그 웃음까지도 말이다.

"파금검이오."

허소산이 천천히 포권을 해보였다. 그가 지금까지 파금검으로서 강호인들을 상대하던 모습과는 전혀 다른 모습, 그 행동에 감명이 놀란 듯 허소산을 돌아봤다. 그러나 감명으로선 허소산이 왜 이렇게 긴장하는지 그 이유를 알 수 없었다. 당연하게도 여인 역시 파금검이라는 사내가 소문에 듣던 것과 달리 진중한 인물이라는 사실에 조금 놀란 모습이었다.

"무소향이에요. 만나 뵙게 되어 반가워요."

적화궁주 무소향이 어머니의 미소로 자신을 소개했다. 그러자 허소산이 다시 입을 열었다.

"궁주의 명성은 귀가 따갑도록 들었소이다. 그런데 오늘 이렇게 뵈니 오히려 그 소문이 부족함을 느끼겠구려."

허소산의 행동이 진중하기는 했으나 그 오만한 말투는 여전했다. 나이로 보아도 삼십여 세의 차이를 보이는 적화궁주 무소향에게도 허소산은 평소 강호인들에게 하듯 존대를 하지 않았다.

　"오히려 파 대협에 대한 강호의 소문이 잘못된 것인 듯하군요. 파 대협께서 이렇게 진중하신 분인 줄은 몰랐어요."

　"강호의 소문이란 항상 삼 할의 진실만은 담고 있지요."

　"그래요. 맞아요. 일단… 앉으시죠."

　무소향이 허소산에게 자리를 권했다. 위태로운 해안가 절벽 위에는 비단에 휘감긴 탁자 하나가 놓여 있었고, 그 위에는 따뜻한 차가 올려 있었다. 이런 장소에 이런 준비를 하는 적화궁의 능력이 새삼스럽게 느껴지는 허소산이다.

　허소산은 무거운 움직임으로 자리에 앉았다. 그러자 적화궁주 무소향 역시 허소산의 맞은편에 자리를 잡고 앉았다.

　"그래, 날 만나고자 하신 연유가 뭐요?"

　허소산이 거두절미하고 물었다. 허소산은 어머니를 닮은 적화궁주에게서 한 편으론 빨리 벗어나고 싶은 마음을 가지고 있었다. 자칫하다가는 적화궁주가 원하는 모든 것을 들어줄 것 같은 마음, 아니, 자신의 모든 비밀을 그녀에게 털어놓을 것 같은 마음이 들었기 때문이다.

　"일단 차를 한 잔……."

　무소향이 차병을 들어 허소산의 잔에 차를 따랐다. 그윽한 차향이 허소산의 코를 통해 전해졌다. 그러자 시원한 바람이 허소산의 가슴을 한차례 훑고 지나갔다. 순간 허소산은 적화 궁주 무소향의 눈빛으로 인해 일어났던 마음의 혼란이 순식간 에 가라앉는 것을 느꼈다.

'좀 살 것 같군.'

허소산이 찻잔을 들어 한 모금 차를 마시며 마음을 진정시 켰다.

"전 가끔 이곳에 와요."

무소향이 고개를 돌려 바다를 보며 말했다.

"운치있는 곳이군요. 한번 와본 사람은 언제든 다시 찾고 싶 은 곳인 듯하오."

허소산이 무소향과 같은 방향으로 시선을 돌리며 말했다. 그러자 무소향이 고개를 끄덕였다.

"그래요. 이곳은 그런 힘을 가진 곳이지요. 특히 나와 같은 사람에게는."

"궁주께선 이 장소와 특별한 인연이 있는 것이오?"

"이 장소와 인연이 있다기보다는… 이곳에서 바라보이는 곳에 제 고향이 있지요. 물론 눈에 보이지는 않지만."

순간 허소산이 눈을 가늘게 떴다. 그리고 그제야 어렴풋이 이 익숙함의 정체를 깨달았다.

"고려 출신인 모양이구려?"

허소산이 확신하는 목소리로 물었다. 그러자 적화궁주가 고 개를 끄덕였다.

"그래요. 전 고려 사람이에요. 아주 어려서… 해적들에게

잡혀 기녀로 팔려왔지요. 그때 마침 전대 궁주께서 절 보살펴 주지 않으셨다면 이미 퇴기가 되어 죽었을지도 모르겠어요."

그런 말을 아무렇지도 않게 하는 적화궁주에게서 허소산은 처음과 다른 경계심이 느껴졌다. 이런 여인은, 아니, 남자라도 위험한 사람이다. 자신의 치부를 부끄러움없이 드러낼 수 있는 사람, 이런 사람은 삶에 두려운 것이 없는 사람들이다.

"제가 생각하기에 궁주시라면 기녀로 살았어도 결국에는 지금과 같은 자리에 있었을 것 같소이다만……."

"제가 그렇게 대단해 보이나요?"

"물론, 이 파금검이 강호에 나와 이렇게 긴장하기는 처음인 것 같소."

"호호호, 영광이군요. 제가 알기로 파 대협은 호천대야나 영락대인을 앞에 두고도 긴장하지 않은 분이라 들었는데……."

"나에 대해 많이 알고 있구려?"

허소산이 예의 그 날카로움을 회복하고 질문을 던졌다. 그러자 적화궁주가 고개를 돌려 허소산을 응시하며 말했다.

"아마도 대협이 생각하고 계신 것보다 훨씬 많은 것을 알고 있을 거예요."

"그렇소? 그래 나에 대해 뭘 알고 있소?"

그러자 무소향이 잠시 뜸을 들였다. 아마도 뭔가를 망설이는 듯한 모습이었다. 그러나 그녀의 고민은 찰나에 지나지 않았다.

"파 대협께서… 오왕의 보물을 손에 넣었다는 것을 알고 있지요."

"그것은… 알 만한 사람은 다 아는 일일 것이고……."

"파 대협께서 사실은 오산금림과 무척 밀접한 관련이 있는 분이란 걸 알고 있지요."

"그 또한 완벽한 비밀은 아니고."

"파 대협께서… 사실은 만재방과 한식구나 다름없다는 것도 알고 있지요."

"이미 나와 전 소저의 혼약은 강호에 널리 퍼진 일이고."

"아뇨. 두 분이 혼약을 맺기 전부터. 파 대협과 만재방은 한배를 타고 계셨지요. 무창의 그 장원… 망향원이 사실은 만재방 사람들이 만든 장원이고, 파 대협께선 강호에 나오자마자 그 장원에서 전 소저와 함께 지냈다는 것을 알고 있지요."

순간 허소산이 더 이상 대꾸를 하지 않고 침묵을 지켰다. 어쩌면 이 여인은 자신의 모든 것을 알고 있을 것 같다는 생각이 든 허소산이었다. 그러자 무소향이 다시 입을 열었다.

"그리고… 사실은 파 대협이 고려 출신이란 것도 알고 있지요."

"음, 더 말씀해 보시오."

허소산이 얼굴에 서늘한 경계심을 드러내며 말했다.

"그리고 어쩌면 파 대협은 애초부터 호천대야와 금천장의 몰락을 위해 항주로 왔을 수도 있다고 판단되는군요."

"음."

침묵이 흘렀다. 이 여인은 정말 위험하다. 어떻게 자신과 일

면식도 없으면서 이런 사실들을 알아낼 수 있었을까.

"내가 고려 출신인 것은 어찌 알았소?"

허소산이 물었다. 아마도 그녀가 말한 사실 중 가장 알아내기 힘든 것이 자신이 고려 출신이란 사실이었을 터이다.

허소산의 질문에 무소향이 빙그레 미소를 지으며 대답했다.

"제가 어느 곳 사람인 줄 모르시나요?"

"물론 그대는 적화궁의 궁주가 아니오?"

"맞아요. 그럼 적화궁이 어떤 곳인지 알고 계시겠지요."

"물론이오. 천하의 기루와 투장, 객잔에서 일하는 사람들의 든든한 배후 아니오?"

"맞아요. 적화궁은 그들을 위해 태어난 문파지요. 그러나 또한 그들이 적화궁의 가장 강력한 힘이기도 해요."

"무슨 말인지 모르겠구려."

"적화궁의 정보는 모두 그들로부터 나오니까요."

"그럼… 내가 고려 출신이란 것도 그들에게서 나온 소식이오?"

"그래요."

무소향이 고개를 끄덕였다. 그러자 허소산이 고개를 갸웃하며 말했다.

"내가 비록 술을 마다하지는 않지만 주루에서 술을 마신 적은 없는 것 같은데… 더불어 도박은 더더욱 하지 않고."

"수개월 전 항주에서 제법 이름난 상인이었던 삼호방이 자취를 감추었지요."

순간 허소산의 눈빛이 반짝였다. 이제야 적화궁에서 자신이 고려 출신임을 알고 있는 이유를 깨달았던 것이다. 과거 삼호방의 세 주인 추안과 소발, 그리고 주걸루로 만난 곳이 바로 주루가 아니었던가. 더군다나 그곳에는 기녀들도 있었다.

'이런, 그럼 무척 오래전부터 날 살피고 있었겠군.'

허소산이 낭패한 기색을 드러냈다. 그러자 무소향이 차분한 음성으로 말했다.

"이제 제가 어떻게 파 대협에 대해 알게 되었는지 아시겠나요?"

"알겠소. 당시 그 자리엔 기녀들이 있었지. 살인멸구를 할 일도 아니었고. 음, 이거 무서워서 술도 못 마시겠군."

"그들은 고려로 갔다고요?"

무소향의 물음에 허소산이 대답을 하지 않고 멀리 바다를 바라봤다. 그리고는 한참 후 검을 꾹 잡으며 말했다.

"난 이곳에서 할 일이 있소."

"그러리라 짐작하고 있었어요. 또한 그 일이 무엇인지도 대충 알고 있지요."

"그럴 거요. 이미 날 오래전부터 살펴보았을 테니까."

"죄송하지만 사실이에요. 우린 아주 오래전부터 파 대협을 지켜보고 있었지요."

"내 본명을 아시오?"

허소산이 불쑥 물었다. 그러자 무소향이 놀란 표정으로 되물었다.

"파금검이라는 이름조차도 거짓이었던가요?"

"음, 내 이름은 아직 모르는구려."

허소산이 고개를 끄덕였다. 그의 왼손은 계속해서 검집을 어루만지고 있었다.

"그것까지는 미처 몰랐군요. 외람되지만 파 대협이 본명을 알 수 있을까요?"

그러자 허소산이 다시 입을 닫았다. 그리고는 천천히 자리에서 일어나 절벽 가까이로 다가갔다. 허소산의 침묵은 길어졌다. 그리고 불쑥 신형을 돌려 무소향에게 물었다.

"궁주께서는 이곳에 몇 명의 수하들을 데리고 오셨소?"

허소산의 물음에 무소향의 표정이 딱딱하게 변했다. 허소산의 물음에는 일전을 불사하겠다는 의도가 내포되어 있었기 때문이다.

"지금 적화궁과 싸움을 하겠다는 건가요?"

"고민 중이오!"

허소산의 대답에 무소향이 차가운 한기를 드러냈다.

"물으시니 대답하죠. 지금 이 주위에는 모두 서른두 명의 적화궁 고수들이 숨어 있어요. 더군다나 그들은 살법에 능한 자들이지요."

"그렇구려. 그런데… 적화궁주께서 아시는 나에 대한 것이 내 모든 비밀의 몇 할이나 된다고 생각하시오?"

허소산이 뜬금없이 물었다. 그러자 무소향이 종잡을 수 없는 허소산의 행동에 살짝 아미를 찌푸리며 대답했다.

"글쎄요. 그거야 제가 알 수 없지요. 몇 할이나 되죠?"

"내 최종 목표가 뭐라고 생각하시오?"

다시 질문을 던진 허소산을 무소향이 물끄러미 바라보다가 나직하게 대답했다.

"금천장… 아니, 해문산 풍월령이 대협의 최종 목표가 아닌 가요?"

"맞소. 궁주는 정말 위험한 사실을 많이도 알고 있구려. 그런데 그런 사실들을 나에게 털어놓으면 궁주 자신이 위험에 처할 거란 걸 예상치 못하셨소?"

"물론 예상했지요. 하지만……."

"이 주변에 숨어 있는 자들이 궁주를 지켜줄 것이다?"

"아뇨. 제 한 몸은 제가 지키지요. 잊으셨나 본데… 난 강호 팔황 적화궁의 궁주예요."

무소향은 여전히 앉은 자세 그대로였다. 그러면서도 그녀의 손은 어느새 탁자 아래로 내려가 있었다. 허소산이 잠시 망설였다. 그리고는 다시 물었다.

"내 무공에 대해선 어찌 생각하시오?"

"직접 보지 못했으니 뭐라 판단할 수 없군요. 하지만 강호의 소문이 낭설이라고는 생각지 않아요."

그러자 허소산이 고개를 저었다.

"아니오. 그 소문들은 사실 잘못된 것이오."

"소문처럼 파 대협의 무공이 대단하지 않다는 건가요?"

무소향이 눈을 가늘게 뜨며 물었다. 그러자 허소산이 다시 고개를 저었다.

"그런 말이 아니라 내 무공은 소문보다 훨씬 대단하다는 말을 하는 거요. 궁주뿐 아니라 이곳에 있는 적화궁의 고수들을 모두 몰살할 만큼!"

"광오하군요!"

말을 내뱉는 동시에 적화궁주 무소향의 신형이 삼사 장 뒤로 물러났다.

"명아, 조심하거라!"

"넷? 네, 형… 주인님!"

감명이 재빨리 허소산의 말을 알아듣고는 검을 빼 들었다. 그 순간 갑자기 절벽 아래쪽에서 다섯 개의 검은 그림자가 절벽 위로 솟구쳤다.

"이제……!"

팟!

한 줄기 검기가 어느새 허소산의 검에서 흘러나왔다.

"그대는……!"

파팟!

한 줄기 검기가 두 개의 검기로 변했다.

"얼마나 위험한 사실을 알게 되었는지 깨닫게 될 거요!"

파파팟!

다시 검기가 세 개로 늘어났다. 그리고 그 순간 절벽 위로 솟구치던 세 명의 흑의인이 그물처럼 닥쳐드는 허소산의 검기에 휘감겼다.

"욱!"

"큭!"

억눌린 신음성이 터져 나왔다. 두 줄기 선혈이 투명한 공기를 타고 흘렀다.

투툭!

절벽 위에서 날아올라 허소산을 공격하려던 다섯 중 둘이 땅 위에 쓰러졌다. 죽음에 이른 것은 아니지만 더 이상 움직일 수 없을 만큼의 중상인 듯 보였다. 나머지 삼 인도 사정이 그리 녹록한 것은 아니었다. 그들은 허소산의 막강한 공력에 충격을 받은 듯 일순간 몸의 중심을 잡지 못하고 비틀거리며 뒤로 물러났다.

허소산이 그런 삼 인을 향해 신형을 날렸다. 독수리처럼 적을 덮치는 허소산의 눈이 얼음처럼 차가웠다.

"멈춰요!"

허소산이 재차 검을 휘둘러 삼 인을 공격하려는 순간 갑자기 차가운 경고성이 들리며 한줄기 검기가 허소산의 옆구리를 파고들었다. 순간 허소산이 허공에서 몸을 살짝 비틀어 검기를 흘려보낸 후 재빨리 검을 휘둘러 날아드는 무소향을 내려쳤다.

웅!

서릿발 같은 검기를 뿌리며 허소산의 검이 무소향을 베어갔다. 무소향은 예상보다 훨씬 고강한 허소산의 무공에 놀라면

서도 재빨리 검을 들어 자신의 몸을 막았다.

캉!

두 사람 사이에서 얼음 깨지는 듯한 격돌음이 일어났다.

"음!"

순간 무소향이 나직한 신음성을 흘리며 삼사 장 뒤로 밀려났다. 그런 무소향을 향해 허소산이 날아들었다. 마치 단번에 무소향의 목을 벨 것 같은 기세에 무소향의 얼굴에 자신도 모르게 두려운 빛이 감돌았다.

"서랏!"

"멈춰!"

한순간 날카로운 경고성이 터지면서 땅이 일어났다. 곳곳에서 풀과 흙이 동시에 일어나더니 땅 아래에서 대여섯 명의 사람이 모습을 드러냈다. 그들은 모습을 드러냄과 동시에 사방에서 허소산을 향해 검을 찔러 넣었다.

한순간 허소산이 검의 그물에 걸린 듯 보였다. 감명이 자신도 모르게 놀라 허소산을 공격하는 흑의인들을 향해 달려들려는 순간 허소산의 목소리가 들렸다.

"명! 네 몸만 지켜라!"

감명에게 경고를 한 허소산이 검을 기이하게 휘둘렀다. 그러자 마치 한 줄 명주실이 여러 개의 바늘을 한 번에 꿰듯이 허소산의 검이 자신을 향해 닥쳐드는 검들을 교묘하게 걷어내기 시작했다.

차앙차앙!

검과 검의 마찰음이 귀에 거슬리는 소리를 만들어냈다.

"웃!"

"음!"

그 와중에 허소산을 공격하던 자들의 입에서 나직한 침음성이 흘러나왔다. 허소산의 검이 마치 자석처럼 그들의 검을 휘어감아 사방으로 흩어버렸기 때문이다.

본래 이런 식으로 적의 공세를 파훼하는 것을 이화접목의 수법이라고 하지만 허소산은 그런 절묘한 초식으로 흑의인들을 공격을 와해시킨 것이 아니었다. 허소산은 오직 순수한 공력의 힘으로 적의 공세를 흩어낸 것이고, 그 공력의 강력함은 검을 통해 흑의인들에게 전해졌다.

"나에게 결정을 내라고 강요한다면 그렇게 해주겠다. 그러나 이 모든 일은 그대들로 인해 벌어진 것임을 명심하라."

차앙!

꽝!

한순간 허소산이 흑의인 한 명의 검을 걷어내더니 강력하게 발을 휘둘러 사내의 가슴에 꽂아 넣었다.

"악!"

순간 사내의 입에서 자신도 모르게 비명 소리가 터져 나오더니 사내의 몸이 허공으로 붕 떠올라 오 장 뒤로 날아가 땅에 처박혔다.

"이젠 모두 각오해야 할 것이다!"

다시 허소산의 목소리가 들리는 순간 그의 신형이 기이한 그림자를 그려내며 사람들의 시야에서 사라졌다.

퍼퍽!

허소산의 몸이 흑의인들 사이에서 연기처럼 움직였다. 그럴 때마다 둔탁한 타격음이 일어나며 흑의인들의 몸이 허공을 날았다.

쿠쿵!

채 일각이 흐르기도 전에 땅 위에 십여 명의 흑의인이 너부러졌다. 모두 몸 한 군데씩은 치명적인 부상을 입고 있는 모습이었다. 허소산은 한번 쓰러진 자들에게는 더 이상 눈길을 주지 않았다.

"당신은 감히 나에 대해 알려고 하지 말아야 했어. 아니, 나에 대해 뭔가를 알았더라도 그걸 입에 올려서는 안 되었다. 그도 아니면 나에 대해 모든 것을 알아야 했지. 그래야 이런 실수를 하지 않았을 테니까. 당신은 가장 중요한 것을 몰랐어. 내가 당신들 모두를 상대할 수 있는 사람이란 것을."

허소산이 훌쩍 몸을 날려 혼돈스런 표정을 짓고 있는 무소향 앞에 내려서며 말했다.

"그, 그대는……!"

예상을 뛰어넘은 허소산의 무공을 목도한 무소향이 두려운 표정으로 말을 흐렸다.

"이제 알겠나? 당신이 어떤 사람을 건드렸는지. 그러나… 이 또한 나의 전부는 아니지."

허소산이 차가운 말투로 말했다. 그런데 그때 갑자기 사방에서 다시 수십 명의 흑의인이 허소산과 무소향을 향해 달려오기 시작했다. 그러자 허소산이 차갑게 말했다.

"저들의 멈추게 하시오! 저들 모두가 죽는 걸 보고 싶지 않다면!"

허소산이 경고를 하면서 검을 들지 않은 손을 들어 올렸다. 그러자 그의 손에서 은은한 묵빛 기운이 일어나기 시작했다. 정체를 알 수 없지만 한눈에 보아도 강렬한 살기가 느껴지는 기운이었다.

무소향의 눈이 흔들렸다. 그녀는 고수였다. 그녀가 강호 팔황 적화궁의 궁주라는 사실 하나만으로도 그녀의 무공이 강호 절대자의 반열에 올라 있다는 것은 누구나 알 수 있었다. 그런 그녀의 얼굴이 두려움으로 물들었다.

허소산의 손에서 점점 짙어지는 검은 기운, 허소산이 지금까지 보여준 검술의 놀라움조차도 그 검은 기운이 만들어내는 두려움에는 비할 바가 아니었다.

"모두 멈춰요!"

날카로운 외침이 절벽 위 서쪽으로 펼쳐진 초원을 따라 퍼져 나갔다. 그러자 허소산이 있는 곳을 향해 질주하던 수십 명의 적화궁 고수들이 그 자리에 멈춰 섰다.

"궁주!"

장내에서 허소산을 상대하던 적화궁의 고수들이 무소향의 곁으로 다가서서 무소향을 불렀다. 아마도 동료들의 진입을 막은 그녀의 행동이 이해되지 않는 모양이었다.

"됐어요. 그는… 일단 부상자들을 돌봐주세요. 파 대협!"

무소향이 여전히 검은 기운을 만들고 있는 허소산을 불렀다.

"말하시오."

"본 궁의 무례를 사과드리지요. 다시 이야기를 나눌 수 있을까요?"

"내가 손을 거두면 나에게 어떤 이득이 있소?"

허소산이 순순히 손을 거둘 생각이 없다는 듯 물었다. 그러자 무소향이 대답했다.

"본 궁의 뿌리는 깊지요. 그리고 질겨요. 세상에서 주루와 객잔, 그리고 시전의 하류 인생들… 그 모든 비천한 삶이 사라지지 않는 한 본 궁은 영원히 남아 있을 거예요. 제가 이 자리에서 파 대협에게 죽어도 말이죠. 그 모든 사람을 적으로 돌리고 싶으신가요?"

무소향이 협박 아닌 협박을 했다. 그러자 허소산이 차갑게 대답했다.

"난 그들이 없는 곳에서 살 수 있소. 아니, 적화궁과 관련된 사람을 찾아다니며 일평생 살아갈 수도 있지. 난 사냥당하는 사람이 아니오. 사냥하는 사람이지."

허소산의 무심한 대답에 무소향의 동공이 흔들렸다. 그리고 잠시 후 다시 입을 열었다.

"좋아요. 파 대협을 협박하는 일 따위는 그만두죠. 대신 우리가 좋은 관계를 맺을 수 있다면 그들 모두가 파 대협을 위해 존재하는 사람들이 될 수도 있어요."

그러자 허소산의 표정이 변했다.

"그건 좀 흥미가 생기는 일이구려. 적화궁의 눈과 귀가 천하를 덮고 있으니 무척 매력적인 제안이긴 하오."

"사실 오늘 파 대협을 만난 것은 우리 양쪽이 서로를 위해 뭔가 할 수 있는 일이 있을 것 같아서였어요."

"글쎄올시다. 만약 그런 의도였다면 나라면 주변에 살수를 숨기지는 않았을 것이오."

"그건… 파 대협의 진실한 의도를 알 수 없었기에 어쩔 수 없었어요."

"후후, 사실은 날 시험하고 싶었던 것이 아니오?"

"물론 그런 의도도 있었지요."

"궁주, 내 한 가지 사실을 말해주리까?"

어느새 허소산의 왼손에 어렸던 검은 기운, 세상에서 가장 순정하달 수 있는 독의 정기는 사라지고 없었다. 만약 그 독의 정기가 허소산의 손을 벗어났다면 그의 말대로 오늘 이 자리에 온 적화궁의 문도들은 전멸을 당했을지도 모른다.

또한 그들이 서 있던 이 땅조차 한동안은 죽음의 땅으로 변했을 것이다. 그런 사정을 알지 못하는 무소향은 그저 허소산이 살기를 거뒀다는 사실에 안심하며 허소산의 말을 재촉했다.

"파 대협께서 말씀하시는 것이라면 무엇이든 경청하지요."

"내가 강호에 나온 지 어언 일 년이 지나가는데 그동안 날 시험하려던 자들이 몇 있었소. 그러나 그들은 오히려 그 대가를 톡톡히 치러야 했소. 다시 말해 날 시험하려는 자는 그 대가를 치를 각오가 되어 있어야 한다는 것이오. 거기엔 어떤 예외도 없소. 영웅맹의 영락대인도, 풍월령의 호천대야도 모두 날 시험하려다 제법 큰 낭패를 보았소. 그 사실을 꼭 궁주께 말해주고 싶구려."

"그들과… 겨루셨나요?"

무소향이 두려움보다는 호기심이 동한 표정으로 물었다.

"천하의 적화궁도 그 일에 대해서는 모르시나 보구려."

"물론 파 대협께서 무창에서 야율대인을 곤란하게 만들었다는 사실은 알고 있어요. 또한 금천장과도 밀접한 관계였다가 최근에 그 관계가 틀어진 것도 알고 있지요. 하지만 그 세세한 내용은 잘 모르겠군요."

"뭐, 그 정도만 알아도 일이 어떻게 돌아갔는지는 대충 짐작을 하실 수 있을 거요? 그래서 묻는 건데… 적화궁에 영웅맹이나 풍월령과 같은 힘이 있소?"

"그건……."

"그런 힘이 없다면 앞으론 절대 날 시험하려 하지 마시오. 오늘의 초대는… 이것으로 끝냅시다. 난 날 시험한 사람과는 더 이상 인연을 맺지 않는 편이라서 말이오. 한 가지 약속은 하리다. 날 귀찮게 하지 않으면 나 또한 오늘의 일을 빌미로 적화궁을 적대하지는 않겠소. 그러나 반드시 나에 대해 알고 있는 사실들은 함구해야 하오. 특히 삼호방의 일은 발설치 않아야 하오."

허소산이 덤덤하게 말을 하고는 검을 거둬들였다. 그리고는 여전히 검을 들고 사위를 경계하고 있는 감명에게 말했다.

"명아, 그만 돌아가자."

"예, 주인님!"

감명이 시원하게 대답했다. 순간 무소향이 급히 입을 열었다.

"파 대협, 부디 노여움을 거두시고 조금만 더 제 말을 들어주세요. 파 대협께도 절대 손해가 나는 일이 아닐 거예요."

"손해라……. 본래 난 손해 볼 일이 없소."

"하지만 이득이 될 일은 있을 거예요."

"이득이라……."

허소산이 살짝 고개를 갸웃했다. 그러다가 이내 고개를 끄덕이며 다시 탁자 앞에 놓인 의자에 앉았다.

"좋소이다. 그럼 어디 말이나 들어봅시다. 여기까지 왔는데 헛걸음을 하는 것도 그렇고. 그래, 적화궁주께서는 내게 협박 말고 어떤 이득을 주실 수 있소?"

허소산이 진지하게 물었다. 그러자 무소향이 잠시 말을 멈추고 숨을 고른 후 정색을 한 표정으로 물었다.

"파 대협께서는 무림에 뜻이 있으신가요?"

"뜻이라……. 글쎄올시다. 뭐 흥미가 있기는 하지만 별다른 욕심은 없소."

"그렇군요."

무소향이 안심이 된다는 듯 고개를 끄덕였다.

"무슨 말을 하고 싶기에 그런 것을 물어보시는 것이오?"

허소산이 다시 물었다. 그러자 무소향이 재차 허소산에게 질문을 던졌다.

"파 대협께서는 작금의 무림을 어떻게 보고 계시나요?"

"글쎄올시다. 나로서는 크게 관심이 없는 편이라……. 하지만 적어도 이건 확실한 것 같소. 강호가 수삽 년의 팔황 시대를 끝내고 새로운 시대로 접어들고 있다는 사실 말이오. 물론 그 변화는 영웅맹과 풍월령에 의해서 일어난다고 할 수 있을 거요."

"그래요. 사실 강호 팔황의 시대는 예상외로 길었지요. 그리고 드디어 강호에 그 변화의 시대가 오고 있어요. 이런 경우… 강호에는 큰 혈풍이 불게 마련이고, 그 와중에 죽어가는 것은 결국 힘없는 문파와 사람들이지요."

"그게 강호의 생리 아니겠소?"

"그렇지요. 그게 강호의 생리지요. 해서… 이런 풍랑의 시대에는 자기 자신을 지킬 만한 힘을 가지는 것이 중요하지요."

"뭐, 틀린 말은 아니오."

허소산이 고개를 끄덕였다. 그러자 무소향이 무겁게 물었다.

"파 대협께서는 그 힘을 가지고 계신가요?"

"어떨 것 같소?"

허소산이 되물었다. 그러자 무소향이 기다렸다는 듯이 대답했다.

"아마 당금 무림에서 홀로 파 대협을 상대할 사람은 없을 거예요. 그러니 파 대협은 적어도 무공에 있어선 스스로를 지킬 힘을 가지고 계신 분이라고 할 수 있지요. 하지만……."

"부족한 것이 있단 말이오?"

"그래요. 무림의 싸움이 항상 무공의 고하로만 결정되는 것은 아니지요. 한 손이 열 개의 손을 막지 못하는 것이 세상의 이치가 아닌가요?"

"내게 세력이 없다는 말이구려."

"맞아요. 이미 강호는 영웅맹과 풍월령이라는 절대세가 출현했어요. 앞으로 군소 문파나 홀로 강호를 주유하는 고수들은 그 두 세력의 압박을 견뎌내야 할 거예요. 그건 파 대협도 마찬가지일 거고요."

그러자 허소산이 미소를 지으며 고개를 저었다.

"그들은 절대 날 건드릴 수 없소."

허소산이 확신하듯 말하자 무소향이 의문 어린 표정으로 물었다.

"어째서 그렇게 확신하죠?"

"만약 그들 중 어느 쪽이라도 날 적으로 돌리면 그 순간 지금 형성되어 있는 양쪽의 균형이 무너질 것이란 걸 야율거공도 김류도 모두 알고 있을 테니 말이오. 그들은 아마도 내가 그냥 지금처럼 방관자로 남아 있기를 바랄 것이오. 그러니…
내 안전은 걱정할 필요없소."

"하지만 파 대협은 영원히 무림의 방관자가 될 생각은 결코
없으시잖아요? 금천장과 만재방의 관계를 생각하면……."

무소향이 날카롭게 물었다.

"물론… 그 일은 끝낼 거요."

"그럼 결국 무림의 일에 관여케 되는 것 아닌가요? 금천장
은 곧 풍월령인데……."

무소향의 추궁에 허소산이 이번에는 침묵을 지켰다. 강호의
삶이란 결국 싫든 좋든 간에 은원의 고해에 빠져야 하는 것 아
니겠는가? 그러자 무소향이 다시 입을 열었다.

"우린 파 대협께 도움을 드릴 수 있어요. 우리에겐 수천, 수
만의 눈과 귀가 있지요."

"누구의 도움이 없이도 그 일을 해낼 수 있소."

"물론 그러시겠지만 적화궁의 눈과 귀를 이용하면 파 대협
이 목표를 달성하는 데 더욱 수월하겠지요."

"그래서… 당신이 얻는 이득은 뭐요?"

허소산이 물었다. 적화궁주가 이렇게 적극적으로 나올 때에
는 분명히 그녀가 원하는 것도 있을 터였다. 허소산의 물음에
무소향이 잠시 뜸을 들이다가 입을 열었다.

"우리가 원하는 것은 언제나 하나예요."

"그게 뭐요?"

"생존! 애초에 적화궁이 생겨난 이유도 바로 생존을 위한

것이었지요. 지금도 우리가 원하는 것은 바로 생존 그 하나예요. 그런데 지금 같은 시기에 생존하려면 세력이 필요하지요."

"영웅맹과 풍월령에 이어 또 다른 세력을 만들자는 것이오?"

허소산이 조금 놀란 표정으로 물었다.

"그래요. 지금으로선 적화궁 홀로 영웅맹이나 풍월령을 상대할 수 없어요. 자칫 잘못하면 적화궁의 암흑시대였던 사부님 이전의 시기로 돌아갈 수도 있지요. 전 절대 그 시절로 적화궁을 돌릴 수 없어요. 그래서 파 대협이 필요해요."

무소향의 목소리는 간절했다. 그러나 허소산은 냉정하게 고개를 저었다.

"이미 말했지만 난 세력을 키워 무림의 패권에 도전할 생각이 전혀 없소."

"무림의 패권에 도전하자는 것이 아니에요. 단지 그들이 우릴 건드리지 못하게 하자는 거지요. 오직 생존하는 것, 그것만이 제가 이루고자 하는 세력의 목표예요."

무소향이 단호하게 말했다.

"힘이 생기면… 그 힘을 쓰고 싶어 하는 것이 사람의 생리요."

"그때가 되면 제가 만든 세력은 와해될 거예요."

"확신할 수 있소?"

"그럼요. 누가 웃지 않겠어요. 기녀들이, 점소이들이, 도박

꾼이 강호를 가지겠다고 하면. 애초에 강호 패권 같은 것에 관심을 둘 수 없는 사람들이지요."

무소향의 말에 허소산이 천천히 고개를 끄덕였다. 무소향의 말이 틀린 것은 없었다. 애초에 적화궁과 같은 문파가 강호를 도모할 수는 없었다. 그러나 그래도 여전히 위험은 존재한다.

"적화궁이 아니더라도… 궁주는 아니더라도 다른 문파는 어떻소? 아니, 지금 궁주의 계획에 동조하는 세력이 있기는 하오?"

허소산의 질문에 무소향이 살짝 입술을 깨물었다. 그리고는 고개를 저으며 말했다.

"솔직히 말하자면 쉽지 않아요. 비록 적화궁이 강호 팔황의 위치에 있기는 하지만 여전히 사람들의 마음속에는 적화궁에 대한 멸시의 감정이 존재하니까요. 더군다나 저와 같은 여인의 말은 더욱 들으려고 하지 않지요. 그래서 파 대협이 필요한 거예요."

"나보고 사람들을 이끌라는 거요?"

"그래요."

무소향이 고개를 끄덕였다.

"하하하, 이건 정말 날 너무 모르는군. 내가 그런 일을 할 사람으로 보이오?"

"물론 오늘 확실히 알았어요. 파 대협께서는 그런 일에 관심이 없다는 것을. 하지만 결국 이 일이 파 대협께도 도움이 될 테니 앞에 나서기 어려우시면 옆에 서 있어주시기라도 하면 고맙겠군요."

"호가호위?"

"굳이 그런 말을 쓴다면 부인할 생각은 없어요."

"휴, 그렇게 절박한 것이오?"

무소향이 고집을 부리는 것은 적화궁의 사정이 그만큼 절박하다는 의미다.

"말씀드렸잖아요. 이건… 생존의 문제라고."

무소향이 단호하게 대답했다. 허소산이 잠시 생각에 잠겼다. 영웅맹과 풍월령에 맞서는 또 다른 세력을 만드는 일을 결코 간단한 일이 아니었다. 자칫하면 양쪽의 협공을 받을 수도 있고, 그와 만재방이 너무 많이 주목받을 수도 있었다. 그러나 또한 적화궁주 무소향의 말처럼 유리한 점도 많았다.

"어떤 문파를 끌어들이려 하오?"

허소산이 물었다. 그러자 무소향이 허소산의 변화에서 가능성을 보았는지 밝은 표정으로 말했다.

"일단은 영웅맹과 풍월령에 속하지 않은 모든 문파들을 모을 거예요. 그러나 뭐 그들처럼 완전히 하나의 조직으로 사람들을 모으는 것은 아니에요. 우리에게 필요한 것은 서로 연대한다는 명분 그 하나면 족하죠. 그러면 영웅맹이든 풍월령이든 함부로 우리를 도발할 수 없을 테니까요."

"지금까지 어떤 문파들과 접촉하셨소?"

"남황성, 구룡문과 접촉했지요. 다른 곳은 모두 영웅맹과 풍월령에 속해 있거나 혹은 소림과 무당이니… 소림과 무당은 손을 잡기 어려운 곳이고."

무소향이 어두운 표정으로 말했다.

"음, 구룡문과 남황성이라……. 그 두 곳에 적화궁이라면 나쁘지는 않군."

"파 대협께서 합류하신다면 오산금림까지도 연대가 가능하지 않나요? 그러면 아마도 영웅맹이나 풍월령을 능가하는 세력을 만들 수 있을 거예요."

"그렇긴 하오만… 음! 이 문제는 생각을 좀 해봐야겠소."

"우리에겐 시간이 없어요. 이미 강호는 영웅맹과 풍월령이 일으키는 혈풍에 휩싸여 있고, 살길을 찾기 어려운 자들을 속속 그들의 그늘로 들어가고 있어요. 다른 대안이 없다면 천하의 모든 무인이 그 두 곳으로 모일 거예요. 그때가 되면 우리가 힘을 모은다 해도 역부족이 될 수 있겠지요."

"알겠소. 오래 생각지는 않겠소. 내일 답을 주리다. 어디로 연락하면 되오?"

허소산이 물었다. 적화궁이 수십 년 강호 팔황으로 군림해왔지만 그 근거지가 어디인지, 적화궁주가 어디에 머무는지는 여전히 비밀에 싸여 있었다.

"항주 포구에 해궁이라는 배가 떠 있어요. 그곳이 제가 머무는 곳이에요."

"해궁이라……. 알겠소. 내일 찾아가리다."

"한 가지 부탁을 드릴게요."

"말씀하시오."

"해궁에 제가 머물고 있다는 사실은 가급적⋯⋯."

"알겠소. 난 입이 무겁소. 그럼 내일 봅시다. 명아, 가자!"

"예, 주인!"

감명이 얼른 허소산 곁으로 다가섰다. 허소산이 무소향에게 가볍게 고개를 숙여 보이고는 이내 해안가 절벽 위로 이어진 길을 따라 남쪽으로 향했다.

第九章
이합집산

독경
讀經

철썩철썩!

파도 소리가 요란하게 들려왔다. 허소산은 항주 포구의 북쪽 외곽을 따라 이동했다. 본래 포구 북쪽은 해류가 강해 바로 바다로 나갈 수가 없어 포구 남쪽으로 배를 몬 후 대해로 나가야 하기 때문에 상선이라면 누구나 배를 대기 꺼리는 곳이다.

덕분에 남쪽 포구는 대상(大商)이나 관에 연줄이 있는 자들이 독점하고 있었다. 그래서 작은 상선을 운용하는 사람이나 힘없는 자들은 포구의 북쪽에 배를 정박할 수밖에 없었다. 그런 북쪽 포구에서도 수룡암이란 바위 근처는 워낙 파도가 세고 가끔 소용돌이를 일으킬 정도로 해류가 강하기에 아무도 그곳에 배를 대려 하지 않았다.

그런데 그런 곳에 가끔 닻을 내리는 배가 있었다. 사람들 사이에서 해궁이라는 이름으로 알려진 배였다. 강호무림에는 그리 널리 알려지지 않은 이름이었지만 항주의 하층민들에겐 제법 알려진 배였다. 왜냐하면 해궁은 하층민들이 저렴한 값으로 약재를 구입할 수 있는 배이기 때문이었다.

  본래 항주가 화려한 도읍이기는 해도 그곳에서 살아가는 하층민들은 의원 만나기가 옥황상제 만나는 것보다 어려웠다. 번성한 도읍에서 가난은 천형의 죄악이었다.

  재물이 넘쳐나니 의원을 만나는 값도 비싸고, 의원들도 가난하고 천한 자들을 상대하려 하지 않았다. 당연히 약재값도 비싸서 이 번화한 도읍에서 병을 치료하지 못해 죽어가는 자가 부지기수였다.

  그런 비루한 삶은 사는 자들에게 해궁이란 배는 가뭄의 단비 같은 존재였다. 해궁은 사람의 귀천을 가리지 않고 약재를 팔았고, 그 값도 무척 저렴했다.

  더군다나 해궁에서 약재를 사려는 사람들은 해궁의 의원들로부터 간단한 진료도 받을 수 있었으니 없는 사람에겐 해궁의 존재가 그야말로 생명줄이나 다름없을 때가 많았다.

  단지 하나 아쉬운 것은 해궁은 언제나 그 자리에 머물지 않는다는 것이었다. 해궁은 일 년 중 단 석 달만 항주 포구에 정박했다. 봄과 늦여름, 그리고 깊을 겨울 각 한 달씩만 해궁은 수룡암 근처에 닻을 내렸다.

  오늘로 해궁이 수룡암 근처에 머문 지 이십여 일째. 이제 얼

마 지나지 않으면 항주를 떠날 것이란 걸 아는 사람들이 오늘
도 분주히 험한 해안가 바위 사이로 난 길을 지나 해궁이 정박
한 곳으로 걸음을 옮기고 있었다.

"천성이 악한 사람들은 아닌 모양이에요."

감명이 해안가를 따라 걷는 사람들을 보며 말했다.

"애초에 힘없고 천시 받는 사람들을 위해 생겨난 문파가 아
니더냐? 악한 사람들일 리가 없지."

원보가 대답했다.

"하지만 무림에선 제법 손속이 독한 사람들로 알려져 있잖
아요?"

"그럴 수밖에. 힘없고 약한 사람이 스스로를 지키는 길은 독
해지는 것밖에 없지 않겠느냐?"

"그런 건가요?"

"암, 그래서 결국 세상을 바꾸는 것은 바로 그런 독해진 민
초들의 힘이 아니더냐? 생명을 걸고 싸우는 자를 이길 방법은
없는 법이다. 가끔 위정자들이 그런 민초들의 마음을 교묘히
이용하기도 하지만."

"어쨌든 적화궁은… 마음에 들어요."

감명이 여전히 이어지는 사람들의 행렬을 보며 말했다. 그
러자 허소산이 나직하게 입을 열었다.

"그래서 걱정이 되기도 한단다."

"뭐가요?"

"이 일에 혹시나 힘없는 자들이 희생될까 봐 말이다."

"세력을 모으면 영웅맹과 풍월령이 공격을 할까요?"

"가능성은 언제나 반반이지."

허소산이 무겁게 대답했다. 그러자 원보가 말했다.

"그들이 공격을 해오기 전에 이쪽의 힘을 보여줄 필요가 있어. 그들이 함부로 공격을 하지 못하게."

"그럼 차라리 존재를 드러내는 것이 낫다는 말씀인가요?"

허소산이 물었다.

"그렇다. 팔황의 서너 곳이 함께한다면, 그리고 파금검이 함께한다는 것을 알리는 것이 나을 게다. 또한 이 모임의 성격도 확실하게 해두는 것이 좋겠지. 그리되면 영웅맹과 풍월령은 싸움을 걸어오기보다 손을 내밀 가능성이 많으니까."

"그렇군요. 적화궁주와 상의를 해봐야겠어요."

허소산이 고개를 끄덕였다.

"일단 그녀를 만나는 것이 급선무니 어서 가자꾸나."

적화궁의 본체라는 해궁은 해안가까지 길게 판자를 엮어 만든 다리로 이어져 있었다. 걸으며 살피니 이 다리는 급하게 만든 것이 아니라 수년 동안 사용할 수 있게 그 틀을 짜놓고 분리하고 결합하는 형태로 이용되는 것임을 알 수 있었다.

수룡암 인근의 해류가 격하다지만 다리는 무척 견고해서 사람들이 오가는 데 아무런 문제도 일어나지 않았다.

허소산 일행은 다리의 견고함에 감탄하며 해궁으로 다가갔다. 그런데 환자들로 분주하던 해궁에서 어느 순간 허소산 일행을 발견했는지 배에 탄 사람 몇몇이 웅성거리기 시작했다. 그러더니 잠시 후 일단의 사람들이 배에서 뛰어 내려 허소산을 향해 달려오기 시작했다.

"파 대협!"

허소산 앞에 이른 다섯 사람이 일제히 허소산에게 고개를 숙였다.

"안녕하시오!"

허소산이 조금 도도한 음성으로 입을 열었다.

"오실 줄 알고 기다리고 있었습니다. 이렇게 본 궁을 방문해 주셔서 감사합니다. 전 궁의 호법을 맡고 있는 적불이라 합니다. 파 대협을 뵙게 되어 영광입니다."

스스로의 이름을 밝힌 사내는 기이한 모습을 하고 있었다. 얼핏 보면 승려 같아 보이기도 했지만 중은 아니었다. 옷이 승려의 복장과 비슷하기는 한데 머리는 길렀고 염주도 지니고 있지 않았다. 나이는 대략 사십대 중반, 적화궁의 호법을 맡기에는 지나치게 젊은 나이로 보였다.

"만나서 반갑소이다. 파금검이오. 그런데 궁의 호법이라고 하셨소이까?"

"그렇습니다."

적불이 정중하게 대답했다.

"음, 적 대협의 무공이 대단하신가 보구려. 나이가 그리 많아 보이지 않으신데 호법이라니……"

"하하하, 제가 보기에만 이렇게 보이지 기실 육십이 넘었습니다."

적불의 대답에 허소산과 일행이 다시 한 번 놀랐다. 아무리 살펴도 적불이 육십이 넘었다는 말을 믿을 수 없었다. 그러다 문득 허소산은 적화궁주 무소향의 외모를 떠올렸다. 그리고는 호기심을 드러내며 물었다.

"적화궁에는 회춘의 술이 존재하는 모양이구려. 적화궁주께서도 나이를 짐작할 수 없는 미모를 지니고 계시더니……."

"글쎄요. 일단 안으로 드시지요."

적불이란 자가 말꼬리를 흐리며 허소산 일행을 해궁으로 이끌었다.

해궁은 멀리서 보던 것보다 훨씬 크고 견고한 배였다. 갑판 위에는 다른 배들과 달리 특별한 구조물이 거의 없었다. 단지 배의 중앙에서 조금 위쪽에 사방을 살필 수 있는 망루와 그 뒤쪽에 키를 보호하는 작은 대가 서 있을 뿐이었다.

특이한 것은 해궁이란 배가 일반 배와 달리 높이가 무척 높다는 것이었다. 높이가 높으면 배의 중심을 잡기 어려워 대해를 여행하는 것이 위험할 텐데도 해궁의 높이는 다른 배의 두 배에 이르렀다. 수면에 가라앉은 배 아래쪽이 어떻게 생겼는지 모르지만 배의 중심을 잡아 거친 파도를 헤쳐 나가는 것이 의아할 정도였다.

'아무래도 배 안쪽에 사람들이 머무는 공간이 많은 모양이구나. 배가 이렇게 높으니 충분히 두세 개의 층이 있겠어. 특이한 배다. 이 배가 일 년에 석 달만 항주에 머문다는 것은 수시로 천하 각지를 이동한다는 말인데… 음, 배를 모는 자의 기술이 무척 뛰어나거나 혹은 배 아래 중심을 잡으면서 거친 파고를 헤치고 나갈 특별한 기관이 설치되어 있을 것이다.'

허소산이 내심 배의 구조를 살피고 있을 때 문득 적불의 목소리가 들려왔다.

"궁주께서는 배 안쪽 선실에 계십니다. 가시지요."

적불의 말에 허소산이 고개를 끄덕이고는 적불이 이끄는 대로 갑판을 아래쪽으로 이어진 선실로 향했다.

배 내부는 배의 외부보다도 더욱 단단해 보였다. 어떤 파도에도 파손될 것 같지 않은 단단한 선체는 항상 사람의 손길이 닿고 있음을 증명하듯 윤기가 흘렀다.

또한 보통의 선체 내부와는 달리 향기로운 향기가 감돌았는데 이것 역시 이 배가 보통 세심하게 관리받는 것이 아니라는 점을 말해주고 있었다.

"이쪽으로……."

적불이 허소산 일행을 선체 앞쪽으로 데려갔다. 그러자 길게 이어진 선체의 복도 끝에 하나의 문이 나타났다. 향긋한 향이 흘러나오는 문, 갓 만들어 단 문처럼 나무향이 섞여 나왔다.

"궁주님, 파 대협을 모셔왔습니다."

적불이 닫힌 문을 향해 정중하게 말했다. 그러자 문 안쪽에서 무소향의 목소리가 들려왔다.

"모시세요."

"들어가시지요."

적불이 문을 열며 허소산을 안내했다. 그러자 허소산이 스스럼없이 선실 안으로 들어갔다.

선실은 허소산이 생각했던 것과는 전혀 다른 모습으로 일행을 맞이했다. 화려하지는 않아도 적화궁주가 머무는 선실이라면 고결함이 묻어날 거란 허소산의 예상은 완전히 빗나갔다. 선실은 마치 전장의 막사 같았다.

'의외군.'

허소산이 어지러운 선실을 슬쩍 훑어보며 생각하고 있는데 적화궁주 무소향의 목소리가 들려왔다.

"이상한가요?"

아마도 허소산의 행동에서 상대의 내심을 짐작한 모양이다.

"그렇소이다. 설마 적화궁주님의 거처가 이렇게 혼란스러울 거라고는 생각지 못했소."

서너 개를 이어붙인 탁자가 방 주변을 에워싸고 있었고, 그 위에는 수많은 종이와 천 조각이 널려 있었다. 또한 세 명의 여인이 바쁘게 그것들을 살피고 있었다.

"제가 사는 곳이 이래요. 이 모습을 보여드리고 싶었지요."

"무엇 때문에 말이오?"

"정말 우리 적화궁이 스스로의 생존을 위해 움직이는 문파라는 걸 보여드리고 싶었거든요. 누군가의 부귀와 권세를 위해서가 아니라."

"이것들은 다 뭐요?"

허소산이 탁자 위에 널려 있는 것들을 보며 물었다. 그러자 적화궁주가 미소를 짓더니 세 명의 여인 중 한 명에게 명을 내렸다.

"이화, 서쪽 창을 열어보아라."

"네, 궁주님."

명을 받은 이화라는 여인이 서쪽으로 다가가더니 벽 한쪽을 밀었다.

"아!"

순간 허소산 뒤에 서 있던 감명과 원보가 동시에 탄성을 흘려냈다. 벽과 같던 창이 안으로 열리며 항주 포구가 한눈에 바라보였다. 연이어 여인 이화가 다섯 개의 창을 더 열었다. 그러자 방의 서쪽 면이 완전히 바다를 향해 개방됐다.

"이곳은 제 거처이기도 하지만 또한 적화궁을 움직이는 중심이기도 해요. 작게는 이 배를, 넓게는 천하에 산재한 적화궁의 문도를 움직이는 곳이죠."

무소향이 자신의 거처에 대해 설명하는 사이 갑자기 한 마리 비둘기가 방금 연 서쪽 창을 향해 날아들었다.

구구구!

비둘기가 구슬프게 울음을 울자 창을 열었던 이화라는 여인이 재빨리 비둘기를 감싸 들었다. 그리고 비둘기의 발목에서 한 장의 전서를 빼냈다.

"어디서 온 것이냐?"

무소향의 허소산 등의 존재를 아랑곳하지 않고 물었다. 그러자 이화가 재빨리 대답했다.

"천유도에서 왔습니다."

"천유도? 하면 구룡문에 대한 소식이겠구나?"

"네, 궁주님. 구룡문의 배 다섯 척이 항주로 향했다고 합니다."

순간 무소향의 표정이 살짝 변했다.

"다섯 척이나?"

"네, 궁주님. 그런데……."

"특별한 소식이 있느냐?"

"그 다섯 척 중 한 척에 해신의 기가 올려 있었답니다."

"해신의 기가? 그렇다면 구룡문주가 직접 항주로 오고 있다는 말이냐?"

"그렇습니다."

"이상한 일이구나. 구룡문주는 강호에 모습을 보인 적이 없는데……."

무소향이 고개를 갸웃했다. 그러자 적불이 말했다.

"어쩌면 궁주님을 뵈러 오는 것일 수도 있지 않겠습니까? 초대한 지가 오래 되었으니."

"하지만 구룡문주가 직접 날 만나러 올 걸 기대하지는 않았어요. 그는……."

무소향이 뭔가 생각에 잠겼다가 고개를 저었다. 그리고는 이화에게 다시 명을 내렸다.

"그들의 움직임을 면밀히 주시하라 전해라."

"네, 궁주님!"

이화가 고개를 끄덕이고는 재빨리 전서를 쓰기 시작했다. 그러자 무소향이 허소산을 보며 말했다.

"보신 것처럼 이곳에는 이런 방식으로 적화궁을 움직여요."

무소향의 말에 허소산이 고개를 끄덕였다.

"잘 봤소이다. 이제야 이해가 가는구려. 왜 적화궁의 본거지가 천하에 드러나지 않았는지."

"그러나 이곳이 적화궁의 본거지는 아니에요."

그러자 허소산이 의아한 표정을 지었다.

"그게 무슨 말씀이시오? 그럼 다른 곳에 적화궁의 본거지가 있단 말이오?"

"그래요. 하지만 그 위치는 말씀드릴 수 없어요. 그곳은… 오직 적화궁의 문도만이 알고 있는 곳이지요. 그것도 아주 일부만요."

"알겠소이다. 뭐, 궁주가 내 눈앞에 있는데 적화궁의 본거지가 어디든 그게 무슨 상관이 있겠소."

"그리 말씀해 주시니 고맙군요. 가끔은 끝까지 본 궁의 본거지를 알려고 고집을 피우는 분들이 계시지요."

"후후, 그렇소? 하지만 난 그런 사람이 아니니 걱정 마시오."

"그러리라 생각했어요. 일단 좀 앉으시죠."

무소향이 허소산 일행에게 앉을 것을 권했다. 그러자 허소산 등이 동쪽에 있는 탁자 주변에 자리를 잡고 앉았다.

"제 제안에 대한 답을 해주실 수 있나요?"

허소산이 자리를 잡고 앉자 무소향이 기다리지 않고 물었다. 그러자 허소산이 고개를 끄덕였다.

"물론 내가 이곳에 온 것은 그 대답을 하기 위해서요."

"고마워요. 그래, 파 대협님의 답은 무엇인가요?"

"그전에 나에 대해 좀 더 알아야 할 것이 있소."

허소산의 말에 무소향의 표정이 변했다. 그리고는 낮은 목소리로 말했다.

"두렵군요."

"무엇이 말이오?"

"파 대협께서는 어제 저희 적화궁이 파 대협에 대해 조사를 한 것에 노하시어 저를 포함한 적화궁의 문도를 모두 몰살할 기세셨지요. 그런데… 오늘은 스스로 파 대협 자신에 대해 말씀하시겠다니 과연 제가 감당할 수 있을지……."

"그래서 듣고 싶지 않으시오?"

허소산이 정색을 하며 물었다. 만약 정말 무소향이 자신에 대해 듣기를 꺼려 한다면 허소산은 적화궁과의 인연을 오늘로 접고 돌아갈 생각이었다. 그러나 사람이란 두려움보다는 호기심이 강한 존재다.

"아뇨. 두렵다고 길을 가지 않을 수 없듯이 두렵다고 우리의 생존을 위해 반드시 필요하신 파 대협을 그냥 돌려보낼 수는 없지요. 듣겠어요."

"좋소. 그리리라 생각했소. 그리고 사실 내가 하고자 하는 말을 그리 대단한 비밀도 아니오."

"그런가요? 하지만 전 무척 궁금하군요."

"내가 하고 싶은 말은 강호에서의 내 목적을 다시 한 번 상기시키고자 하는 것이오. 난 풍월령, 아니, 금천장을 몰락시킬 거요. 그것이 내가 강호에 나온 유일한 이유요."

"그건 이미 알고 있는 일이 아닌가요?"

"물론 적화궁주께서 그 일을 알고 있다는 것은 아오. 하지만 이 싸움은 궁주께서 생각하는 것보다 훨씬 치열할 수도 있소. 만약 내가 궁주께서 제안하신 그 세력에 발을 들여놓게 되면 그건 곧 궁주 역시 풍월령의 적이 된다는 것을 의미하오. 물론 난 가급적 내 개인의 목적을 다른 사람들에게 전가시키지 않겠지만 최악의 경우 나로 인해 궁주가 원했던 것들, 영웅맹과 풍월령으로 부터 자유롭고자 한 그 목적이 틀어질 수도 있소. 그래서 묻고 싶소. 이러한데도 여전히 내가 필요하오?"

허소산이 신중하게 물었다. 그제야 적화궁주 무소향이 허소산이 하는 말이 그리 간단한 문제가 아니라는 것을 깨달았다. 살고자 준비하는 일이 혈풍 속으로 걸어 들어가는 시발점이 될 수도 있는 것이다. 그러나 무소향의 고민은 길지 않았다.

"그래도 우린 파 대협이 필요해요. 아무것도 하지 않는다면 결국 영웅맹이든 풍월령이든 어느 쪽이 되었든 우릴 그냥 놓아두지 않을 테니까요."

"그 한쪽을 거들어 보신(保身)하시는 것도 한 방법 아니겠소?"

"그렇게 되면 파 대협의 적이 될 수도 있을 텐데… 괜찮겠어요?"

"하! 그렇군. 그건 안 되겠구려."

허소산이 웃음을 터뜨렸다. 그러자 적화궁주가 침착하게 입을 열었다.

"말씀드렸듯이 우리 적화궁에서 하고자 하는 일은 그리 대단하거나 거창한 것이 아니에요. 단지 우리 자신을 지키는 것이 목적인 일이지요. 그러니 서로 연대를 한다 해서 각자의 활동을 모두 제약할 수는 없는 일이지요. 그건 제 자신부터 원하지 않아요. 우리에게 필요한 건 강호에 우리도 그들에 못지않은 힘을 가진 세력이라는 것을 드러내는 것뿐이에요."

"좋소이다. 그럼 내 이름 석 자를 궁주가 하고자 하는 일에 사용해도 좋소."

허소산의 말에 무소향이 반색을 했다.

"정말인가요? 허락하신 건가요?"

"그렇소. 사실 나도 풍월령이나 영웅맹의 움직임을 살필 눈이 필요했는데 서로 도움을 줄 수 있다면 나로서도 좋은 일이오."

"감사드려요. 이제 일을 제대로 풀어낼 수 있을 것 같네요."

"그리고 하나 더."

허소산이 입을 열자 무소향이 조금 걱정스런 표정으로 되물었다.

"더 원하시는 일이라도……?"

"아, 원하는 것이 아니라 내가 줄 수 있는 것이 하나 더 있소."

"파 대협의 이름만으로도 충분히……."

"아니, 아니오. 기왕 발을 담갔으면 제대로 해야지 않겠소? 궁주께서는 지금 이 항주에서 가장 부유한 사람이 누구라고 생각하시오?"

"그야 당연히 금천장이겠지요. 그들의 재력은 수백 년을 쌓아온 것이라……."

"하하, 천하의 궁주께서도 모르시는 것이 있구려."

"그럼 금천장보다 더 대단한 재력가가 있다는 말인가요?"

"그렇소."

"그게 누구죠?"

"바로 나요."

"네? 그게 무슨……?"

"믿기 어렵겠지만 내겐 금천장을 능가하는 재물이 있소. 그래서 그 재물 중 일부를 궁주께 내어드리리다. 이 일을 진행하는 데 필요한 재원은 내가 모두 대겠소."

"그러실 필요없어요. 우리 적화궁에도 재물은 충분히……."

무소향이 말을 하는 도중에 허소산이 손을 들어 무소향의 말을 막았다.

"사양치 마시오. 적화궁의 재물이란 결국 힘들게 사는 사람들에게서 나온 것 아니겠소? 그러니 그 재물은 그들을 위해 쓰시오. 그에 반해 나의 재물은 운이 좋아 거저 얻은 것이나 마찬가지니 이런 일에 쓰기에 적합한 것이라 할 수 있소. 재물이란 것도 출처에 따라 그 쓰임새가 다른 법 아니겠소?"

허소산의 말에 무소향이 기이한 시선으로 허소산을 바라봤다. 그리고는 잠시 후 심각한 표정으로 말했다.

"이제 보니 어쩌면 전 파대협에 대해 아무것도 모르고 있는지도 모르겠군요."

"궁주만큼 나에 대해 많이 아는 사람은 강호에 없을 거요. 적화궁이 위험할 만큼 말이오. 어쨌든 곧 만재방의 배가 도착할 것이오. 그 배에 이번 일에 소용될 재물을 실어놨으니 필요한 만큼 쓰시기 바라오."

"파 대협의 뜻이 그러하다면 그리하지요. 그리고… 이렇게 된 이상 우리 모임의 명칭을 정해야 할 것 같군요. 이름은 있어야 강호에 우리의 존재를 알릴 수 있을 테니까요."

"생각해 놓으신 이름이 있으시오?"

"생사련이 어떨까 해요."

"생사련? 무서운 이름이구려."

"그런 각오로 우릴 지키겠다는 거지요."

"음… 강호의 오해를 불러일으킬 수도 있을 터인데……."

"그러나 강호 팔황의 문파들이 만든 세력이라면 오히려 위엄을 더할 수도 있지요."

"알겠소이다. 그럼 그렇게 하도록 합시다. 그나저나 앞으로도 계속 이 해궁에서 만나야 하는 것이오?"

"그럴 수는 없지요. 해궁에서 만나는 것은 불편하기도 하거니와 또한 전 해궁이 무림의 주목을 받는 걸 원치 않아요. 제가 다른 문파들을 설득하면서 만재방을 방문하도록 해보지요. 자세한 이야기는 그때 나누도록 해요."

"그들을 설득하는 데 내가 필요없겠소?"

허소산이 묻자 무소향이 고개를 저으며 대답했다.

"파 대협의 이름을 쓸 수 있게 해주신 것만으로 충분해요. 이후의 일은 제 몫이지요. 저에게 그 정도 수완은 있답니다."

"음, 알겠소. 그리고… 혹 남황성이나 구룡문을 설득할 때 어려움이 있다면 내 이름에 더해 만재방의 이름을 이용해도 좋소. 두 문파는 본시 만재방과 깊은 인연이 있으니 만재방이 생사련에 도움을 주고 있다는 사실을 말한다면 큰 도움이 될 거요."

허소산의 말에 무소향이 반색을 했다.

"그런가요? 만재방주님도 이 모임을 도와주시는 건가요?"

"적이 같으니까. 더군다나 나와 만재방의 관계를 아시지 않소?"

"호호, 그렇군요. 알겠어요. 그렇다면 제대로 모양새가 꾸려지겠어요."

무소향의 얼굴에 생기가 돌았다.

"하면 난 이만 돌아가 보겠소. 그들과의 모임이 성사되면 연락을 주시오."

"알겠어요. 빠른 시간 안에 자리를 마련하죠."

"조심하시오. 영웅맹과 풍월령이 활동을 시작한 이상 그들의 마수가 언제 닥쳐들지 모르는 일이오."

"충분히 조심하고 있어요. 그들의 움직임 또한 본 궁 형제들이 한시도 놓치지 않고 있으니 충분히 대응할 수 있을 거예요."

"알겠소이다. 그럼."

허소산이 자리에서 일어났다. 그러자 무소향이 허소산을 따라 일어나며 말했다.

"저희가 얻은 소식은 수시로 알려드리겠습니다."

"고맙소이다. 음, 이건 노파심에서 하는 말인데, 풍월령에 신천궁의 궁주라는 자가 합류해 있소. 그자는 특히 조심해야 할 거요."

"신천궁주라면……?"

"영웅맹의 개파대전에 나타났던 괴인이 바로 그요."

"아, 그렇군요."

"그자의 본명은 목인몽이라고 하오. 아마도 당금 천하에 무공으로 그자를 상대할 자는 거의 없을 거요. 더군다나 그는… 독의 달인이오. 사천당가의 독술도 그를 감당할 수 없을 만큼. 그러니 그를 상대해야 할 경우가 생기면 극히 조심해야 하오."

"그런 자가… 였던가요?"

"나와는 악연으로 맺어진 자인데… 아무튼 그자를 만나게 되면 조심하시오."

허소산이 다시 당부를 했다. 그러자 무소향이 고개를 끄덕였다.

"충고 감사해요. 조심하지요."

"그럼 연락 기다리겠소."

*　　　*　　　*

고고한 기운이 흘러나오는 실내, 한줄기 연기가 향 끝에서 피어올랐다. 푸른색 자기에는 난초가 자라고 있었고, 역시 푸른색 기운이 감도는 발이 내려진 뒤로 얼핏 사람의 그림자가 보였다.

"대야!"

문득 청발로 나뉜 방 반대편에서 무거운 목소리가 들렸다.

"오셨는가?"

청발 뒤의 사람이 입을 열었다.

"오랜만에 뵈옵니다."

"그래, 정말 오랜만이군."

"건강하신 모습을 뵈오니 기쁘옵니다."

"후후, 그럼 내가 죽어가고 있을 줄 알았나?"

"대야, 어찌 그런 말씀을……."

"아닐세. 농이네. 그래, 아우는 잘 지내시는가?"

"여전히 분주하시지요."

"아우의 생각은 여전히 변함이 없으신가?"

"그러하옵니다."

"쯔쯔, 용혈을 타고난 사람이 어찌……."

"그래도 항상 대야의 걱정뿐이십니다."

"그래, 아우는 그런 사람이지. 어쩌면 내 실수일지도 모른다. 아우가 아닌 내가 금문을 맡은 것은. 한 산에 두 호랑이가 있을 수 없다 하여 아우가 금문을 떠나게 둔 것도. 청도(青島) 풍광은 어떠한고?"

주르륵!

말소리와 함께 청발이 위로 올라갔다. 그러자 호천대야 김류의 얼굴이 모습을 드러냈다.

"이젠 제법 숲이 만들어지고 있습니다. 아마도 십 년이 지나지 않아 세상에서 가장 아름다운 섬이 될 것입니다."

"음, 그렇군. 참으로 놀라운 일이야. 아우의 능력은 알다가도 모르겠어. 어찌 그런 섬에 숲을 만들 수 있을까? 처음 그 돌섬의 이름을 청도로 붙였을 때 난 사실 아우를 조롱했었거든. 허허허! 그런데 급기야 숲이라니… 허허허! 아우의 나이가 이제 겨우 오십. 그 나이에 그런 신기를 지닌 사람이 과연 천하에 또 있을까. 그런 사람을 청도로 밀어 넣었으니 나야말로 금문의 죄인이 아니겠는가?"

"그런 말씀 마십시오. 도주께서는 오히려 대야께서 세속의

짐을 홀로 지시고 도주께 청류의 삶을 살 수 있게 해주신 것에 항상 감사한다고 말씀하십니다. 더불어 봉황문주님에 대해서도 무척 미안해하시지요.”

“그래? 아우가 그랬단 말이지? 허허, 고마운 일이야. 그러나 어쩔 수 없는 일이지. 당금의 일은 나와 봉황문주의 운명이니.”

김류의 얼굴에 미소가 번졌다. 이런 미소는 평소 김류에게서 찾아볼 수 없는 얼굴이었다.

“기룡은?”

김류가 묻자 맞은편 사내의 얼굴이 급히 어두워졌다.

“썩 좋지 않습니다.”

순간 김류의 표정 역시 어둡게 변했다.

“호전될 기미가 전혀 없단 말인가?”

“모든 방법을 강구하고 있습니다만…….”

탁!

김류가 한 손으로 그의 앞에 있는 작은 탁자를 내려쳤다. 그리고 안타까운 표정으로 말했다.

“안 돼. 무슨 일이 있어도 그 아이를 살려야 해. 그 아이는… 우리 금문의 미래다. 오직 기룡 그 아이만이 용혈을 이은 아이인 것을!”

“도주께서도 최선을 다해 치료할 방법을 강구하고 계십니다만…….”

“아우의 능력으로도 어쩔 수 없다는 건가?”

"……?"

사내가 아무런 말 없이 머리를 조아렸다. 그러다 김류가 한참 침묵을 지키다가 입을 열었다.

"기룡이 어렵다면… 어서 후손을 보아야 할 것인데……."

"그렇잖아도 도주께서 그 일을 서두르고 계십니다. 그러나 후손을 보는 일은 결국 하늘의 뜻에 달린 것이니…"

"아우의 능력으로도 어쩔 수 없으면 별수없는 일이겠지. 그러나 결국 후손을 보는 것은 다음을 대비한 것이야. 나의 시대에 황조를 다시 세우면 그런 걱정은 할 필요가 없겠지."

"도주께서도 그리 말씀하셨습니다. 반드시 대야께서 대업을 이루실 것이라고."

"후후, 아우는 언제나 날 너무 높게 평가했지. 그 스스로가 나보다 훨씬 뛰어난 사람이면서. 어쨌든 아우를 실망시킬 수는 없는 일이니 나도 최선을 다해야겠지. 장주!"

김류가 방의 서쪽을 보며 입을 열었다. 그러자 소리 없이 서쪽 벽면이 열리면서 금천장주 금선웅이 모습을 드러냈다.

"장주, 일을 좀 더 서두를 필요가 있겠네."

"알겠습니다, 대야."

"흑수의 일은 어찌 되고 있나?"

"그것이……."

금선웅이 자신 없는 말투로 말을 흐렸다.

"무슨 문제가 있나?"

"방금 전 전서를 받았는데 북방으로 가던 재물들이 약탈을 당했다는……."

"뭐라?"

김류의 눈에서 차가운 한기가 일어났다.

"죄송합니다."

"어찌 된 일인지 소상히 말하라."

"북방으로 자금을 싣고 가던 배가 항주를 벗어나자마자 정체를 알 수 없는 자들의 공격을 받았다고 합니다. 대부분의 문도들이 죽었고 겨우 다섯만이 바다를 헤엄쳐 해안가에 도달했답니다."

"바다에서의 습격? 누구냐?"

"아직……."

"적의 정체도 모르고 당했단 말인가?"

"그렇습니다."

"이런! 답답한!"

"짐작으로는 역시……."

"야율거공?"

"그들이 아니라면 우리의 움직임을 파악할 수 없었을 겁니다. 더군다나 공력을 해온 배들의 속도가 남달랐다고 합니다. 아무래도 해천방이……."

"구룡문은 의심되지 않는가?"

"구룡문이 금천장의 배를 공격할 이유가 없지 않습니까? 특히 구룡문주는 항주로 들어왔다고 합니다."

"구룡문주가?"

"그렇습니다. 그렇게 공개적으로 항주에 입성한 구룡문주가 그런 일을 벌였을 리는 없습니다. 만약 구룡문의 소행이라면 구룡문주는 절대 항주로 들어오지 않았을 겁니다."

금선옹의 말에 김류가 무겁게 고개를 끄덕였다. 그리고는 시퍼런 노기가 느껴지는 목소리로 말했다.

"야율거공… 이자가 정녕 끝을 보자는 건가?"

"어차피 그가 야문의 사람이라면 결국 승패를 가를 수밖에 없지 않겠습니까? 대업을 이루려면 결국 요동을 얻어야 하고, 요동을 얻으려면 대요를 상대할 수밖에 없으니……."

"그렇긴 하지만 그리되면… 음!"

김류가 팔꿈치를 탁자에 대며 가볍게 머리를 짚었다. 그러자 금선옹이 조심스럽게 입을 열었다.

"일단… 다시 한 번 배를 띄워보겠습니다."

그러자 김류가 눈빛을 반짝였다.

"그들을 유인하자는 말인가?"

"일단 그들의 정체를 확실히 하는 것이 먼저인 듯싶습니다. 연후 그들이 예상대로 해천방이라면 그땐… 그만한 대가를 치러줘야겠지요."

"좋아, 이미 무림의 상황은 기호지세, 뒤로 물러날 수는 없지. 풍월령의 모든 힘을 모으시게."

"명대로 하겠습니다."

"그리고… 구룡문주와 선을 대보게."

김류의 말에 금선옹이 의아한 표정으로 물었다.

"다시 그들을 설득해 보시려는 것입니까?"

"그래. 뿌리가 같으니 다시 한 번 설득해 보겠네. 아니면… 힘으로라도 구룡문을 얻어야겠지. 결국 흑수의 일은 항주에서 전해지는 물자들에 의해 그 성패가 결정될 걸세. 그런데 이렇게 바닷길이 막혀서야 어찌 대업을 이루겠나? 구룡문이 필요해. 구룡문이라면 해천방 따위를 두려워할 바가 아니지."

"알겠습니다. 선을 대어보겠습니다."

"만재방은?"

"그 또한 심상치 않습니다. 항주를 넘어 중원 곳곳에서 우리 금천장과 상행을 겨루고 있습니다. 손실이 만만치가 않습니다."

탁!

금선옹의 말에 김류가 다시 탁자를 내려쳤다.

"뿌리를 뽑을 때 완전히 뽑아야 했어. 전가가 고려를 떠나게 놓아두는 것이 아니었거늘……."

"지금이라도 그들을……."

"아니, 지금은 안 되네. 자칫 만재방과 영웅맹이 손이라도 잡는 날이면 우리가 고립될 수 있네. 일단 영웅맹을 상대하는 것이 먼저야. 영웅맹을 제압하고 무림을 손에 넣으면 만재방 정도야."

김류가 열망이 불타오르는 표정으로 말했다.

"알겠습니다. 그럼 일단 영웅맹의 일에 집중하겠습니다."

"그러시게. 그리고 자네."

김류가 다시 자신의 건너편에 앉아 있는 사내를 바라봤다.

"하명하시지요."

"언제 돌아갈 생각인가?"

"도주께서 반년의 시간을 허락하셨습니다."

"반년이라⋯⋯. 허허, 아우는 인심도 좋지."

"그런 분을 모실 수 있어 영광입니다."

"그에 비하면 장주는 운이 나쁜 사람일세."

김류가 금선웅을 보며 미소를 지었다.

"무슨 말씀이시온지⋯⋯?"

"나와 같은 사람과 일을 하니 힘겹지 아니한가? 청도의 주인과 같은 사람을 모시고 살아야 한평생 즐겁게 살 텐데."

"외람되지만 이 삶도 그리 나쁘지는 않습니다. 오히려 청도에 갇혀 살라시면 저 같은 사람은 수명이 줄었을 겁니다."

"하하하! 그런가? 그럼 우리 둘은 죽이 잘 맞는 거군. 원출!"

"옛, 대야!"

다시 맞은편에 앉은 사내가 고개를 숙이며 대답했다.

"무공은 어떠한가?"

"부끄러울 따름입니다."

"아니, 그렇지 않을 걸세."

김류가 단정적으로 말했다. 그러자 원출이라 불린 사내가 김류를 바라봤다.

"자네는 모르겠지만 아우와 난 한 가지 약속을 했네."

"……?"

"그건 자네를 두고 한 약속이었네."

"무슨 말씀인지 도통 모르겠습니다."

"사실대로 말하자면 난 자네를 청도로 보내고 싶지 않았네. 어린 시절부터 자네의 재능이 워낙 특출 났기 때문이지. 그런데 아우가 고집을 피웠네. 자넬 제대로 키워보고 싶다고. 당시 아우의 나이가 겨우 서른. 그런 사람의 눈에도 자넨 특별한 인재였네."

"과찬이십니다."

"아닐세. 자네야말로 금문 최고의 재능이랄 수 있었지. 당시 아우가 자넬 청도로 데려간 이유는 자네가 금문의 대소사에 관여치 않고 무공에 매진할 수 있게 하기 위함이었네."

"그런… 일이 있었군요."

원출이 감격스런 표정으로 대답했다.

"후후후, 아우가 자넬 데려가면서 한 가지 약속을 했지. 자네가 하늘을 벨 수 있을 때 잠시 내게 보내겠다고. 그런데 자네가 왔어. 그러니 자네의 무공은 완성된 것이겠지?"

"아직 부족함이 많습니다."

"겸손이 지나치면 좋지 않아. 어쨌든 자네의 무공이 아우의 마음에 들었다면 날 능가한다고 할 수 있겠지."

"어찌 그런 송구한 말씀을!"

"자네에게 한 사람을 맡겨야겠네."

갑작스런 말에 원출도 금선옹도 의아한 눈으로 김류를 바라봤다. 그러자 김류가 금선옹을 보며 물었다.

"목인몽 그자가 언제 온다고 했지?"

"삼 일 후입니다만, 하면……?"

"그래, 그의 진실한 능력을 봐야겠어. 원출 이 사람이라면 그의 능력을 모두 끄집어낼 수 있겠지."

김류가 깊은 눈빛을 드러내며 말했다.

第十章
바람이 불다

독경 讀經

"지금 강초라고 했습니까?"

"그렇소이다만……."

감천홍이 놀란 표정을 지으며 묻자 만재방 제일대행수 장익이 의아한 눈으로 감천홍을 보며 대답했다.

"아는 사람인가?"

원보가 묻자 감천홍이 천천히 고개를 끄덕였다.

"어떤 사람인가?"

다시 원보가 물었다. 그러자 감천홍이 잠시 생각에 잠겼다가 입을 열었다.

"강초… 무서운 사람이지요."

"자네에게도 무서운 사람이 있었던가?"

원보가 긴장된 분위기를 풀려는 듯 농을 던졌다. 그러자 감천홍이 웃으며 대답했다.

"저라고 사람이 아니겠습니까?"

"좋아, 그런 모습을 보니 더 정이 생기는군. 그래, 강초란 자는 누구인가?"

"강초는 아마도 현 고려 왕실에서 가장 무서운 인물일 수도 있는 사람입니다."

"그래? 하지만 알려지지 않은 이름 아닌가?"

원보가 고개를 갸웃했다. 그러자 장익도 거들었다.

"맞소이다. 우리 만재방도 고려의 조정에 대해서는 누구보다 잘 알고 있습니다만 강초라는 이름은 들어본 적이 없구려."

장익의 말에 감천홍이 담담히 고개를 끄덕였다.

"당연한 일입니다. 그는 보통의 관리들처럼 외부에 알려진 사람이 아니지요. 하지만 그는 분명 고려 조정에서 가장 무서운 인물입니다. 그에게는 모든 관리에 대한 추포권과 급한 경우 생사관의 자격이 주어져 있으니까요. 설사 시중의 벼슬에 있는 자라도 그가 죽이고자 하면 죽을 수밖에 없지요."

"아니, 도대체 어떻게 그런 인물이 있을 수 있단 말인가? 모든 관리를 자기 마음대로 죽일 수 있다니… 그럼 그자가 왕이 아닌가?"

"왕은 아니되 왕의 분신이나 다름없는 사람이지요."

"도대체 그자의 정체가 뭔가?"

원보가 더 이상 참기 어렵다는 듯 감천홍의 대답을 재촉했다. 그러자 감천홍이 무겁게 입을 열었다.

"제가 그를 본 것은 어사대에서 녹을 먹은 지 근 칠 년이 지난 때였습니다. 그때 나와 다른 어사대 관리 다섯은 무주에서 모의되고 있는 역모 사건을 조사하고 있었는데 그때 그를 처음 보았지요. 당시 그가 나타나자 어사대를 이끌고 있던 박문 어르신조차 그에게 모든 일을 양보하더군요. 그리고 그가 나타나는 순간 우린 그 사건에서 손을 뗐습니다."

"어사대가 역모 사건에서 손을 뗘? 이런 기사가 있나?"

원보가 놀란 표정으로 중얼거렸다. 놀람은 장내의 사람들 역시 마찬가지였다. 역모 사건의 조사를 중지시킬 수 있는 권한은 고려 조정 그 누구에게도 없었다. 사람들의 놀람을 뒤로하고 감천홍이 다시 입을 열었다.

"그때 전 사건 조사의 중지를 받아들일 수 없다고 고집을 피웠지요. 누가 보아도 역모 사건이 분명했으니까요."

"아암, 감 녹사 자네라면 충분히 그럴 사람이지."

원보가 고개를 끄덕였다.

"그래서 박문 어른께 그에 대한 설명을 조금 들을 수 있었습니다."

"그래? 그가 어떤 사람이던가?"

"음… 고려 조정에 추룡사라는 사람들이 활동하는 것은 알고 계십니까?"

"역시 금시초문일세."

그러자 감천홍이 이번에는 장익을 봤다. 그러자 장익 역시 고개를 저었다.

"역시 처음 듣는 이름이오."

"모두 모르시는군요. 고려 조정, 아니, 정확하게는 고려 황실에는 추룡사라는 조직이 있습니다. 이들의 시조는 고려 사대 개국공신으로 꼽히는 복지겸이라는 것이 정설이지요."

"복지겸? 복지겸이라면… 태조 대에 반역과 모반을 감찰하는 역할을 했던 사람이 아니던가?"

"그렇지요. 태조를 옹립하고 나서 구 왕조를 따르던 자들이 여럿 반란을 모의했지요. 그럴 때마다 복지겸이 그 역모를 다뤘는데 일에 단 한 치의 소홀함도 없었던 것으로 유명하지요."

감천홍이 말했다.

"그런데 그 추룡사라는 조직이 바로 그 복지겸이 만든 조직이란 것인가?"

원보가 말했다.

"그렇게 추측이 됩니다. 복지겸은 사실 고려 왕조를 개창한 이후에는 뚜렷한 족적을 남기지 않았지요. 그래서 그가 음지에서 왕조를 위해 활동했을 가능성이 크다고 알려졌지요."

"음, 알겠네. 그런데 그 강초라는 자가 바로 그 추룡사 중 한 명이란 말이지?"

"그렇습니다. 더군다나 그 조직의 수장이라 하더군요."

"오직 황실을 위해서만 일하는 비밀 조직이라……. 모든 관리에 대한 생살여탈권을 가지고 있는. 과연 무서운 자들이라 할 수 있겠군."

"그런데 정작 관심을 두고 볼 것은 그들이 추룡사라는 이름을 쓴다는 것입니다."

감천홍이 나직한 목소리로 말했다.

"그게 무슨 특별한 의미가 있는 이름인가?"

"추룡사란 결국 용을 사냥하는 사람이란 뜻인데… 고려 황실에서 사냥할 용이 무엇이겠습니까?"

감천홍의 말에 원보의 눈이 번쩍였다.

"그렇다면……?"

"그렇습니다. 천 년 사직의 해동삼국과 여타 고려 땅에서 왕업을 이뤘던 자들의 후손을 감시하고 견제하는 일을 하기 위해 탄생한 조직이란 것이지요."

"아!"

장내의 사람들이 나직하게 탄성을 흘려냈다. 감천홍의 말대로라면 추룡사란 조직이 얼마나 위험한 자들인지 보지 않아도 알 수 있기 때문이었다. 그러자 감천홍이 다시 말을 이었다.

"당시에 전 무공이 무척 척박했으나 그때 박문 어른이 말씀하시기를 추룡사의 무공은 강호의 일류고수들을 능가한다고 했지요. 특히 그중 그 강초라는 인물은… 박문 어른의 말대로라면 천하무적이라고 했습니다."

"천하무적! 무림에서 함부로 쓸 말이 아닌데?"

원보가 조금 기분이 상한 듯한 표정으로 말했다. 아마도 무인으로서 누군가가 무적이란 말을 쓰는 것에 기분이 상한 듯 보였다.

"관의 관리들 시각으로 보는 무공이니 그럴 수도 있겠지요."

원보의 기분을 알아차렸을까, 감천홍이 얼른 말을 이었다.

"뭐, 그럴 수도. 어쨌든 그자가 항주에 왔다? 왜?"

원보가 스스로에게 묻듯 중얼거렸다.

"그가 움직였다는 것은 오직 한 가지 이유만이 있을 뿐입니다. 항주에서 과거 왕조의 후예들이 활동을 하고 있다는 것이지요."

"풍월령!"

원보가 무릎을 쳤다.

"아마도… 어쩌면 야율거공도 시야에 넣고 있을지 모르지요. 구주의 대첩 이후 요가 더 이상 고려를 넘보지 못하고는 있으나 거란은 언제나 사나운 이웃이니까요."

이번에는 오랫동안 침묵을 지키고 있던 허소산이 입을 열었다.

"우리에겐 유리한 일 아니냐?"

원보가 허소산에게 물었다. 그러자 허소산이 고개를 저었다.

"그렇지가 않지요."

"왜? 김류와 야율거공의 적이라면 당연히……."

"만재방도 고려에선 역적의 무리지요."

"아!"

원보가 그제야 만재방이 고려에서 겪은 일을 뒤늦게 떠올렸다.

"그의 생각이 어디에 미치고 있는지 모르겠지만 주의해야 할 것 같군요. 어쩌면 김류가 아니라 만재방을 목적으로 왔을지도 모르지요. 조정에서는 아직도 여전히 황보가의 권세가 대단하다고 하니."

"그럴 수도 있겠구나."

원보가 걱정스런 표정으로 고개를 끄덕였다.

"어쨌든 또 하나의 변수가 생겼으니 그를 면밀히 주시해야 합니다."

"그래야겠지. 흠, 일이 점점 복잡해져 가는군. 하지만 또 그만큼 재미도 있어. 어쨌든 그를 한번 만나보고 싶군. 어떤 자인데 무적이라는 소리를 듣는지."

*　　　　*　　　　*

"하하하!"

목인몽이 호탕한 웃음을 터뜨렸다. 그러나 그 안에 스며 있는 차가운 한기는 모든 사람이 느낄 수 있을 만큼 강력했다. 목인몽의 웃음은 한동안 이어졌다.

"무례하오!"

목인몽은 웃고 있는데 오히려 그의 곁에 있던 백부련이 노기를 담은 채 김류와 금선옹을 향해 소리쳤다.

"아니, 아니, 백 장로께선 그런 말씀 마시오. 무계에서 무(武)

를 겨루는 것은 당연한 일이거늘 어찌 그리 노하신단 말이오."

목인몽이 오히려 백부련을 제지했다.

"그러나……."

"아니오. 무인의 검은 쓰지 않으면 녹이 스는 법. 호천대야께서 일부러 좋은 자리를 마련해 주었는데 어찌 그를 마다하겠소? 그러나……."

목인몽이 문득 입을 닫고는 김류를 응시했다. 그러자 김류가 목인몽의 시선을 너끈히 받아내며 입을 열었다.

"말해보시오."

"만약 이 또한 날 시험하기 위해서라면 그 시험은 오늘로 그쳐야 할 거요. 이미 영웅맹의 개파대전에서 난 충분히 내 가치를 증명했소. 그런데 다시 시험이라면 날 너무 무시하는 것 아니겠소?"

"오해 마시오. 이는 시험이 아니라 그저 단순한 호기심 때문이오."

"호기심?"

"그렇소. 신천궁주의 무공이 하늘에 닿아 있음을 내 어찌 모르겠소. 모르긴 해도 당금 천하에서 신천궁주의 검을 당해낼 자는 거의 없을 것이오. 그런데 오늘 내가 소개하는 친구 역시 무공에 관해서는 천하에 적수가 없는 사람이라……."

"천하에 적수가 없다. 그렇게 말씀을 하시니 나 역시 호기심이 생기는구려. 그런데 그전에 한 가지 양해를 해주셔야 할 것이 있소."

"말씀하시구려."

"본시 실력이 비등한 고수들 간의 비무란 손에 사정을 둘 수가 없는 법이오. 다시 말해 비무를 하다 사람이 다칠 수도 있소. 그 점은 미리 양해를 받아야겠구려."

명백한 경고에 김류가 고개를 끄덕였다.

"내 어찌 그 이치를 모르겠소. 다만 서로 조금씩 조심하는 것으로 합시다."

"좋소, 그럼 그를 소개해 주시오."

목인몽의 말에 문득 세 사람이 앉아 있는 방의 서쪽 문이 활짝 열렸다. 그러자 문밖으로 오십여 장에 이르는 공터가 눈에 들어왔다. 그 공터 주변으로는 사방으로 사각의 방들이 이어져 있었는데 자주 풍월령을 출입하는 목인몽으로서도 처음 보는 장소였다.

"고맙게도 신천궁주께서 비무를 허락하셨으니, 원출 자네는 어서 궁주께 감사를 드리게."

김류의 말이 떨어지자 갑자기 공터를 중심으로 둘러선 방들의 방문이 일제히 열렸다. 그러자 각각의 방에서 다양한 인물들이 모습을 드러냈다. 순간 목인몽의 표정이 변했다.

"이건 또 무슨 일이오?"

목인몽의 목소리에서 잔뜩 경계의 빛이 느껴졌다.

"아, 오해 마시구려. 오늘 천하제일을 다투는 두 고수의 비무가 있다 해서 풍월령 고수들이 그 비무를 구경하기 위해 이렇게 모인 것이오."

"흠, 대야께선 날 너무 가볍게 보시는구려."

"어찌 그런 말씀을……."

"나 목인몽은 세인들의 구경거리가 될 사람은 아니오."

"내가 어찌 그런 의도로 이 자리를 마련했겠소. 말했지만 천하제일을 다투는 사람들의 비무라……."

김류가 애써 변명을 하려 했지만 그의 얼굴에는 미안한 기색이 눈곱만큼도 없었다. 그러자 목인몽이 한줄기 미소를 지으며 말했다.

"좋소, 좋아. 뭐, 기왕에 이렇게 된 것, 좋은 구경거리를 만들어드리다. 그러나… 오늘 이후 나 목인몽이 풍월령을 움직이는 사람 중 하나라는 것을 인정해야 할 거요."

"이미 신천궁주께선 풍월령의 한 기둥이시오."

"그런 의미가 아니라는 것을 비무가 끝나면 알게 되실 거요."

목인몽이 훌쩍 자리에서 일어났다. 그리고는 가볍게 한 걸음을 내딛는 순간 그의 신형이 어느새 공터 중앙에 이르러 있었다. 그 모습을 보고 사람들 사이에서 나직한 탄성이 일어났다.

"대야께서 오늘 실수를 하신 듯하군요."

목인몽이 공터로 나서자 목인몽의 수하 백부련이 심각한 표정으로 말했다.

"그게 무슨 말이오?"

금선옹이 김류를 대신해 불쾌한 표정으로 물었다.

"궁주께서 노하신 모양이오."

"대야께서 신천궁주의 눈치를 봐야 한단 말이오?"

"함께 같은 길을 가는 처지에 이런 무례는 저질러서 안 되는 것이오. 하물며 궁주께……. 두 분은 아직 궁주님을 잘 모르시는구려."

"신천궁주의 무공이 천하일절이란 것은 잘 알고 있소."

금선웅이 차갑게 대답했다. 그러자 백부련이 고개를 저었다.

"천하일절이 아니라 천하에서 가장 강한 두 사람 중 한 분이시오. 오늘 그런 분의 심기를 건드렸으니… 아마도 그 분기를 감당하기가 쉽지 않을 거요. 휴."

백부련이 진심으로 걱정이 되는지 한숨을 내쉬었다. 그러자 김류와 금선웅의 표정도 변했다. 백부련이 그저 자신들에게 불평을 하는 것이 아니라는 것을 깨달았기 때문이다.

그때 문득 동쪽 방에서 한 명의 중년 사내가 모습을 드러냈다. 청도라는 섬에서 왔다는 원출이었다.

원출은 목인몽과는 달리 한 걸음 한 걸음 무겁게 신형을 옮겨 공터에 내려섰다. 그가 움직이는 것은 산이 움직이는 것 같아서 보는 사람이 그 중압감으로 질려 버릴 것 같은 느낌이 들게 했다.

그러나 목인몽은 그런 원출이 흘려내는 기도를 산들바람처럼 자신의 몸 옆으로 흘려내고 있었다. 그런 목인몽의 모습을 본 김류의 표정이 좀 더 어두워졌다.

"원출이라 하오. 궁주의 무공이 천하제일이라는 말을 들었소. 오늘 한 수 가르침을 얻게 되었으니 큰 영광이오."

원출이 정중하게 목인몽에게 포권을 해보였다. 그러자 목인몽이 한줄기 코웃음을 흘리며 대답했다.

"대야께서 그대를 내 상대로 내보냈다는 것은 그대의 무공역시 걸출한 경지에 올랐다는 의미겠지. 그러나… 가끔 세상에는 넘지 못할 벽, 오르지 못할 나무, 그리고 만나지 말아야할 상대가 있는 법이오. 그런데 오늘 그대는… 만나지 말아야할 상대를 만났소. 아마 이후 평생 검을 들지 못할 거요."

차갑고 무서운 경고다. 원출의 표정이 일변했다.

"최선을 다하겠다는 뜻으로 받아들이겠소. 그리고 날 걱정하는 그 마음에 감사드리오."

"그 감사가 아마 평생의 원망으로 남겠지. 하지만… 날 원망치는 마시오. 당신을 이 자리에 세운 사람을 원망할지언정!"

목인몽이 천천히 검을 빼 들었다. 순간 묵색 기운이 그의 검을 휘감았다. 그러자 원출도 검을 들어 가슴 앞에 세웠다. 공세도 수세도 아닌 중용의 기수식. 목인몽의 표정이 살짝 변했다.

"날 시험할 만하군."

슉!

목인몽의 말이 끝나는 순간 그의 발이 한 걸음 앞으로 나아갔다. 그러자 원출이 사선으로 움직이며 목인몽과의 거리를 유지했다. 대신 가슴 앞에 있던 그의 검이 어깨 위로 올라와 수평을 이뤘다. 비록 도검이 격돌하지는 않았지만 이미 두 사람의 검은 일 합의 충돌을 한 것이나 마찬가지였다.

공세와 수세가 팽팽하다. 그 누구의 승리도 예측할 수 없는 팽팽한 기세의 대결이었다. 그러나 표정에서만큼은 달랐다. 원출의 표정이 무겁게 가라앉아 있는 반면 목인몽의 얼굴에는 이미 이 비무를 장악하고 있다는 자신감이 흘렀다.

팟!

한순간 목인몽의 검이 움직였다. 동시에 그의 신형이 이삼 장 앞으로 미끄러지듯 돌진했다. 발을 거의 움직이지 않고 몸을 이동시키는 보법의 신묘함이 사람들을 감탄시켰다.

"아!"

사방을 둘러싼 방에서 누군가의 탄성이 흘러나왔다. 그사이 목인몽의 검에서 흘러나온 묵색 기운이 원출의 어깨를 아슬아슬하게 스치고 지나갔다.

푸스스!

옷자락 근처를 지나쳤음에도 원출의 옷이 마치 불에 그을린 것처럼 검게 삭아들었다.

"독(毒)!"

원출의 입에서 놀란 음성이 흘러나왔다. 그러자 목인몽이 오히려 의아한 표정으로 말했다.

"몰랐던가? 내가 독공을 익힌 사람이란 걸?"

"그러나……!"

"후후, 물론 내 독공이 조금 특이하긴 하오. 모든 독은 내 진기에 녹아 있으니. 그러니 더욱 조심하시오."

목인몽의 경고가 끝나는 순간, 그의 신형이 훌쩍 일 장 높이로 도약하더니 다시 검을 흩뿌렸다.

파아아!

독의 진기를 머금은 검기가 부챗살처럼 퍼져 나가 원출의 몸을 사선으로 그어 내렸다.

"핫!"

한순간 원출의 입에서도 기합성이 터져 나왔다. 그의 검이 비스듬히 대각선을 그리며 목인몽의 검을 막아갔다.

쿠앙!

청명한 하늘빛의 진기가 목인몽의 묵빛 검기와 격돌했다. 그러자 마치 햇살이 먹구름을 뚫고 나오듯 원출의 검기가 목인몽의 묵빛 검기를 반으로 갈랐다.

"음!"

목인몽의 입에서도 나직한 침음성이 흘러나왔다. 동시에 그의 신형이 재빨리 사오 장 뒤로 물러났다.

팟!

목인몽의 묵빛 검기를 뚫고 나온 원출의 검기가 아슬아슬하게 목인몽의 머리칼을 자르고 지나갔다.

"놀랍군. 그대와 같은 고수가 있을 줄이야!"

자존심 강한 목인몽조차도 원출의 검공에 탄성을 자아냈다.

"궁주에 비하면 부족하오!"

원출이 빠르지도 그렇다고 느리지도 않게 목인몽을 향해 달려들며 말했다.

"아니, 그대는 거의 나에게 근접했어. 만약 그대에게 신공이 전해졌다면⋯⋯!"

말을 흘려내다 문득 입을 닫은 목인몽이 재빨리 신형을 회전시켰다. 그러자 놀랍게도 그 작은 움직임만으로 그의 몸이 새처럼 허공으로 솟구쳤다.

삭!

다시 날카로운 원출의 검기가 아슬아슬하게 목인몽의 발밑을 스치고 지나갔다.

팟!

그 순간 허공에 뜬 자세로 목인몽이 자신의 발밑을 스치고 지나가는 원출의 목을 향해 번개처럼 검을 찔러 넣었다.

"웃!"

벼락같은 목인몽의 공세에 원출이 놀란 음성을 흘려내며 재빨리 몸을 틀어 목인몽의 검을 피하더니 그 역시 마찬가지로 무서운 속도로 반격의 초식을 뻗어냈다.

팟!

매섭게 뻗어낸 원출의 검이 허망하게 허공을 갈랐다. 어느새 목인몽이 삼사 장 밖으로 물러나 있었던 것이다.

"정말 오늘 제대로 된 상대를 만났군."

목인몽이 뜨거운 안광을 토해내며 말했다.

"명불허전이오. 천하제일을 자부할 만하오."

원출이 대답했다.

"후후후, 천하제일? 그러면 좋겠지만 난 천하제일의 고수가 아니오. 이 무림에는 적어도 나보다 강한 자가 한 명은 있지."

"설마 그대보다 강한 자가 있단 말이오?"

원출이 믿기 어렵다는 듯 물었다. 그러자 목인몽이 고개를 끄덕였다.

"그렇소. 누가 뭐래도 천하제일인, 절대무적인 자가 있지. 그가 아니었다면 오늘날 나 목인몽이 이따위 비무를 하고 있지는 않았을 거요."

한순간 목인몽이 신형이 허공으로 떠올랐다. 그리고는 사각의 공터로 내리쪼이는 햇빛을 온몸으로 받으며 검을 치켜들었다. 그의 몸이 뒤로 젖혀지며 활처럼 휘었다. 햇빛으로 만들어진 그림자와 그의 몸에서 흘러나오는 묵빛 기운이 그의 몸을 사람들의 시야에서 사라지게 했다.

원출이 재빨리 뒤로 서너 걸음 물러나다가 이내 쇠 궁을 쏘아낸 듯 하늘에서 날아 내리는 검은 덩어리의 목인몽을 향해 마주 달려나갔다.

"앗!"

"아아!"

이 한 번이 격돌에서 승부가 나리란 것은 장내의 모든 고수들이 예상할 수 있었다. 두 개의 거대한 진기 덩어리로 화한 두 사람이 보여주는 경지는 그야말로 전율적이어서 감히 그 누구도 이 싸움의 결과를 예측하지 못했다.

팟!

두 사람이 격돌하려는 찰나, 양쪽에서 날카로운 빛줄기가 뻗어 나와 상대를 향해 꽂혀들었다.

파악!

그런데 두 개의 검기가 교차하는 순간 목인몽이 연이어 만들어낸 검은 진기 덩어리가 마치 파도를 일으키듯 부풀어 올라 원출을 덮쳤다.

팟!

찰나의 순간이 지나갔다. 두 사람이 거짓말처럼 진기 덩어리를 벗어나 오 장여 거리를 두고 멈춰 섰다.

순식간에 장내에 무거운 침묵이 찾아왔다. 거리를 벌리고 선 두 사람 중 누구도 먼저 말을 꺼내거나 움직이지 않았다. 두 사람은 마치 그대로 돌부처가 된 것처럼 대지 위에 뿌리를 박고 서 있었다.

그러나 진정으로 돌이 아닌 이상 침묵은 영원할 수 없다. 바위도 바람에 깎여 세상에서 사라지게 마련, 숨 쉬는 사람의 침묵이란 영원할 수 없었다.

툭!

먼저 움직인 것은 사람보다 물건이었다. 한 가닥 소음을 일으키며 원출이 손에 들고 있던 검을 떨어뜨렸다.

"아!"

누군가의 입에서 나직한 탄성이 흘러나왔다. 무인이 검을 놓는다는 것은 곧 패배를 의미한다. 그것도 처절한 패배를. 그런데 다음 순간 더 놀라운 일이 벌어졌다.

"악!"

한마디 날카로운 여인의 경악성이 터져 나왔다. 비명을 지른 여인은 원출의 맞은편에서 풍월령 고수 한 명의 시중을 들고 있었는데, 마침 그 여인의 시선이 흩날리는 머리칼 사이로 드러난 원출의 얼굴에 닿았던 것이다.

"으음……."

"저것이… 어찌……!"

그리고 뒤이어 원출의 얼굴이 모든 사람에게 드러났을 때 앞서 비명을 질렀던 여인과 마찬가지로 경악스런 음성을 흘려냈다. 마치 화상을 입은 듯 허물어진 피부, 검게 번져 있는 반점들, 이목구비를 구분할 수 없을 만큼 상한 얼굴이 거기에 있었다. 그때 문득 목인몽의 목소리가 들려왔다.

"대야, 오늘은 이만 돌아가겠소. 나 또한 손해가 적지 않으니 오늘은 풍월령의 대사를 논할 기분이 아니구려. 저 원 대협은 독에 중독되었소. 그의 무공이 너무도 뛰어나 나로서도 독공을 쓰지 않을 수 없었소. 해약은 없소. 그러나 대야의 놀라우신 능력이라면 원 대협의 생명은 구할 수 있을 거요, 물론 더 이상 무인으로 살기는 어렵겠지만. 그럼 다음에 봅시다. 다음에 뵐 때는 아마도 우리 중 풍월령의 령주를 정해야 할 거요."

팟!

한순간 그 자리에서 목인몽의 신형이 사라졌다. 장내에 수십 개의 눈이 있었지만 누구도 그가 어디로 어떻게 움직였는

지 알 수가 없었다. 장내가 다시 침묵에 휩싸였다. 한참 이어
지던 침묵을 깬 사람은 목임몽의 수하 백부런이었다.

"저도 그만 물러가겠습니다. 대야, 오늘은 아무래도 실수를
하신 것 같습니다. 부디 궁주의 마음을 살피시길······."

백부런이 협박처럼 김류에게 말을 건네고는 조심스럽게 장
내를 벗어났다. 백부런이 사라지자 김류의 손이 자신의 앞에
놓인 탁자를 부여잡았다.

푸스스!

오래된 향나무로 만든 단단한 탁자의 모서리가 연기를 내며
가루로 변했다.

*   *   *

한 노인이 만재방을 찾아들었다. 물론 그는 혼자가 아니었
다. 그의 뒤에는 네 명의 중년 사내가 따르고 있었는데, 그 기
도들이 몹시 독특했다. 무인도 아니고 그렇다고 장사치도 아
니어서 날카로운 듯하면서도 부드럽고 그러면서도 한순간에
얼음장처럼 차가운 기운을 내보이기도 했다.

그런데 그 노인이 잠시 만재방의 문도와 이야기를 나눈 후
얼마 지나지 않아 갑자기 만재방의 식솔들이 분주해지기 시작
했다. 그리고는 근자에 들어 외부에 잘 모습을 드러내지 않던
전욱이 직접 나와 노인을 장원 안으로 맞아들였다.

허소산은 전조명과 함께 조용히 방에 앉아 벽을 통해 전해지는 목소리에 귀를 기울이고 있었다.

"이상하지?"

문득 전조명이 속삭이듯 말했다.

"뭐가?"

"그가 왜 우리 만재방을 찾아왔을까? 사실 따지고 보면 서로 편한 사이가 아닌데?"

"글쎄, 일단 그의 말을 들어봐야겠지?"

"설마 그가 아직도 우리를 고려 황실의 명을 따르는 사람들로 생각하는 건 아니겠지?"

전조명이 얼굴을 찌푸렸다. 그러자 허소산이 미소를 지으며 대답했다.

"본래 권력자들이란 자신을 벗어날 수 있는 사람들도 있다는 것을 잘 인정하지 못하는 법이지."

"그래? 그런가? 그럼 큰일이네. 그가 무슨 말을 할지……."

"일단 들어보자고."

허소산이 미소를 지으며 대답했다. 그러자 전조명이 긴장한 표정으로 벽 쪽에서 들리는 목소리에 귀를 기울였다.

"날 알고 있을 거란 생각은 미처 하지 못했소이다."

아침부터 만재방을 들쑤셔 놓은 노인이 전욱을 보며 말했다. 노인의 종잡을 수 없는 기세는 노인을 대하는 사람으로 하여금 괜한 불안감을 일으키게 만들었다. 그러나 전욱 역시 산

전수전 다 겪은 인물인지라 노인이 흘려내는 묘한 기도가 그의 심기를 흔들지는 못했다.

"상인들은 귀가 밝지요."

"후후, 그래도 우리 추룡사에 대해 알고 있는 사람은 고려에서도 많지 않은데……."

노인이 여유있게 차를 마시며 말했다. 그러자 전욱이 다시 입을 열었다.

"솔직히 말하자면 음지에서 고려 황실을 떠받치고 있다는 추룡사의 존재를 알게 된 것은 아주 우연이었지요."

"하하, 그렇소? 그럼 우리가 어떤 일을 하는지도 잘 알고 있겠구려."

"물론 짐작은 하고 있습니다."

"음, 그럼 말하기가 조금 수월하겠군. 처음부터 시작하지 않아도 되니."

노인이 고개를 끄덕였다.

"무슨 일로 본 장을 찾으셨는지 이 전 모도 무척 궁금하군요."

전욱의 말에 노인이 망설이지 않고 대답했다.

"내가 만재방을 찾은 이유는 당연히 방주의 도움이 필요해서요."

"제 도움이 필요하다고요?"

"그렇소."

노인이 고개를 끄덕였다. 그는 마치 당연히 요구할 것을 요구하는 듯한 태도였다.

"제가 뭘 도와드릴 수 있을까요?"

전욱은 상대의 고압적인 자세에도 평정심을 잃지 않고 조심스럽게 물었다. 그러자 노인이 다시 입을 열었다.

"최근 들어 중원무림의 움직임이 심상치 않다고 들었소. 특히 이 항주를 중심으로 말이오."

"그렇긴 하지요. 영웅맹과 풍월령이라는 강력한 세력의 출현했으니."

"그 두 세력의 중심에 야율거공이란 자와 김류란 자가 있다고 들었소."

"역시 추룡사군요. 그들의 존재를 이미 알고 있으시니."

"사실대로 말하자면 그 두 사람은 아주 오래전부터 추룡사의 주목을 받아온 자들이오."

이번에는 전욱도 노인의 말에 감정을 드러냈다.

"그들을 주시하고 있었단 말입니까?"

"그렇소."

"그들을 왜……?"

"몰라서 물은 것은 아니리라 믿소. 김류란 자는 계림공으로 불리며 금문에 뿌리를 두고 있는 자 아니오? 금문은 신라의 후예들이 흑수 근처에 세운 문파로 의심받아온 지 오래요. 그리고… 야율거공이야 당연히 거란의 인물이니 주목받아 마땅한 것이고. 거란은 과거 성국을 멸할 때도 그러했지만 고려 내부에 첩자를 두거나 귀화인을 이용해 내정을 문란케 하려는 시도를 하는 것이 어제오늘의 일이 아니오. 그런 일은 대체로 거란 황실의 은밀한 비밀 결사인 야문에 의해 주도되는데 야율거공은 바로 그 야문의 인물이오."

"아, 그게 사실입니까?"

"정말 모르고 있었던 거요?"

노인이 의심스런 눈초리로 물었다.

"장사꾼이 그런 비사까지 알 수 있나요."

전욱이 가볍게 미소를 지었다. 그러자 노인이 잠시 침묵을 지키다 다시 입을 열었다.

"어쨌든 그 두 인물은 결국 고려 황실에 큰 우환을 일으킬 수 있는 자들이오. 그래서 추룡사로서도 그들의 움직임을 이대로 두고 볼 수만은 없는 상황이오."

"그렇다 한들 일개 장사치인 제가 무슨 도움이 되겠습니까?"

전욱이 조금 무심한 표정으로 물었다. 그러자 노인이 정색을 하며 말했다.

"추룡사가 항주에 머무는 동안 만재방의 후원을 받았으면 하오."

"후원이라시면……?"

"아무래도 그들을 상대하려면 제법 많은 사람과 재물이 필요할 것 같소이다."

노인의 말에 전욱이 살짝 아미를 모았다.

"상인은 무림과 관의 일에 관여치 않는 법이지요."

명백한 거절의 말이다. 그러자 노인의 표정이 싸늘해졌다.

"만재방이 비록 중원에서 사업을 하고 있다지만 그 뿌리는 고려 아니오? 고려 사람이라면 고려 황실의 일을 돕는 것이 당연한 의무요."

순간 전욱이 냉랭하게 대답했다.

"노사께서는 우리 만재방이 어떻게 고려를 떠났는지 모르시지 않겠지요?"

"물론 알고 있소. 하지만 과거의 일에 얽매여 나라의 존망이 걸린 일을 나 몰라라 하는 것은 백성된 도리가 아니오."

노인이 추상과 같은 위엄을 드러내며 말했다.

"전 무척 속이 좁은 사람이지요."

전욱이 역시 물러나지 않고 대답했다. 그러자 노인이 나직하게 물었다.

"다시 한 번… 멸문의 화를 당할 생각이오?"

"지금 제게 협박을 하는 겁니까?"

"나의 부탁을 거절한다는 것은 곧 황명을 어기는 것, 또한 김류와 야율거공에 동조할 수도 있다는 의미가 되오. 그런 만재방을 추룡사가 가만히 놓아둘 것 같소?"

노인의 안하무인격인 협박에 전욱의 표정이 더욱 차갑게 굳었다.

"추룡사의 살수가 무섭다는 것은 알고 있지요. 그러나… 만재방 또한 과거 벽란도의 만재방이 아닙니다. 죄송하지만 그 부탁을 들어드릴 수 없으니 이만 물러가십시오. 마중은 하지 않겠습니다."

차가운 축객령에 노인이 전욱을 쏘아봤다. 그리고는 서늘한 목소리로 말했다.

"방주는 나 강초에 대해 얼마나 알고 있소?"

"고려에서 천하무적이라 불린다는 것은 알고 있습니다."

"그럼 내가 나에 대한 다른 사실 하나를 더 말해주겠소."

"경청하지요."

"난 단 한 번도 허튼 행보를 한 적이 없소. 오늘 이곳에서 방주의 답을 듣지 못한다면 내 검이 내 입을 대신하게 될 거요."

탁!

말을 마치는 순간 강초가 검을 들어 전욱과 자신 사이에 놓인 탁자 위에 올려놨다. 순간 전욱의 얼굴에 노기가 서렸다.

"이곳은 고려가 아니오!"

"그렇다고 나 강초의 검이 베지 못할 사람은 없소."

드르륵!

순간 한쪽 문이 열리면서 만재사신이 동시에 모습을 드러냈다. 그러자 강초가 번개처럼 검을 집어 들었다. 순간 전욱의 신형이 뒤로 물러났다.

삭!

어느새 뽑힌 강초의 검이 전욱과 그 사이의 탁자를 갈랐다. 가히 귀신같은 발검술이었다.

"멈춰랏!"

한순간 만재사신 최항의 노성이 터져 나오더니 한 자루 검이 서탁을 벤 강초의 검신 위에 떨어져 내렸다.

창!

날카로운 격돌음이 터져 나왔다. 순간 강초의 신형이 허깨비처럼 그 자리에서 사라졌다. 그런데 그의 신형이 사라졌다 느끼는 순간 어느새 그의 모습이 최항을 지나쳐 다시 전욱을 향해 육박하고 있었다. 그러나 강초의 눈부신 신법은 다시 한 자루 검에 막혔다. 어느새 이동했는지 하모극의 검이 강초의 목을 노리고 있었다.

창!

다시 한 차례 검과 검의 격돌음이 터져 나왔다. 그사이 최항이 다시 강초의 등을 향해 일 검을 베어냈다.

"좋군!"

강초의 입에서 나직한 음성이 흘러나왔다. 그러면서 재빨리 왼손을 뒤로 돌려 휘둘렀다.

캉!

다시 한 차례 굉음이 터져 나왔다. 강초의 손에서 뻗어 나온 장력이 최항의 검을 막아내는 소리였다. 홀로 하모극과 최항을 상대하는 강초의 모습은 소문 그대로 가히 천하무적의 신위였다.

그러나 아무리 강초가 천하무적의 무공을 지니고 있다고 해도 홀로 만재사신을 모두를 베고 전욱의 목을 취하는 것은 불가능했다. 어느새 전유항과 임후 두 사람이 전욱의 곁에 다가서서 전욱의 신변을 보호하고 있었다.

"만재방에 세상에 알려지지 않은 네 명의 고수가 있다더니 바로 그대들이었군."

"감히 방주께 살수를 썼으니 그대의 목을 내놓아야 할 것이다!"

하모극이 차갑게 소리쳤다.

"능력이 되면 가져가 보시오! 난 전방주의 항복을 받아낼 것이니!"

강초의 얼굴에 묘한 미소가 지어졌다. 그러자 하모극과 최항이 강초의 앞뒤에서 동시에 검을 휘둘렀다.

우웅!

마음먹고 시전한 두 사람의 검이 시퍼런 검기를 일으켰다. 순간 강초의 몸이 허깨비처럼 사라졌다.

지잉!

그러면서도 강초의 검은 사람들 눈에 남아 뒤쪽에서 다가오는 최항의 검을 걷어내고 있었다.

"음!"

최항이 나직한 침음성을 흘려내며 재빨리 서너 걸음 옆으로 물러났다.

삭!

순간 그의 검을 밀어낸 강초의 검이 어느새 최항의 옷자락을 베어냈다. 진정 놀라운 검술이 아닐 수 없었다.

"핫!"

최항이 위기에 처하자 하모극이 빈 허공을 향해 기합성을 터뜨리며 검을 뻗어냈다. 누가 봐도 이상한 행동이 분명했다. 그런데 다시 놀라운 일이 벌어졌다. 하모극의 검이 향한 허공에 희미한 사람 그림자가 나타나더니 다가오는 하모극의 검을 향해 맹렬한 일장을 떨쳐내는 것이었다.

쿠웅!

하모극의 검기가 강초의 장력에 막혀 더 이상 전진을 하지 못하고 뒤로 밀렸다. 그러자 강초가 번개처럼 하모극의 빈틈을 향해 횡으로 검을 그었다.

"웃!"

하모극의 입에서 다급성이 흘러나왔다. 어느새 옷 앞자락이 길게 베어져 있었고, 희미한 선혈이 옷 사이로 그 빛을 드러냈다. 그런데 강초가 다시 누구도 예상하지 못한 움직임을 보였다. 부상당한 하모극을 공격하는 대신 갑자기 오른쪽 벽을 향해 자신의 검을 휘둘렀던 것이다.

팍!

강초의 검이 투명한 검기를 일으키며 빈 벽을 뚫고 들어갔다. 그러더니 다시 눈에 보이지 않는 속도로 벽에 다섯 가닥의 초식을 그려냈다.

쿠우웅!

한순간 멀쩡하던 벽이 맥없이 무너져 내렸다. 그리고 그 속에서 한줄기 날카로운 빛줄기가 뻗어 나와 강초의 심장을 노렸다. 그러자 강초가 기다렸다는 듯이 검을 휘둘러 다가드는 빛을 막아냈다.

쾅!

강렬한 폭발음과 함께 강초를 향해 닥쳐들던 빛이 산산이 흩어졌다. 그런데 다음 순간,

"욱!"

강초의 입에서 지금까지 들을 수 없었던 묵직한 침음성이 흘러나왔다. 동시에 그의 신형이 비틀거리며 다섯 걸음을 뒤로 물러나 겨우 중심을 잡았다. 강초의 눈에 불신의 빛이 떠올랐다.

"넌… 누구냐?"

강초가 무너진 벽을 뚫어지게 바라보며 물었다. 그러자 허소산이 한 손에 검을 든 채 천천히 벽을 통과해 장내에 모습을 드러냈다.

『독경(毒經)』 9권에 계속…

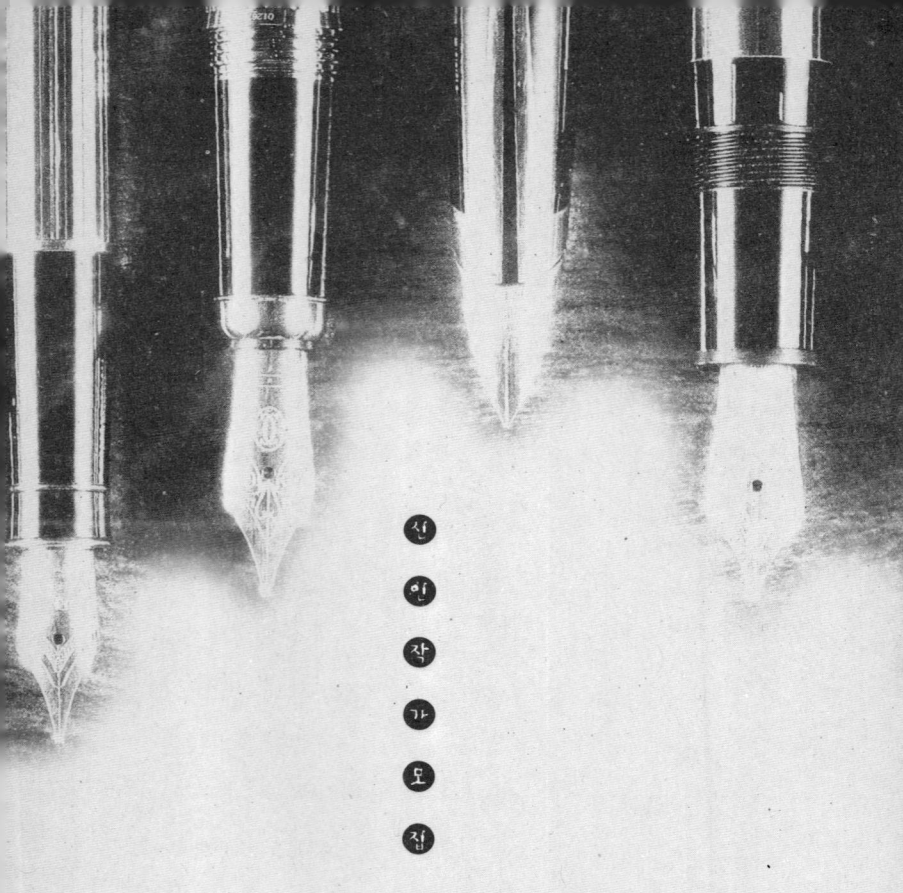

신

인

작

가

모

집

시작이 반이라고 했습니다.
작가의 길에 대한 보이지 않는 벽을 과감히 깨뜨리십시오!
청어람은 작가 지망생 여러분들의
멋진 방향타가 되어드리겠습니다.

저희 도서출판 청어람에서는
소설 신인 작가분들을 모집합니다.
판타지와 무협을 사랑하시는 분들의 많은 참여를 바랍니다.
소정의 원고(A4용지 150매)를 메일이나 우편으로 보내주시면
검토 후 출판 여부를 알려드리겠습니다.

주소:경기도 부천시 원미구 심곡2동 163-2 서경B/D 2F 우편번호 420-822
TEL:032-656-4452 · **FAX**:032-656-4453
http://www.chungeoram.com
e-mail:chungeoram@chungeoram.com

盜 跖 俠 客

천애
협로

촌부 新무협 판타지 소설
FANTASTIC ORIENTAL HEROES

『우화등선』, 『화공도담』의 뒤를 잇는
작가 촌부의 또 하나의 도가 무협!

무림맹주(武林盟主), 아미파(蛾嵋派) 장문인(掌門人),
군문제일검(軍門第一劍), 남궁세가(南宮勢家)의 안주인.

그들을 키워낸 어머니―
진무신모(眞武神母) 유월향(柳月香)!

어느 날, 그녀가 실종되는데……

"하, 할머니는 누구세요?"

무한삼진의 고아, 소량(少兩)에게 찾아온 기이한 인연.

세상과 함께 호흡을 나눌 수 있다면[天地同息]
천하의 이치를 모두 얻으리래[天下之理得]!

이제, 천하제일인과 그녀가 길러낸
마지막 자손의 이야기가 펼쳐진다!

2011년 대미를 장식할
준.비.된. 작가 정민교의 신무협이 온다!
『낭인무사(浪人武士)』

"죄수 번호 사천이백삼, 담운!"

"……!"

"출옥이다."

만두 하나.

고작 그 하나에 이십 년 옥살이를 한 소년, 담운.

그 답답하고 억울한 마음을 풀어낸다!

무림맹! 구대문파! 명문세가!
겉만 번지르르한 놈들은 다 사라져라!
겉과 속이 다른 너희들을 심판하러 내가 왔다!

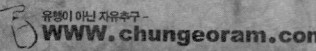

SWORD SLAYER

소드 슬레이어

류연 판타지 장편 소설

F A N T A S Y   F R O N T I E R   S P I R I T

그날로 돌아간 그 순간부터 입버릇처럼 붙은 한마디.
"생각해라, 아서 란펠지."

귀족 반란에 휘말린 채 죽어야 했던 기사, 아서 란펠지.
600년 전 마룡 카브라로 인해 봉인당한 세 용사의 영혼.
버려진 이름없는 신전에서 그들이 만났을 때
운명은 또 다른 전설의 서막을 알렸다!

소드 슬레이어!

힘없이 죽어간 모든 인연들을 위하여
무력하고 허망했던 어제를 딛고
멈추지 않는 오늘을 달려 내일을 잡아라!

위선에 가득찬 검들을 향해
여섯 번째 마나 소드, 에스카룬의 검이 질주한다!

Book Publishing CHUNGEORAM

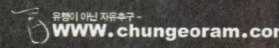

유행이 아닌 자유추구 -
WWW.chungeoram.com

D E M O N

FANTASY FRONTIER SPIRIT

홀로선별 판타지 장편.소설

제일좌

B L O O D

**성마대전, 그로부터 20년…
암흑은 스러지고 빛이 찾아왔다.
세상은… 그렇게 평화로워질 것만 같았다.**

전설의 블랙 울프를 다루는 영악한 소년 마로.
하루하루 강도 높은 훈련을 받으며
숙연의 500골드를 달성한 그날!
세상은, 신성(新星)을 맞이한다!

『기적』의 뒤를 잇는
홀로선별 작가의 또다른 이야기
『제일좌』

**어둠을 뚫고 솟을 빛이여,
하늘의 제일좌가 되어라!**

Book Publishing CHUNGEORAM

유행이 아닌 자유추구 -
WWW.chungeoram.com

정민교 新무협 판타지 소설
FANTASTIC ORIENTAL HEROES

2011년 대미를 장식할
준.비.된. 작가 정민교의 신무협이 온다!
『낭인무사(浪人武士)』

"죄수 번호 사천이백삼, 담운!"
"……!"
"출옥이다."

만두 하나.
고작 그 하나에 이십 년 옥살이를 한 소년, 담운.
그 답답하고 억울한 마음을 풀어낸다!

무림맹! 구대문파! 명문세가!
겉만 번지르르한 놈들은 다 사라져라!
겉과 속이 다른 너희들을 심판하러 내가 왔다!

Book Publishing CHUNGEORAM

유행이 아닌 자유추구 -
WWW.chungeoram.com